每一件故物,都留存了亲人的体温。

傅菲 著

故物永生

山西出版传媒集团

北岳文艺出版社

·太原

图书在版编目（CIP）数据

故物永生 / 傅菲著. -- 太原：北岳文艺出版社，2025. 1. -- ISBN 978-7-5378-7001-6

Ⅰ．I267

中国国家版本馆CIP数据核字第2025ZB4203号

傅菲故园志系列：

故物永生
GUWU YONGSHENG

傅菲 / 著

//

出品人
郭文礼

选题策划
贾江涛

责任编辑
贾江涛

装帧设计
张永文

印装监制
郭　勇

出版发行：山西出版传媒集团·北岳文艺出版社
地址：山西省太原市并州南路57号　邮编：030012
电话：0351-5628696（发行部）　0351-5628688（总编室）
经销商：新华书店
印刷装订：山西人民印刷有限责任公司
开本：890mm×1240mm　1/32
字数：165千
印张：7.5
版次：2025年1月第1版
印次：2025年1月山西第1次印刷
书号：ISBN 978-7-5378-7001-6
定价：79.00元

本书版权为本社独家所有，未经本社同意不得转载、摘编或复制

目录

第一辑 宜其室家

水井　/ 003

渡口　/ 011

泥：另一种形式的生活史　/ 016

铁　/ 025

父土　/ 036

烈焰的遗迹　/ 056

灯光　/ 063

第二辑 故物永生

床　　/ 075

摇篮　　/ 087

木箱　　/ 090

八仙桌　　/ 102

碗　　/ 109

门　　/ 119

第三辑 粗衣淡食

粥 / 129

糖 / 136

棉花，棉花 / 147

白蓝衫 / 154

鞋 / 162

米语 / 172

第四辑 故园厚土

屋舍　/ 183

火炉　/ 192

炊烟　/ 197

灰炉　/ 203

院子　/ 208

土墙　/ 213

瓦屋顶　/ 220

跋：之所以谓故乡　/ 229

第一辑 宜其室家

水井 / 渡口 / 泥：另一种形式的生活史 / 铁 / 父土 / 烈焰的遗迹 / 灯光

水井

水井，作为我们的另一个肉身而存在。在清晨或黄昏，井边的人，用木桶和绳索朗诵生活。井通常在一个独立的院子里，和月亮遥遥相望。我们在井院里，洗菜、洗衣服、洗头、洗澡。我们在这里窃窃私语。我们在这里独坐，目不转睛地遥望星辰。我们在这里和相爱的人亲吻，紧紧地拥抱。我们把井水挑回家，煮饭、煮茶、做豆腐。我们把井水装进瓶子里，带到异乡，也就是把井背在了身上，也就是把井里的月亮背在了身上，也就是把井里沉落的面影背在了身上。

在井院，我们架起一座两米高的杩槎，一根长长的竹棍扎在杩槎上，竹棍的一头固定一根铁索。铁索有挂钩，把水桶挂在挂钩上，探入井里，打水。竹棍的另一头，坠一个大石块，竹棍成了杠杆，把水提上来。这就是打井水的桔槔。高高的桔槔，是异乡人的记忆坐标。桔槔高过了万丈高楼，高过了灵山，高过了黄岗山，高过了脚下的任何一座山。我们仰起头，桔槔耸入云端。桔槔是移动的，我们走到哪儿，它就移动到哪儿。

月亮挂在桔槔上，摇晃，像一个水罐。水罐里有荡漾的水声，似乎藏着一条地下河。

枫林鲜有水井，河边人家，无须打井。20世纪90年代中期，饶北河上游，建了华坛山萤石矿加工厂，废水含有硫，污染了整条河，鱼虾不存，人下河洗澡，皮肤长出红斑疹，更不能洗菜洗衣了。村里开始打井。打井师傅来了，四处勘探，都难以找到适合打井的地方——村里多焦土，焦土层太厚，水出不来。打井师傅说，打一口井，花费太大，不如在山边打井，山边是黄泥，山泡泉多，水源充足。石拱桥边，有了第一口井。桥边有一棵柳树，碗口粗，夏季，把整个井院都遮了阴，很是凉爽。井是双眼井，一口打水喝，一口洗衣洗菜。还有一个大水池，池边铺了青石板，小孩可以坐在青石板上玩水。水是泡泉，冬暖夏凉。暑气日盛，我们把丝瓜、冬瓜、金瓜、西瓜，扔进水池里，要吃的时候，捞上来。瓜，一个个地浮在水面上，绿绿的。浸水半天的西瓜，切开，有一股凉气，吃几口，身上暑气全消。我们去田里干活，带一个毛竹罐去装水喝。毛竹罐相当于大茶杯，可以盖起来，密封。淌足了汗，我们坐在田埂上，把毛竹罐打开，仰起脖子，咕噜噜，喝到肚子发胀。冬天，井口有绵绵不断的热气，白白的。早晨，水池边围了一圈的人洗脸刷牙。尤其是有乡邻做喜事，藕、荸荠、芋头、黄豆、萝卜、海带、冬笋、明笋、鱼，用箩筐挑到水池去洗，七八个男男女女蹲在水池边，叽叽喳喳地说笑，暖阳照着。一家子的喜庆，便是整条巷子的喜庆。

"苔痕上阶绿，草色入帘青。"我猜想，刘禹锡的陋室边上，也有水井。水滋生苔藓。井边有青色苔藓。苔藓有绒毛，青黝色，若是有积水，绒毛浮起来，像绿水母。苔藓是时间的一种表现形式。苔藓是不会死的，暴烈的太阳，把它晒得枯焦，晒成干燥的螺旋藻模样，用脚踩，变成粉末，但只要有水打湿，过一夜，苔藓又绿了。山区多雾，多露水，又在井边，苔藓常年油绿。苔藓有两种，地面上的，像绒毛，如动物的皮毛，叫灰藓；井里的，有枝茎，沿井石爬，印出花朵一样的图案，叫水苔。"……长风隐细草，深堂没绮钱。萦郁无人赠，葳蕤徒可怜。"（沈约《咏青苔诗》）苔藓给人荒凉感，是故园破败、故人凋敝的隐喻。水井边的苔藓，则有水意绵绵之感，人丁繁茂，熙熙攘攘，川流不息。

一双红鲤鱼在水井里，恍若故人。鱼始终不长，巴掌大，鲜活灵巧。鱼是信号灯，水被投毒了，受重污染了，红鲤鱼会死，或浮起来，腹部朝上。也有米虾，针头大，一群群吸附在水下的青苔或地衣里。偶尔有青蛙，跳，跳，跳，不小心把井沿当作了跳台，"啪咚"一声，落下了井，再也上不来。蛙便哇哇哇叫个不停。坐井观天的蛙，是最孤单的蛙，没有伴侣，也没子嗣。把水桶扔下去，"扑通"，把水提上来。蛙见桶落下去，惊慌地乱跳，要么钻入水里，要么躲在石缝中。桶七上八下，没个消停。过了几天，蛙习以为常，桶落下去，它也不躲闪，耷拉一下脑袋，眼睛睁得大大的。桶搣水上来，也把蛙搣了上来。夏日溽热的晌午，蛇会盘在井圈，像一堆牛屎，乌黑黑的。井边多青蛙，多田鼠，蛇吐着信子，捕捉到了食物的腥味，簌簌簌，从山边草丛悄悄而来，捕食鼠和蛙。吃饱了，蛇便盘成一团，似女人头上高高的发髻。提水的人以为是井绳，手一把抓下去，冰凉，连忙撒出去，才知道是一条乌梢蛇。井绳一般是棕布和苎麻编织的。弹棉花的师傅，有一个木轮子，会咕噜噜地转。把棕布丝和苎麻拧紧，分成两股，固定在一条板凳上，棉花匠两只手，各拿一个木轮子，转，越转越快。棕布丝和苎麻转成了两根绳子，再把两根绳子合起来转，呼呼呼，便成了井绳。井绳十几年不烂。浸了水，井绳发涨，又粗又硬，像一棵油茶树。顽皮的小孩不怕被竹梢打，怎么打也不哭。但怕井绳打，无论多顽皮，看见父亲手上拿着井绳，便老老实实。井绳打在皮肉上，一条条红印，火辣辣地烧，三五鞭子打下去，皮开肉绽，衣服都没办法穿上身，也躺不下身睡。痛，火烧一样的痛，盐腌一样的痛。井绳用了两年，棕黄色和苎麻白，转成了黑色，棕毛翻了出来。

小学时候读李白的《静夜思》："床前明月光，疑是地上霜。举头望明月，低头思故乡。"语文老师全初圆解不来"床"字，说是睡觉的床铺。到了我读《唐诗三百首》的时候，才知道不对，"床"指代井上护栏，即井栅栏的意思。古诗中，井是一个常见的物象——有水井之处，便是故乡。诗人爱游历，背一个包袱便出门了，四处借宿，看见了水井，睹物思人，想起了家中老母，想起了妻儿，感怀万千。"清秋幕府井梧寒，独宿江城蜡炬残。"杜甫写《宿府》，悲凉之气油然而生。离乱的时候，水井便是一个伤口。

雨井烟垣，多么荒落，破败，让人痛彻。

背井离乡，从此流落江湖，颠沛流离，居无定所。

在冷兵器时代，井，不但是村户的水源，也是避难之所。井下，有一侧窗，窗与地下室互通。1976年版《流星·蝴蝶·剑》电影，由楚原执导，井莉、谷峰主演，其中对古井有细致的镜头描写：谷峰主演的孙玉伯受律香川暗害，躲在井里疗伤。井成了逃生暗道。

南方多水，多雨，掘井大多是方便生活，而非无地表水源可用，要去找地下水源。西北干燥，雨量不充沛，饮水是大事。1987年，导演吴天明摄制的《老井》，塑造了黄土高原人坚韧不拔的形象，感动千万人家。其中有一个细节，堪称经典：巧英和旺泉被土石封在井下，在生命可能随时被夺走的情况下，他们酣畅淋漓地做了一次夫妻。这是出人意表的细节，也是井的灵魂：旺盛的生命力，源源不断的生命力。每一口井都是有生命的。井和人，没有区别。

一口老井，据说会有井鬼。井是阴性之物，以女鬼居多。鬼故事一般是这样：一个女人去井里打水，看见井里晃动着一张似曾相识的脸，绽开了鬼魅的笑脸，女人扔下水桶，受惊而逃，从此一病不起。也有男人打水，把女鬼带回家，媾和，或在井边媾欢，自此冷落妻子，最后家散人亡。驱鬼的方法，便是请道士来做道场，画符，贴在井圈上，贴在桔槔上，让鬼不再靠近。

鬼是没有的。但井确有奇异之处。它有奇异的镜像原理。俯身在井沿，我们的面影会如浮浪般摇晃，天空也在摇晃。我们俯身不动，长时间地看着井水，眼睛会慢慢昏花，脑袋开始缺氧，晕眩。落井的人，不是不小心踏空落下去，而是看井水时间太长，晕眩，失重，落了下去。这个时候，若有人投石下去，落井的人连挣扎的机会也没有，还不知道谁在投石呢。井，成了圈套。陷阱，在生活之中也无处不在。陷阱借用了井的镜像原理，给眼睛设置了障碍。

事实上，水井处是最有情调的地方。尤其在夏天。早起的堂客，夹一个饭箕，在井边洗米。米白白的，饭箕黄黄的。饭箕浸在水里，慢慢晃，米灰在水里洇开，水也成了灰白色。米虾浮上来，追着米灰吃。吃过早饭，堂客们从各扇门里出来，拎一个大脚盆，脚盆里，是昨夜换下的衣裳和一个棒槌，以及肥皂、竹板刷。有的堂客，一手拎脚盆，一手拎菜篮，菜篮里是刚采摘来的菜蔬——豆角、金瓜、茄子、辣椒，满满一菜篮子。堂客聚在水池边，蹲下身子，捋起衣袖，洗衣洗菜，互相俏骂。也有不俏骂的，边洗边哼歌：

    一日三餐三日九，三餐茶饭一壶酒。
    男要勤来女要俭，三餐茶饭不求人。
    日头当空腹中饥，一粥一饭好充饥。
    鸡鹅腊肉不想要，歇下锄头担畚箕。

  哼唱的，都是一些乡间小调。如《尺鞋底歌》："看见嫂嫂尺鞋底，细针木线对起孔。一针一线放好样，尺起花样真好看。"这都是上了年纪的妇人唱的。姑娘时兴唱邓丽君的歌，如《甜蜜蜜》《小城故事》《夜来香》。歌唱了一半，被别的姑娘取笑，说猫叫春了，人也叫春。唱歌的姑娘臊得满脸通红，互相泼打起水花，抱在一起，落进了水池里。

  傍晚，男人来了。男人端一条矮板凳，坐在池边洗脚，洗锄头，洗两齿钳，待女人散了，到水池里洗澡。孩子无忌，一天到晚，随时泡在水里，嘴巴咬着黄瓜咬着包皮瓜，裤头挂在柳树丫上。

枫林，屋舍密集，年轻人谈恋爱，也没一个适合的去处。吃了晚饭，男孩子沿山边散步，转了两圈，到了井院里。女孩子已早早地在等了，站在柳树下，看萤火虫随风起舞。月光朗照，树下有了卿卿我我，有了海誓山盟。我二姐找的男友，是本村的，天天去井院约会。那时我还在外地读书。我父亲不认我这个未来的姐夫，把姐姐关起来。我姐姐从阁楼窗户跳下，去约会。婚后，我姐姐在生活上，颇受折磨，几次想离婚，我都劝解她，不要离婚了，小孩都成家了，离婚已经没有意义，在一个屋檐下，各自顾各自吧。中年以后，人逐渐学会放弃很多东西，年轻时珍视的东西会越来越轻视，而轻视的东西反而越来越珍视。人对生活的认识，和年龄有很大的反向性。比如我，年轻时特别喜欢说话，喜欢呼朋唤友，现在不愿说话了，即使朋友满座，我也是一个人坐在旁边，默默地看，偶尔露出假意的笑容。我知道，知心人在一生之中，是极其有限的。现在的人自尊心都很强，一句话没说好，便翻脸不认人。自己也是无谓的人。不要把自己看得那么重要，是生活的法则之一。

水井一直还在。自枫林通了自来水之后，去井院的人少了很多。井院里，荒草长了出来，柳树不知哪一年，被雷劈了一半。一半枯死，焦黑，另一半兀自婆娑。自来水不是水厂生产的，是引来的山泉水。在半山腰的山坳，建一个大水池，把山泉引入水池自然沉淀，把净水渡入另一个水池，接水管，通入各家各户。枫林多山，多山泉，水质清冽甘甜，煮茶煮饭，都有甘味。自来水免费，到了年底，一户交十块钱，给管理水路的人，算是一年的辛苦费。山泉不如井水。冲澡，洗衣，冬暖夏凉，井水无比爽身。

煮饭煮茶也好，甘洌。井水来自土层深处，经过了沙的净化，像母爱，来自心脏。井水有大地的元气和精气。井，是我们的神龛，也是离我们最近的宇宙，天空所拥有的，水井也拥有。

渡口

渡口，一棵老洋槐树作为标志。我们总以为，树有多老，渡口也有多老。树是洋槐树，皲裂的树皮把我们带入时间深深的皱褶里。

事实上，那是一个荒滩，一条砂石路直通下去，是石埠。石埠上，妇人在洗衣，淘洗豆子白米。小孩在石埠下的河水里，摸螺蛳，捉虾，光着身子，嘻嘻哈哈地傻闹。一只竹筏，被一根绳子系在洋槐树下。老毛竹燀了火，黝黑，两头翘，六根毛竹用老藤扎起来，一头一尾，中间再扎两绑，便成了竹筏。河水并不深，大人卷起裤腿，可以蹚水过河，小孩翘起屁股，手举衣服，也可以游到对岸，竹筏也仅仅是渡口的一个象征。清晨撒网的人，持竹篙撑起竹筏，往水深的上游，放鸬鹚，撒网，捕一篓子鱼虾。虾是白虾，蚕茧一样，白白胖胖。鱼是石斑、鲅鱼、翘嘴、阔嘴、鲫鱼，也有鲇鱼、鲤鱼、皖鱼。捕鱼的人，戴一顶斗笠，穿蓑衣，腰上挎一个圆肚子的鱼篓，清晨的霞光披在他身上，似乎他是渔歌的一部分。

河是饶北河。年少时，记得有一个艄公。竹筏上摆着几张矮板凳。艄公也是戴尖帽的斗笠，穿一件棕黑色蓑衣，光着脚板。他撑第一竹篙的时候，会"嘿呀吼"地吆喝一声，竹篙插入水底，竹筏慢慢滑动，竹篙斜起来，再拔出水面，插入水底。竹筏在水面"嘶嘶嘶嘶"地滑翔，青山在飞。在冬春之季，我们去对岸，都由艄公撑竹筏渡河。

对岸是另一个村子。两个村子隔一条河。对岸有很多沙地，种西瓜，种花生，种荸荠。这是我们村没有的。我们村有柴火，有茶油，这又是对岸村子没有的。两岸因此有了很多的偷盗和争夺，发生械斗；也因此有了婚配姻缘，随便入哪家的门，开口便是亲戚。艄公把嫁妆送到对岸去，把送亲的人接过来。外出读书的人，被一只竹筏，送到小镇的车站，坐上去县城的客车。送别的母亲和姐姐，站在渡口，一直在挥手，不停地挥手，直到竹筏没入河湾的柳树林，像一片树叶，漂在水面，母亲"哗啦啦"的泪水流了下来。

据说，这个渡口在很早以前很繁忙，有木船密密麻麻地排在河岸。河滩宽阔，秋季开满了白蓼花，米白米白的一大片。岸边是麻白麻黄的芦苇。芦苇从秋风里抽出摇曳的花束，空茫。这些景致，也一直都在——不曾离去的东西，会紧紧扼住我们的咽喉，不会松开它们的手。我的祖父，我的曾祖父，从这个渡口出发，挑一担箩筐，去浙江海边挑海盐。木船顺河而下，入信江，逆流而上，入衢州，也把夏布、蚕丝，带到了浙江。木船，一个码头一个码头地停靠，夜一日一日地凉。我并没有看过河里的木船。不深的河水和宽阔的河面，形成不了恰当的比例。雨季来临，河水暴涨，渡口已被淹没，竹筏被拖上岸。

这里确是晨读的好地方。石埠由一块石灰石大石板铺设。我们坐在石板上，听着湍湍而流的河水，背诵课文。苍老的洋槐，在暮春散发出一种黏稠而青涩的味道，一串串垂挂下来的洋槐花，一直垂到我们额头。被嘴唇磕碰出来的汉语，有了水的韵味和植物的气息。有一个练声的人，每天会来到这个渡口，"咪，咪，咪，嘛，嘛，嘛"，他把镜子悬在树上，对着口形，练声。有一阵子，他喜欢唱："绿草苍苍，白雾茫茫，有位佳人，在水一方。绿草萋萋，白雾迷离，有位佳人，靠水而居。我愿逆流而上，依偎在她身旁。无奈前有险滩。道路又远又长……"我一直记不起他的名字，只知道他是一个艺考生，考了几年也没考上，后来去深圳，村里也几乎没有他的音讯。从这个渡口出去的人，有好几个没有音讯，有出海打鱼的，有偷盗的，也有客死他乡的。我外出生活之后，每次回家，在父母身边坐几分钟，说说话，便会去渡口走走，站站。我说不清为什么。有一年下大雪，我站在渡口，看着茫茫大雪，追逐着，落在河面上，落在稀稀落落的树梢上，我突然想起了那个练声的人。他的面容已经模糊，但歌声还在飘荡，萦绕着，夹裹着，沙沙沙……茫茫的河面，纷扬的白雪，我心里很空落。

木船是哪年消失的呢？是有了公路那年。渡口依旧在。那个放鸭的女孩子去哪儿了呢？不知道。放鸭的女孩子叫美南。她扎两条长辫子，甩在胸前。她一直放鸭。她自小随她父亲放鸭，把胡鸭从鸭舍里赶出来，沿一条田埂路，从渡口赶进河里。鸭子摇摆着身子，"嘎嘎嘎"浮在河面。她没读过书。她游泳比大人厉害。在十多岁的时候，我就想，我长大了要娶这个放鸭人为妻。我觉得她美，美得像初春的柳丝。她有乌溜溜的眼睛，有小麦色的皮肤。她端一根竹梢赶鸭子的时候,我就觉得养眼。她在十五六岁的时候就嫁人了,嫁到灵溪一个小山村里。我再也没见过她。前几年听人说,她在市区一个农贸市场卖包子,卖了二十多年了。她鳏居的父亲九十多岁了,一个人住在村子里,我也没见过。算算也有三十多年了。

渡口还是哭丧的地方,故去的老人,要到渡口买水。炮仗"啪"的一声,零星地炸开。哭丧的子女,跪在埠头上,哭得全身瘫软。渡口,是出发去另一个世界的地方。河流,或许是人世间最长的路。活着的时候,没走完,死了,接着走,渺渺茫茫地走,不分白日黑夜,风雨兼程,身上不需要长物,不需要口粮,不需要牵挂和被牵挂,一个人走,再长的路,再艰难的路,也不觉得孤独寂寞,也不凄冷忧伤。我们需要另一个世界来打开现世的世界,放下恩怨,放下爱恨,驱除内心的黑暗。没有死,我们无法理解生。没有死的永恒,我们无法理解生的短暂。死是对生的救赎。死是生的皈依。

没有到过渡口的人,不足以谈论生离死别。我是这样以为的。

公路修通之后,渡口迅速被人遗忘。石埠两边,长满了荒草。早年拴木船缆绳的石桩,黝黝的,全是苔藓。作为时间的标记,石桩多了一分轮回的沧桑。石桩上面,搭了一块长条形的石板,石板连通石埠侧边台阶。溽热的夏天,我们躺在石板上午睡,歇凉。洋槐的树荫浓密地盖在赤裸的身子上。河水清幽的凉风,从水面卷上来,我很快进入梦乡。除了山中的岩洞,我再也找不到比这里更凉爽的地方。事实上,我们几乎不午睡,和几个差不多大的孩子,从石板上一个纵身,跃入河中,青蛙一样游泳。清澈见底的河水里,一群群游鱼梭子一样,来来回回。我们常常玩得忘乎所以，不记得上课。老师让游泳迟到的孩子罚站。我们一排儿站在祠堂的廊檐下，光着脚，头发滴出水，天井的阳光照射得我们脸部发涨通红。

我们也知道，村里有投河自尽的人，身上绑一个麻袋，麻袋里塞满石子，从石板上跳下去沉到水里。每隔三两年，村里都会发生一次投河事件。我不知道，人为什么会投河。河是路的尽头，路走不了，走进了河。我们每次游泳，站在石板上，会大叫几声："鬼呀，不要抱我的腿。"也有小孩，被鬼从水里拖走，溺水而死。我父亲说，哪有鬼这个东西呢？世上没有鬼，拖走小孩的，是水獭。饶北河多水獭，水獭凶猛，会溺毙小孩。我是不信的，因为我没见过水獭。也有人说，不是水獭，是大鲶鱼，大鲶鱼也食人。大人便给小孩戴一个红肚兜。水鬼怕红，鱼也怕红。我学了动物学之后，才知道，鱼其实是色盲，哪能分辨色彩呢？那不过是大人的心理安慰罢了。

现在的渡口完全荒落了。石柱和石板被人连夜偷走，卖给浙江人。和对岸村子相连接的，是一座石桥。石桥也无人走，因为下游几百米的河面上，有了一座公路桥。一片完全无人踏足的荒滩。蒿草和白蓼，再一次占领那里。洋槐依然散发蓬勃的生机，郁郁葱葱，即使冬天落尽了叶子，也苍劲，宛如深远岁月的写意。我几次带我小孩去渡口，看看那种荒凉。我小孩看了一次，再也不去，说，没什么好看的，都是草，还有很多垃圾。

这是一个时间的渡口，每一个人都是它的客人。人只是渡口的不系之舟，终有一天，会离开渡口，在河面上漂，直至不知所终。当我想起这些，我对生命保持敬畏的沉默。

泥：另一种形式的生活史

圆形，齐腰深，厅堂一般大。老八伯说，这个泥潭怎么看都像个墓坑。他又说，我没看过比它更大的地方啦，我一辈子都在泥潭里打转。泥潭是踩窑泥用的。泥从后山的荒地里挖出来，用平板车拉到潭里，匀碎，浇上几担水，泥"哧哧哧"地响。老八伯手拿竹梢，不时地打一下牛屁股，他自言自语地、温和地骂道："谁叫你是牛呢？牛就是踩泥的命。"牛一脚一蹄，在泥面陷下深深的脚窝，上面也陷下老八伯的脚窝。泥渐渐变得稀烂，黏稠，像胶一样。

窑泥最后成了我们头顶上的瓦，厨房里的米缸、地窖里的酒坛与腌制菜的土瓮。"这是家的脏器，"老八伯说，"泥是个好东西。没有泥，哪来家呢？"我父亲说："与其说是家的脏器，倒不如说是人的脏器。比如说米缸吧，那是人的另一个胃。最怕米缸空了，米缸一空，胃就会咕咕叫，喊人，怎么劳累了一年，连一个米缸都装不满呢？"在没有分家的时候，我家有十三口人吃饭。我母亲最怕早上走近米缸量米，米缸一升一升地浅下去。米缸就是一个家的深渊。

老八伯是我的邻居，右腿有点瘸，秃头，爱喝点小酒，身体窑泥一样饱满。下雨天，不能踩窑泥，他就去村里的寡妇家串门，腰上挂一个竹筒酒罐，哼着他自己才能听懂的小调。他从寡妇家里出来，脸红扑扑的，操着小圆木的茶树杖，追着老婆打。他老婆跑过一道田埂，跳过矮墙，就到了我家。这个轻度弱智的女人，头发像一团马蜂窝，一手提着油污的裤子，一手摸着紫青色的脸，对我妈说："拐子又打人了。嘟嘟。他把钱都给了寡妇。嘟嘟。他大白天也要做那个事，我不做，他就打我。嘟嘟。"弱智女人有结舌，眼睛往上一翻一翻，露出豆腐一样的眼白。拐子追到我家门口，不敢进来。我父亲是个威严的人。拐子就喊："邪妈，邪妈。"邪妈是他老婆的名字。其实，老八伯除了这点之外，是个很好的人。他从来没出过村子，八里外的小镇他也没去过。他的胆子特别大，村里死了人，都是他替死人洗身，换衣，守夜。我祖父去世，也是他洗身的。我父亲看都不敢看。为此，他常常取笑我父亲。他说，人死了，不就是一堆泥嘛。他不怕泥。他说，枫林这三十年盖的房子，哪一片瓦没有我的脚印呢？但他自己的房子没有瓦，是用茅草席盖的，用竹篾编起来，一列一列地压在木椽上。

我们看不到瓦里的脚印。脚印进了泥里煅烧。怎么说呢？泥给了我们家园，又被我们抛却。泥是我们的父母，又让我们难以启齿。老八伯坐在我祖父的遗体旁，独自一个人喝酒，大块吃肉。死对他而言，仿佛并不是一件伤心的事情。他劝我父亲："人站在泥上，是暂时的，被泥遮盖才是永世的，你听说过人盖泥的吗？

没有。"祖父死的时候,父亲并没有哭,那两天,他穿着麻衣,流着稀稀的鼻涕,神情木然,靠在高背凳上,胸口剧烈地起伏。家族的链条,最顶端的一环断了。

沃野千里,这是一个让人心动的景象。它让我向往,河汉纵横,灌木流影,村庄隐映。而枫林,却是逼仄的,山林延绵,人声稀疏。我长时间地怀疑过我是否深入过枫林,对这个巴掌大的小村仍然是那么一知半解。我以为小村能给我心灵抚慰。事实上,不是。"你知道什么东西对人的摧残,永无止境吗?"有一次,我父亲这样问我。我父亲是个农民知识分子,大学肄业,做了几十年的农民,依然保持着夜读的习惯。他喜欢谈《红楼梦》,谈《三国演义》,他是个寡言的人,但说起这些就滔滔不绝,像是另一个人。我对他的提问,发傻了。我说:"是贫穷。"转而又说:"是疾病。"我父亲伸出了双手,说:"你看看吧。"我从来没有仔细地看过父亲的手,我甚至没感受过眼前的这双手带给我的温暖——在我的记忆中,父亲从来没有抱过我,也没有抚摸过我的脸,我睡懒觉不愿晨读,他就抡起扁担,捅开门,说:"你不想挨扁担你就快点起来。"我似乎听到他扁担抡起的呼呼风声,扑面而来。

宽大,厚实,像旱田一样皲裂,粗粝的指甲缝隙里有黑黑的泥垢,这就是父亲的手。我突然看见了生活的面孔——手就是生活的脸。我说:"爸爸,你老了,少做事吧。"其实,我对父亲没有很深的感情。我十三岁独立生活,十六岁离开枫林,所有对家的温暖的溯源和记挂,都在母亲身上。除了酒,我还没有给父亲买过别的礼物。他是第一次这样温和地坐在我对面,头发稀落,比我矮小，脸上的笑容仿佛是刻在岩石上。父亲说："每个人的命运都要自己去承担，我也不例外。"他又说："家里的两亩田还是要种的，自己吃的菜还是要动手的，猪也要养一头，不然，你们回家过年也没了气氛。"他手上两块钱一包的"月兔"烟，一根接一根地抽。他说，泥就是我们的命运，泥对人的摧残就是把人消灭，人死了，泥还要把身体吃掉，连骨头也不放过。

我第一次握住了父亲的手。他的手像个鸟巢，但穿过我血管的，却是阴寒。我想，这可能是泥所要说的，只不过借父亲的手传达了。父亲笑了起来，说："你的手软绵绵的，像一团棉花。"突然间，我们都那样的陌生。我有一种想抱住他的冲动。我张开双手，却没有抱过去。我一只手弹了弹他衣襟上的烟灰，另外一只手捂紧了自己酸酸的鼻子。我们从来没有像那天那样，父子相对，倾心长谈。父亲说："你十三岁那年，不肯上学，我罚你跪在厅堂里，用竹片打你，你记得吗？"他又说："你不知道，我吃饭的兴头都没了，你为什么不去读书呢？我叫你摸摸我的手，你不肯，你说我的手像块砖头，我说你摸了我的手，就会好好读书的，会懂事得更早一些，你不听。"父亲说："从枫林走出去的人，是泥土煅烧出来的。"

祖父是在八十八岁那年秋天老死的。如今已过了十二年。我赶回枫林时，他躺在床上，身上盖着白布。墓地是他二十年前自己寻好的。他说，墓地也是家，土质要干燥，透气。墓地在一个向阳的山坡上，田野面饼一样摊开。秋天是一个适宜死亡的季节，满目金黄，地气下抽，天空高远，万里澄明。正如老八伯所说，一个老死的人并没有给我们长久的悲凉。下葬的那天，空气清冽，山冈上枯萎的狗尾巴草随风起伏。

在他身边安睡的,是我的祖母。祖父在四十多岁的时候,就置好了棺木,涂上紫黑色的土漆,棺头画了两朵艳红的大丽花。

我的乡土哲学启蒙者,就是我祖父。他六十多岁,掉光了牙齿和头发。他空闲的时候,牵着我的手,去看一个一个祖坟。他说,祖坟也是一种祖屋,要悉心呵护。他三十出头的时候,每天晚上走几十里的山路伐木,一根一根地把木头扛回家,花了三年,盖了一栋大房子。而祖屋仍然留了下来。祖屋很小,不足八十平方米,分两间,我伸手能摸到屋檐。我不知道祖屋有多少年了,但知道它延续了十六代。先祖是义乌人,打铁的,和一个姓梅的结拜了兄弟,逃难来到枫林,盖了这座屋舍。黑黑的瓦垄,犹如洪荒时代的河流。

我不知道,人类最早的房子出现在什么年代。我相信它和石器一样恒久。人类在荒火堆里,找到烤熟的肉,也因此找到了火。泥和石头,使人类告别洞穴,有了房子,有了家园。泥使人类有了姓氏、族群、家国。它的光辉覆盖了人类的额头。房子是家园的躯体,也是家园的代言人。假如人的精神也有胞衣的话,那么它就是。

我一直固执地以为,城市的房子(像鸟巢)是安放身体的(我们像一群觅食的鸟,到了晚上,我们就蜷缩在巢里),而乡间的房子(像水缸)是安放灵魂的(我们是瓦檐滴落的水珠,汇聚到一个容器里,获得一种安静和力量,它遵循了内心的运行轨道,使转动的生活车轮慢下来)。我这样说,并不是说我厌弃城市,事实上,我热爱我生活的小城。我热爱它的美食,街上游来游去的女人，烟雾袅袅的茶楼。城市鼎沸，却没有温度。乡村寂寂，却浑身柔软。

老八伯一年四季都是打赤脚的，哪怕上身穿着厚厚的棉袄。我坐在厅堂里吃饭就能听得出他的脚步声，"嚯嗒，嚯嗒"，那是脚板击打土层的声音，沉闷，结实，灰尘从脚沿，轻轻地扬出去，悬浮。他的脚，像块黄褐色的花岗岩。当然，这是以前的事。他已经好几年没出门了，躺在摇椅上，左脚上趴满了苍蝇，用扇子赶都赶不走，"嗡嗡嗡"，空气中弥散着腐肉的腥气。他得了静脉炎，小腿圆桶一样粗，流脓血。他把邪妈采来的蛤蟆草嚼烂，敷在腿上。村里的中医说，拐子吸了太多的泥气和水汽，腿是废了。他的两个儿子都在外面打工，连过年也不回家。儿子说，回家还花路费呢。儿子不是做事的人，专干偷盗的事，饱一天饿一天。老八伯带话给儿子，叫他们回来，说，田种不了，只有饿死了。儿子说，坐牢也比回枫林种田享福。老八伯坐在凳子上，用手杖打老婆，边打边喊："我造孽啊，养两头畜生还指望过年呢，生儿子是拉了泡屎啊！"

邪妈隔三岔五端一个钵头，拦在我母亲去菜园掏菜的路口。"你家里的腌菜，给我一些吧。我们家一片菜叶都没有。""拐子又不死，嘟嘟，我家盐没了。""借一斗米给我，嘟嘟，我明年积了米还你。"邪妈一手捏着裤头，一手抱住钵头，脸上是黑漆漆的淤泥，露出满口黄黄的牙齿。我母亲把咸肥肉割一块给她，把箱子里压了几年的棉袄给她。母亲说，人成了一摊烂泥，什么用都没了。老八伯最终没有熬过第二个冬天。他全身急速地浮肿，裤子包不住大腿，身体里的水好像随时会喷涌出来。即使是在深夜，他矮小的屋子里还会传来"唉唉"的呻吟。村里的人说，拐子是饿死的，邪妈做的饭还不够她一个人吃。村里的人又说，拐子窑泥踩得太多，泥把脚给废了，菜里的虫死在菜里，是轮回。

临死，老八伯的两个儿子也没回枫林。他的泥潭成了他的墓地。泥潭已废弃了好几年，潭边的稗草疯长。坛里是乌黑的泥浆水。下葬的人说，埋拐子连墓坑都不用挖。在我小时候，泥潭是我们的乐园。我们用手掏一块窑泥，捏小汽车、面饼、小板凳、鱼，放在墙垛上晒干，制成我们的玩具。

父亲像他父亲：六十多岁，牙齿开始脱落，抿着嘴巴吃饭，头发日渐稀少，吃很咸的菜，不穿袜子，走路拖泥带水，弓着背，深夜里有长长的咳嗽声，半夜起床抽烟，用筷子打人。他不时地通过公共汽车，给我捎来糯米粿、年糕，应季节的不同，还捎来清明粿、土辣椒、红薯、水压白菜、腌制生姜。这些糕点菜蔬，不断地把我唤回枫林。新米出来了，他会背一大蛇皮袋来我家。他怕冷，还没入冬，就穿厚厚的棉袄。他的皮鞋有泥浆。我女儿羞涩地叫："爷爷，吃饭啦。"他的脸折叠着规则的时间的皱褶。他问他四岁的孙女："你家在哪儿？""在白鸥园。"他孙女说。"那枫林呢？""枫林是爸爸的家。"他的笑容有些沮丧，僵在脸上，像封冻的河水。但父亲住不了两天，就要回枫林，他说，他听到地在叫他，地饿得慌，要喂肥，要喂水，还要松松它的筋骨，地舒坦了，人才会舒坦。

吃着新米煮的稀饭，我似乎闻到了枫林的气息：多雨而温和的气候，散着牲畜粪便的地气，身上凝结的汗渍。是的，我似乎从没有离开过枫林。水莲花一般散开的枫林，是我的胚胎。那里的泥孕育了我的味蕾、认知、美学。我固执地以为，泥是塑造人的基本元素。枫林会在某一个瞬间，落座在我眼前。枫林的地下有我长长的根须。每次写到枫林的时候，我会无意识地用左手按住胸口。有时，我觉得自己是一个可耻的人——不是说我抛却了枫林，而是我对枫林有深深的隔膜。我不知道自己为什么选择与父亲不一样的道路。他读了大学，却放弃了外面的世界，回到那片祖祖辈辈俯身的泥地里。我却像逃亡一样，离开了枫林。在同一条路上，方向完全相反。他宁静地耕种，宁静地生儿育女。而我一路地颠簸，喧哗，迷失归途。

"泥土是一只笼子。"父亲说。他的一生都关在这笼子里。天刚蒙蒙亮，他就端一把锄头去地里了。两亩多地，种了许多菜蔬。他一年四季都在地里。他几十年的时光都在地里。父亲一边垦地，一边自语。在一块地里，待上一天，他并不觉得孤单。中午，我送饭给他吃，他手也不洗，用土在手心里搓，把土搓碎了，变成米状，算是把手洗干净了。土，那么松软，舒适，像一个沉默的知己。父亲说，作为一个枫林人，不能没有泥土。他说，我们的粮食是刨出来的，是地长出了我们的身体，长出了双亲。上初中的时候，我开始怀疑父亲的这句话。我知道，父亲身上背负的不仅仅是他自己的命运，更多的是那厚重的泥土。或者说，泥土就是他命运的代名词。小小的枫林，在他的生命里，是那样的无边无际。我十四岁以后，再也没有去过那块地里。它在一座低矮的山冈上，黄褐色，葱郁的菜蔬组成六个长方形，和整个山冈上的菜蔬连成一片。从这样的地里生长出来的东西，必然是坚忍的（像一把无形的钢刀）。

枫林的歌谣是泥沉默的号子,是泥刀的小小火焰,是油菜花举过头顶的油纸伞。攀过院墙的青藤,暗开的木窗,地角边上的向日葵,在枣树下剥豆角的母亲,它们和她,在傍晚的水井里浮现,重叠。这是一个人在时间中的倒影,斑驳,散淡,布满灰尘。这一切,被一所旧年的老屋包容。枫林有固体的时间,菜蔬上的积雪,青苔吸附的人声。而记忆中的故土正在瓦解,像水中的泥坯。你会看到泥坯慢慢裂开的缝,崩塌,浑浊一片。就像目睹一个亲人的死亡。

父亲今年七十岁了。他的年迈将把我推到一条不知归途的路上。父亲说,人是一个部位一个部位老的,像一栋房子,瓦缝漏雨,门窗破损。他又说,人的一生都是双手空空的,泥土是我们一生的债主,我们还啊还啊,直到把肉体还给它,它才满足。我理解了父亲为什么要生这么多子女——人类与泥土亘古的搏斗,只有通过旺盛的生育,才得以继续。与其说村庄是人繁衍的,倒不如说是泥土衍变的,是泥土把人聚合在一起,生生息息,宽厚,仁爱。

如今,父亲很少下地了,但他放下筷子就会到菜地里走走。到了寒冬,他穿笨重的棉袄,弓着背,被一条小路带向阡陌交错的深处。他深黑色的背影被田野抹去,宽阔的落日余晖倒伏在饶北河边。他仿佛与泥融为一体。

铁

我爸和别人聊天,爱提很多怪异的问题,诸如"什么东西最重""最长的又是最短的东西是什么"。他向杨家大寒又提出了"什么东西是又硬又软,又韧又脆"的问题。答案,一直是在他舌头下。前面几个问题,我听了很多次,每次答案也不一样。大寒五十多了,在我爸东侧座位,用手指叩着碗,喝着酒。我爸看看他,老脸笑起来,像一窝泉眼,可爱慈祥。"铁是硬硬的,也是软软的。是韧韧的,也是脆脆的。铁和一团泥差不多。"大寒用碗碰碰我爸的碗,说:"想听听叔的意思。"我爸呵呵地笑,说:"不能说你不对,也不能说你对,我说这个东西,不是铁,是命。"

"怎么解?"大寒说。大寒用手抹一下头发,头发黄黄的。三十多岁时,他头发一年比一年黄。后来全黄了,鬓毛开始发白。

"命硬的人,韧得像弹簧,受多少苦,挨多少饿,都死不了。命脆的人,软得像棉花糖,被别人一口吞了,连个气泡都没有。"

"有理。有理。解得好。和太平山住持解的差不多。"

他们又开始喝酒。酒是我到官葬山买的，糯米高粱烧，头酒，十三块钱一斤，买了五十斤。我特意对吊酒的懒汉师傅说，是我家老头子喝的，酒不能差，不然他把碗摔到你头上的。懒汉说，知道，给他差酒，我不是作死吗？我老爸都年过八十了，当他喝苦味的酒时，脾气确实不怎么好。我爸有三个酒坛，一个酒坛能储五十斤，放在他睡的床前，酒坛盖用破棉絮盖着。去年十月，我带了好多酒回枫林，两箱"金门高粱"，两箱"八八坑道"，四箱"四特蓝韵"，二十箱"小蜜包酒"，准备过年喝的。到了年前，我去储藏间找酒，全是空瓶。我问我爸酒去哪儿了。"酒不是在酒坛里，就是在我肚子里。"他说。我爸把所有酒打开，倒进酒坛里，几百块钱一瓶和二三十块钱一瓶的，糯米烧、高粱烧、谷烧，混合在酒坛里，放人参、当归、党参、枸杞等各种药材，泡起来喝。满满两酒坛。我说，爸，有这样喝酒的吗，要不要冲啤酒红酒下去呢？他说，啤酒红酒度数低了，不能算酒。我哭笑不得。我带回家的东西，就是放在楼梯上，他也看不见，要是酒，放在阁楼木箱里，他也能翻出来。我爸秉承了他父亲的脾性。我祖父常说："酒是最硬的东西，也是最软的东西。酒进了血液，骨头硬朗，再重的活也干得了。酒进了脑子，身子是一堆烂泥，软不拉稀的，别说干活，走两步路也成不了。"我祖父一生喝酒，却从不醉。不是他酒量大，而是他懂得分寸。

当然，作为添酒的人，我赞同杨家大寒的说法。他是个打铁匠，铁就是他的泥，铁就是他的生活，铁就是他的精气，铁就是他的命。

大寒的手艺是父传的。传了三年，他父亲死了。大寒十六岁。打铁铺在土地庙边的一间破泥房里。一个大火炉，一个鼓风箱，两个铁锭，两个水桶。他父亲力气奇大，一肩挑两担露水谷，箩筐压箩筐，棕绳结绑在扁担上，他弯下身子，整个胸腔鼓起来，腿肚子发胀，肩膀抖两下，把担子挑走。谁也没这个架势。他父亲是个高大身材的人，叫杨钱粮，给大队部打铁，打铁锤打锄头打刀具，脸膛黝黑，有两排白亮的牙齿，眼睛铜铃似的。钱粮的死，是因为捞一条死鱼。在水库尾的山田里，生产队的人在割稻子，有一个人看见库面上浮了一条死鱼，七八个人扔下活，跳到水里，抢捞一条死鱼。大家游泳过去，水把死鱼荡到库面中间，其他人游了回来，钱粮继续游，捞到了鱼，人却沉了下去。大家看着他沉下去，"啪哒啪哒"打着水面，不见了。水库太大，水又冰骨，没人敢下去。临近傍晚，撑了竹筏，生产队才把他捞上来。他手里还死死地抓着死鱼。大寒的母亲是前几年去世的，叫豆香。那是一个走路像抖筛子一样的女人，笑起来，整个眼窝都不见。包产到户前，她时常断粮，水烧在锅里，抱一个畚斗，四处借米。似乎大寒的二姐水篮，还背一个米袋子，去附近的村子讨过饭。村里有两个人讨过饭，另一个是巷子路口的扁豆花。扁豆花每次讨饭回来，都会在床上哭一天，"哗哗哗"。她们都是十七八岁的姑娘，背一个米袋，扎个头巾，穿老旧的破棉袄，手上打叫花板，进一户，打叫花板几分钟，边打边唱：好东家，行行好，寒冬没有棉花袄；好东家，行行好，有柴没米怎么熬……

打铁铺隔壁是个牛圈，养了四头牛。我负责一头，老七负责一头，山神负责两头。山神没上学，一直没上学，自己名字也写不来。山神是大寒的弟弟，年长我一岁。天冷的时候，我们躲在打铁铺，玩跳房子打纸板的游戏。火炉红红的，墙壁上映着通红的光,炉灰扑腾腾地从炉口扬起来,灰白白的,落在衣服上、头发上。我们的脸上也跳着火光,暖烘烘的。我们从红薯窖里偷出红薯,从生产队的芋头地里刨出芋头,从生产队谷仓里偷玉米棒,焐在炉膛下的炉灰里,焐到满屋子有了香味,扒开炉灰,剥开吃,吃得打饱嗝。豆香大婶做大寒的下手,拉鼓风箱,"呼哧呼哧",风"哼呼哼呼"地吹进炉下的膛口,火苗一张一熄,硬木炭红黑红黑的,接着转成殷殷的透红,铁片喂到木炭里,黑黑地亮起来,颜色和炭火融为一体。屋外北风呼呼。小寒后,雁北飞,鹊开始筑巢,雪粒扑撒到屋顶,扑撒到刚抽芽的油菜。石板路走起来,沙沙沙。夜晚,风止了,雪大朵大朵地塌下来。梅花从墙脚边枯涩的树丫冒出一张嫣红的脸。山茶在雪地里,打开了花苞,像一盏油灯。

钱粮死后一年多,也是快过年了,门前的稻田积了厚厚的雪,屋檐悬挂的冰凌始终没有融化。独眼的石皮用蓝布手绢包了四个鸡蛋,找到我妈,说,大寒打铁需要一个帮手,总不能让豆香嫂抡铁锤吧。石皮是20世纪60年代外来的移民,一直单身,比我父亲小不了几岁,一个人住在半边倒塌的破房子里。我妈说,合适倒合适,豆香还可以生育。过了两天,石皮挑了一担箩筐,去了豆香家,做上门女婿。箩筐里有碗筷有矮板凳,有换洗衣服,有两双草鞋一双解放鞋,有不多的米面,有两只鸡,还有两卷新买的布料。大寒叫他叔。叔是继父的另一个称呼。

1983年,包产到户。我去镇上读初中。

打铁铺繁忙了起来。铁锤、条锄、薅锄、板锄、铁锹、铁镐、钢钎、大铲、两齿钳、烟叶铡刀、柴刀、砍山刀、割草刀、镰刀、菜刀、肉刀、剔骨刀、剁骨刀、斧头、锅铲、铁挂钩……挂满了打铁铺的墙壁。二十出头的大寒，像他父亲，肩膀像块磨刀石，手腕油茶树一样粗实。山神却文弱，打不了铁，负责砍杂木。杂木三厘米粗，剥皮磨圆，做锄头柄、刀柄。山神也上山割棕毛，棕毛切成巴掌大的一片，卷在杂木头上，插进锄头套口，再挤压三块木楔进去，算是结实齐整。

1989年5月，我从上泸镇实习回家，去打铁铺玩（去镇里之后，几乎没去过打铁铺）。我说，大寒，我来打几锤。我拎拎大锤，有十五六斤重。大锤柄不是木头，是开裂的竹片，用布片包着，弹起来，击打手掌生痛。我捶了两下，手臂发麻。石皮叔叔嘿嘿地发笑说，这碗饭，不是一般人能吃的。古话说，学艺容易打锤难。大寒看看我的手，说，你那个手像豆腐，我这个手像钢板，什么样的手吃什么样的饭。大寒打赤膊，穿一件糙羊皮的大围裙，说，热，受不了，身上流油。石煤燃烧的气味有些呛人。煤石是后山拉的，成本低。火炉上的铁，被一只铁钳夹着，气浪翻上来，铁屑一粒粒地脱落。把红铁放在铁锭上，石皮叔一小锤，叮，大寒一大锤，"叮，咚。叮，咚。叮，咚。叮，咚"你来我往。铁软软的，红红的，铁屑一层层落下来，铁渐渐乌黑，渐渐地发硬，有了器具的雏形，夹起来，吧呲，扔进水桶里，一股白烟潜上来，小小的水泡，咕噜噜地浮了一层，密密麻麻。淬火，夹起，又放进火炉里烧。

村里人的两齿钳断了，菜刀卷刃了，到打铁铺加工，大寒是不收钱的。

五家坞，在饶北河边的一个山窝里。山窝只有五家人，叫五家坞。说来也是怪事，五家人从大梁山搬迁来，有一百多年了，还是五家人。人丁不旺，靠上山砍柴为生。刀是锋口锐利的砍刀，锋刃长一尺二，刀头内圆，像鸟喙。五家坞的大头，每年都要买两把砍刀，只要大寒打的。大头说，大寒的刀，看起来乌黑，摸起来粗糙，拿起来笨重，但吃木头，锋口越砍越白亮，木疙瘩也能吃进去，砍荆条像吃肉。又一年，买刀，大头说，大寒，今天买了刀，要去你家吃餐饭。大寒说，请都难请，邀客不如撞客，菜是没好菜，酒是有的。大头第一次进了杨家，见屋舍矮矮的，但宽大，有六坪，后面还有两个大猪栏，猪"嗷嗷嗷"地叫着想吃食，门前是一个大院子，种了三块菜地，香椿树有两棵，树腰比腿粗，黄泥的矮墙围起来，盘满了凉粉藤。门前是开阔的田，再过去，是饶北河，河岸洋槐油绿绿地摊开。两只喜鹊在香椿树上，喳喳叫。过了两天，村边卖杂货的金花嫂给大寒说亲。亲，是五家坞的，大头的女儿。大头很喜欢大寒，屋舍也不差，他女儿梅花也来偷偷瞧了，对男人对东家都满意。

大寒儿子落地那年，石皮和豆香的女儿也落地，前后相差几天。婆媳同坐月子，算是大喜事。大寒和他叔，只有没日没夜地打铁。铁锤砸在铁锭上的生铁，火星四溅。"叮，咚。叮，咚"铁成了刀，成了锤，成了锄，成了斧，成了钎。铁成了刀锤锄斧钎，还是铁，但更硬，更尖，更生寒，可以深深吃进土里，把泥翻上来，种菜种稻谷种玉米；可以把比圆桶粗的树砍倒，锯成木板，打板凳，打桌子，打香桌，打花窗，打花床；可以把青石岩钎出一块块，凿成青石板，凿成墓碑；可以把一座石头山砸碎，世世代代砸，一年一年砸，一天一天砸，一锤一锤地砸，砸碎的片石烧成石灰，和上泥浆，修墙建庙，架椽盖瓦。生寒的铁，有了人的体温，有了人的血性，也有了血脉。淬火后的铁已不再是铁，是人的手与脚，是人的牙齿和胃肠，是人的骨骼，是人捍卫尊严的武器。

"1959年，是最苦的一年，苦得像药渣。"我妈常说起那年公社大炼钢铁，哀哀地叹气，说，"各家各户都把锅砸了，炼钢铁。全村的劳力都在饶北河洗铁砂，脚都浮肿了，我挺着大肚子，也去洗，饭都没得吃，吃红薯渣当饭，后来红薯渣都没得吃，吃棕籽吃观音土。白山底的放鸭佬，站在河里洗铁砂，昏倒在水里，被水冲了三里多，才被人发现。管食堂的酸尼，人真好，每餐多给我打一碗，没这碗饭，还不知道有没有你们。"酸尼是个驼子，鳏夫，他死的时候，我都十几岁了。我也几次把这个话，说给大寒听。大寒说，洗铁砂和淘金沙差不多，比打铁累人。我爸倒是说得轻松，一个时代是一个时代的事，现在不可能再去洗铁砂吧，一斤牛肉可以买好几斤铁呢。

山神哪年结婚的，我真不知道了。山神三十多岁时，石皮叔叫红旗从贵州带了一个女人回来。红旗是邻居，专门从贵州带女人来饶北河一带。我见过那个女人，夏天赤身裸体在饶北河游泳，皮肤黝黑，鼻梁塌塌，乳房像两个发胀的小柚子。女人在枫林生活了六七年，生了一男一女，还是回了贵州。前几年，石皮去世，山神打电话给贵州女人，贵州女人说，正在盖房子，小孩还在喂奶，来不了。山神死了心，女人再也不会来枫林了。腐冬瓜的老婆说，不能怪贵州女人，山神实在养不了家，瘦成一条藤了，四十多岁的人，端午了，还穿棉袄。发炎的老婆说得更恶毒一些："黄门狗买了个老婆来，没买老婆之前，一直和贵州女人相好，黄门狗养了上百只鸭子，卖鸭蛋的钱，都是给贵州女人的，你们没看出来，山神儿子和黄门狗长得差不多，鼻子朝天，眼皮往下塌，看起来就是笨死人。"石皮打了半辈子的铁，一直是抡锤的。抡到后来，再也抡不动了，双手垂下来，躺到了床上，躺了一个多月，便走了。全身干瘪，像剥了豆肉的豆荚一样。他的老婆，豆香，先他三年走了，葬在茅棚坞，和捞鱼死了的那个人葬在一起。为此，石皮一直伤心到死。大寒打了八副棺材钉，铁锤当当当响，把棺材钉钉进棺材板里。大寒说，叔是一个好人，一天的清福也没享过，要给叔大号的棺材钉，钉结实，免得叔饿着肚子爬出来。石皮带走了人间属于他的两斤铁。石皮的女儿蓝经，十六岁和本村的一个人生了小孩，一直没过门，后来又外嫁到很远的一个镇子里，我都十多年没见她了。只记得蓝经有一头天生的卷发，爱穿豌豆花裙子，很美的一个人，只可惜，一册书也没念过。

　　打铁铺，炉火一直没熄灭过。"叮，咚。叮，咚"这声音也一直没断过。远远听上去，像是木鱼声。大寒还是像以前一样，特别能吃。他买板油肉吃，一天吃两斤。板油肉的价格，一般是五花肉价格的五分之一。他说，把板油肉，蒸熟，拌白糖，空肚子能吃三大碗。他是特别勤快的人，冬天挖葛根，洗葛粉能洗半箩筐。他家三十年的老葛粉都还存放着。每年过年，我都去他家买肉过年。我看着杀猪的团叔，把白亮的尖刀，捅进猪脖子，血哗啦飙射出来，落在木桶里。猪嗷嗷嗷嚎叫，四肢奋力挣扎，肥肥的身子在地上打滚，直至四肢僵硬，嘴角淌出一丝丝的黑血。团叔用挂钩挂住猪下巴，拉进热水里，木勺舀水烫身，刮毛，拉上木头肉墩，扒开四肢，剁刀开膛，掏出内脏。大寒提着黄黄的肥肠，说，真是好肉，这头猪一勺饲料都没吃，全吃菜叶花草。我就买两样：口条，排骨。大寒说，排骨有什么好吃的，肉少，啃骨头还不嫌烦。肉还是热乎乎的。狗在肉墩下，转来转去，啃食零散的碎骨头。

酒是大寒嗜好之物。但贪杯也是近年之事，儿子红铁出事之后，他便逢酒必醺。他要喝到自己摇头晃脑，脸涨得像猪肝，才放下酒碗。他儿子坐牢，坐了三年。六年前，他儿子红铁，到东莞一家五金厂打工，出了事。五金厂生产螺丝钉、铆钉等各类金属物件。他第一天进厂，便被厂区里的金属镇住了。他从没看过那么多铁、不锈钢、铜、铝。厂区有枫林小学几十个那么大，车间是金属，仓库是金属，货场还是金属，一码一码，一捆一捆。仓管主任给大家上培训课，说，是金属构建了这个世界，是金属发展了这个世界，没有金属便没有世界。他相信了，这是真的，这是一个金属的世界。他打电话给大寒，说，爸，铁真多呀，什么样的铁都有，这些铁打成柴刀，全国可以每人发一把。红铁是个仓管，给货物标号，进货出货，负责登记。一天上班十二小时，繁忙时，还通宵加班。年轻人躁动，贪玩，厂区是封闭的，人出不去，就上网瞎聊天。上了半年多，在手机上，看到一则捐款倡议。倡议说，一个叫田英英的女孩子，自小丧父，母亲改嫁，随祖父祖母长大，祖父前两年去世，现在她自己患了血癌，需筹钱治疗。红铁很同情这个叫田英英的人，可自己又没钱，睡在床上，翻来覆去，睡不着，连续三天。他决意要帮她。他从仓库里，假签单，偷铁钉，装在电动三轮车上，卖给外面的工地。卖了三车，得了3270块钱，寄给了田英英的筹款单位。寄出后的第四天，红铁被厂保卫处抓了，进了派出所。过了两个月，红铁被判了三年刑。

大寒狠狠地打铁。火星四溅，溅在羊皮围裙上，溅到他的头发上、手臂上。红红的铁，软软的，像面团。他的铁器，一直是饶北河最好的铁器。

铁到了 1538 摄氏度，开始熔化，红得像鸡冠花，软绵绵；到了 2750 摄氏度，开始沸腾，沸水一样，噗噗噗。再硬的铁，也可以熔化，再硬的铁，也可以沸腾，只要有足够的高温。这个道理，大寒应该知道。他打出他自己想要的铁器，要给铁器足够的生命期，锋利，坚韧、称手。但再硬的铁也会断，钢钎会断，条锄会断，斧头会断，柴刀会断。没有不断的铁。和人的力气一样，再大的力气也会断。断了的铁器，熔在炉子里，铁匠继续锻打，成了新的铁器，把铁的魂还了回来。没还魂的旧铁器，挂在墙上，搁在屋檐下，扔在阁楼上，慢慢生锈，一层层剥落，牛皮癣一样，烂了全身，成了废铁、死铁。

我父亲年过八旬，还种地，还把废弃的纸壳箱扎成一捆一捆，用板车拉到郑坊破烂站，卖个三五块钱，他喜欢找一些杂七杂八的事做做。实在没事做，他就磨刀，磨得锃亮锃亮的。磨完了刀，磨斧头，磨完斧头，擦锄头，擦两齿钳，擦钢钎。刀斧锄，和粪箕箩筐一样，始终没有离开过他。他握起圆溜溜的刀柄锄柄，和握起碗筷的感觉是一样的，圆润，有掌心的汗水和油脂。我熟悉它们，却很少握起它们。没有握起，就是陌生。我总是吃了饭，往杂货店走，看别人打牌，看别人打桌球，或者去饶北河边，看水漫过石桥，小鱼悠然斗水。经过土地庙的时候，"叮，咚。叮，咚。叮，咚"打铁声不紧不慢地传来，铁在铁锤下变硬，变形，变得乌青发黑,变得锐利,铁慢慢融进了打铁人的脾性和沧桑。即使是雨天,噼噼啪啪的雨声,也淹没不了叮咚叮咚的打铁声,铿锵悦耳。叮,咚。叮,咚。那么倔强,那么孤独,那么坚韧。叮,咚。叮,咚。铁锤像是随时要停下来,又像是一直要打到天黑。铁是坚硬之物,但此时是柔软的:叮,咚。叮,咚……

父土

"土是我们的肉身。"凡生坐在茅铺喝水,和烂陀说话。烂陀是个瞎子,以算命为生。烂陀问他:你踩了半辈子的窑泥,你怎么踩不厌呢?凡生这样答。烂陀后衣领挂一把油布伞,背一个黄白色棉布袋,拄一根竹杖。棉布袋里有三副纸牌,一把紫黑胡琴插在袋里。"笃,笃,笃",他用竹杖敲击路面。烂陀说:"凡生啊,报个生辰八字,我给你算一张。"

"我的命就是土的命,哪有算头?"凡生说。他仰起脸,把半碗水喝干,摇摇空碗,说:滴水不剩,到了最后,每一个人都这样。

"话是不错,是这个理。你把手伸出来,我摸摸。"烂陀说。

拍拍手上的泥垢,凡生把右手伸了过去。烂陀捏他的手,反复摩挲,说:你脸大脚大,眉骨凸出,铁板牙,命硬。凡生张大了嘴巴,笑了起来,问:你怎么看得清我的脸,莫非你是个睁眼瞎?

"一个人的手,就是一个人的脸。你手宽手厚手指粗壮,指骨暴突。可惜你手指太短了。"烂陀说。

"报一下你儿子名字。"烂陀又说。

"大儿子叫土荣，十七岁；二儿子叫土旺，十三岁。"

"土生万物，草衰草荣。土养人丁，地肥人旺。你老婆叫什么名字。"

"金兰。"

"你几个女儿？"

"两个。大女儿叫水仙，十九岁；二女儿叫桃英，十岁。"

"一花谢，百花谢。土硬物衰。"烂陀喝完了茶，笃笃笃，敲着竹杖，往巷子里走了。他走百十米，站一会儿，拿出胡琴，"嘎咕叽咕"，拉两弦，唱：今生难得有情人，前世烧了断头香……

烂陀临走扔下的两句话，凡生不解，但记住了。凡生问过村里好几个有书底的人，也不解。凡生求教风水先生法海师傅，法海师傅也百思不得其解，说："这是土咒，是赐给你的箴言，你还得请烂陀师傅解。"

"我去了三次烂陀师傅家里求解，他不说。给他相命钱，他也不收。"

"他不说，土咒变成了命咒。既是命咒，坦然吧。一个人的命运，就是一个人肩上的担子，这个担子只有自己挑，换不到别人的肩上去。各人有各人的担子，再难挑，得自己挑。"法海师傅说。

烂陀在饶北河上游流域，很有声名。老一辈的人，信他。最让人信服的，是他打时。在郑家坊，打时也叫报时、断时、测时，是古代占卜法之一，俗称报时起课法，适用于寻物、找人、八字、拆字解字。他的胡琴拉起来，开腔唱两句，屋里的人便知道烂陀进村了。他一个人来，有时也两个人来——他的老婆牵着竹杖，带着他。他老婆叫素妍，身子高挑，水蛇腰，脸长。素妍坐在烂陀身边，看他算命，微微笑，笑出一个梨窝。有几个男人也不下田了，看烂陀算命，也斜眼瞄瞄素妍。爆米花的疤癞丁乐呵呵逗趣烂陀："你又看不见脸，讨这么漂亮老婆是浪费。"烂陀说："脸，摸起来比看起来舒服，你不懂了，女人的脸就是女人的心，脸软心慈。"素妍听了，咯咯咯笑。

瓦窑场在村口晒场侧边。一条石板路绕过瓦窑，在晒谷场分"丫"字形，进入村里。晒谷场和瓦窑场，是孩子玩耍的地方。这里开阔，场地平整，适合奔跑。孩子推铁环，放风筝，跳房子，都在这里。到了下午，瓦窑场会有妇人来，提一个竹篮，上面盖一条白净的洗脸巾。妇人提着篮子，坐到自己男人身边，掀开洗脸巾，端出一碗面，或一碗蛋炒饭，或一碗饺子，给男人做点心。

在瓦窑场做事，属于重体力劳动。凡生在场里做踩泥工。金兰送的大多时候是馒头。她不提篮子，臂弯里夹一个筲箕，筲箕里是白花花的馒头。有孩子在场，她一人发一个。孩子怯生生地接过馒头，撕馒头皮，一片片，吃完馒头皮，大口啃，一路小跑回家。面粉是她自己家的麦子碾的，馒头喷香。她是种麦的好手。在村后山腰，她垦了一片山地，蓬松的黄土，麦子长得摇浪推波。

瓦窑场用黄土。黄土在官葬山。开手扶拖拉机的来春，负责挖黄土，拉黄土。黄土赭黄，干燥时蓬松，阴湿时绵实。"官葬山的黄土好。"凡生说。

"为什么这样说？"来春不懂，爱刨根问底。

"郑家坊一带，只有官葬山的黄土，用手指蘸水捏，可以捏出松脂一样的泥浆。其他地方的黄土，捏起来，指头磨出沙粉。"

"哦，哦。怪不得，村里死了人，喜欢埋在官葬山。"来春说。

拉来的黄土，卸在泥潭里。凡生把泥堆出一个圆镶形，边堆边用锄头捣碎泥团。堆一个泥潭，刚好一天。泥潭大，可以装二十几车（拖拉机）黄土。太阳如渐熄的火炉，架在山巅之上。红焰"噗噗"飘动。天边的云彩也"噗噗"飘动。山影在田畈拉长，变形，像鬼故事中的幽灵。山影也盖住了村舍。凡生操起长柄水勺，从泥潭边的清溪里，搲水上来，一勺一勺泼在泥面上。泥泼足了水，稀稀的天光蒙上了夜空。暑夜多美，蓝星爆出天幕，宛如露珠。南风从田畴卷过来，从河面卷过来。风没有声音，只看到秧苗翻浪似的涌。幽凉之气夹着野草的气味，带着泥土的清香，一下子把晚归的人裹紧。天光浸透了草露，淡薄，有着南方的清雅和致远。

戴一顶箬叶斗笠，光着身子，用竹梢赶着牛，一前一后，在泥潭里踩黄土。黄土泡透了水，发涨，散成拳大的泥团。牛的脸上蒙着黑布，沿着潭边，一圈圈走。人也一圈圈走。牛脚陷在泥里，人脚也陷在泥里。牛走不动了，凡生甩一下竹梢，噼哒，打在牛臀上，说：要么耕田，要么踩泥，你不耕田，就可以吃吃嬉嬉吗？谁不想吃吃嬉嬉，你以为我不想啊？

牛抖抖肥臀，哞——哞——哞——叫几声，拖出长长的浓鼻音，尾巴甩在脊背上，甩死一只大牛虻。牛虻的口器针管一样，扎入牛的皮肤吸血。牛虻头部呈黑褐色，有乌黑光泽，大而凸起。

天热。暑气滚滚,空气一波波涌动。牛走二十几圈,拔不动腿了。牛躺在清溪里,滚几下,再到溪边吃鲜草。凡生不怕热。他把泥浆裹在身上,成了泥人。黄泥浆稠稠的,裹上去,吸在皮肤上,清凉。泥浆一下子把身上的暑热吸干,泥湿慢慢蒸发,泥浆慢慢干巴,收缩在皮肤上,裂出细纹。泥浆变白,碎裂,落在泥潭里。泥浆里有了凡生的汗渍,有了凡生的毛孔污垢。

一年四季,凡生都在泥潭里走。一圈圈走,黄土一圈圈烂,成了烂泥浆。泥浆稠了,又泼一次水,继续踩。黄土有了胶性,黏黏糊糊,手摸起来,像发酵了的面团。生土成了熟泥,盘泥切块,堆在茅铺下,供瓦工取料。

踩泥的人,不仅仅要一副好身板,还得要一双好腿骨。一个人天天浆(方言,浆,动词,指有耐心地、专注地干某一件事)在泥潭里,跟着一头牛打转,这样的人,会是什么人?踩泥的人,一个村子里挑不出三个。

泥潭是圆形的,像一个大脚盆。凡生二十一岁开始,没离开过这个泥潭。黄泥浆一直裹着他的双腿。他陷在黄土里。

踩泥之前,凡生造了三年田。生产队口粮紧缺,田少。山垄有一片缓坡,长满了芭茅和芦苇。缓坡有二百余亩,沿着溪涧,从山垄里一直往外拉。一家抽一个男丁,开荒造田。吃了早饭,生长队长丁丁壳在巷子口,"嘘嘘嘘"吹哨子,喊两声:出工了,造田了。三十几个青壮男人挑着簸箕,扛着钢钎,赶着牛,推着货车(独轮车),去山垄。他们烧荒,挖草蔸,依地形修筑田埂。山垄是焦土,土硬,土质肥力不足,造田需要拉塘泥或黄土。

黄土一板车一板车拉来,平整在新田里。男人一边平土一边唱着汗水浇透了的民谣：

> 山沟沟里的喜鹊
> 山尖尖上的鹰
> 河湾湾的柳树下
> 鸳鸯浴红衣
> 哥哥在山沟沟背着太阳造田
> 妹妹在河湾湾等着春麦开花
> 麦花雪呀雪呀白
> 喜鹊叽呀叽呀叫
> 妹妹盼着哥哥来到柳树下
> 亲呀亲心口口甜

黄土田适合种土豆，也适合种麦子。一季土豆一季麦子。巷子里的人，看重那块生田。玉山有一个糖厂，有甘蔗渣。丁丁壳听说甘蔗渣埋在田里，很肥田，可以改造土壤。他们又去拉甘蔗渣。枫林去糖厂，有五十来公里，他们带上饭团、水、剁椒，拉板车，步行去了。一个来回，至少走二十小时。去一趟，拉十几车甘蔗渣回来肥田。甘蔗渣白白的，用化肥袋装起来，堆在板车上，堆得像个草垛。他们弓着腰，车绳勒在肩上，草鞋踩在沙石公路上，脚趾紧紧收在一起，像患难的兄弟。那两年，看见拉板车的，十几辆走在一起，路上村镇的人，就知道枫林人拉甘蔗渣了。拉甘蔗渣的人有好脚力，耐饿熬瞌睡。

没有去拉甘蔗渣的男丁劳力，晚上拉板车去郑家坊街上，掏公厕。郑家坊驻扎着人民公社、粮管所、医院、学校、拖拉机站、酱油厂、石灰厂、供销社、木材加工厂、锅厂,这些单位的公厕,被枫林人掏得干干净净。生田养了三年,成了熟田,黄土便成了黑泥。

一条山垄变成了梯田。梯田月弧形,一弯弯。田是冷水田,一年两季水稻。第一年开秧门,巷子里的几十个男男女女,在山垄里办了开秧节。开秧节每年都有,一般比较简单,在拔秧之前,烧三刀黄表纸,上香,叩拜,在地上摆一碗肉、一碗酒,放一串百响花鞭(方言,百响花鞭即短鞭炮,响一百次)。炮仗放完了,卷起裤脚下田拔秧。而这一年的开秧节,很是隆重。三牲裹着大红布,摆在长条大木墩上,万响花鞭(方言,万响花鞭即最长鞭炮,响一万次)轰隆隆地炸响。香桌上摆了酒、茶、桑果,也摆了黄土,摆了长脚红蜡烛。男男女女戴上了大红花。丁丁壳站在秧田里,说:我们肩挑背驮,靠锄头、簸箕、板车,造了一垄山田,彻底解决了粮食问题,土长出了粮,粮是我们的神,秧门开了,就是仓廪实了。

冷水田种出来的稻米好吃,香,糯,甜,不吃菜,也可以让人吃下三大碗。

黄土多好啊,养了肥可培出熟田。黄土多好啊,浆(方言,做动词,搅拌)了石灰,可夯墙,有了我们的泥瓦屋,上百年,雨水也浇不塌它;在泥瓦屋里,浆石灰渣夯黄泥地,用壅槌壅,毛糙糙的地溜光了,千百年也不会坑坑洼洼,冬暖夏凉。黄土多好啊,踩烂了,摔出泥胶,套在竹模上,刷出器胚,晒干,放在窑里三日三夜地烧,烧出了屋上的瓦、墙上的砖,烧出了地窖里的酒坛，烧出了伙房里的钵头、瓦罐、水缸，烧出了圆腰深的米缸。土不仅仅长出了粮食和菜蔬，土夯了墙烧了砖，我们有了皈依；土烧出了人外在的脏器：吃饭的碗、储米的缸、腌制菜的坛、盛凉粥的钵头、礼佛的油灯、藏零食的瓮……造了田，凡生去了窑场踩泥。他喜欢踩泥，脚陷在泥里，泥被挤压出空气，会"扑哧哧"地叫。泥叫了，脚舒坦。脚舒坦，人舒坦。他喜欢把踩出胶的泥，抱在手上，没有任何土腥和异味，凉幽幽，沁人心脾。

这个土窑，已有三百多年的历史，长垄的窑身埋在缓坡状的土里，露出拱形的窑顶。晒坯场有四个篮球场一般大，砖坯码在中间地垄里，瓦坯码在场院四边。茅寮挨在窑的右侧，师傅在茅寮里裸着上身，单挂一件猪皮围裙，摇瓦坯。茅寮比较宽阔，搭成一个"人"字篷，路过村子的人，想喝茶了，在茅寮歇脚，山天海地谈白。村里的事，镇里的事，在茅寮里做事的人，都能谈出子丑寅卯。踩泥其实是一脚（方言，脚即件）枯燥的事。一个人在泥潭里，无人和他说话。凡生和牛说话。他高兴了，和牛说，拉拉牛尾巴。他受气了，也和牛说，摸摸牛屁股。有一次，他在家门口的樟树下，捡了一只受伤的山噪鹛，他养在笼子里。养了一个月，伤好了，他提着笼子，来到樟树下，打开笼子，山噪鹛飞走了。可没过一会儿，山噪鹛又呼呼飞回来，落在凡生的肩膀上，"叽叽叽叽"地叫。

凡生走到哪儿，山噪鹛跟他到哪儿。

山噪鹛在地上蹦蹦跳跳，也在他左肩右肩蹦蹦跳跳。凡生去踩泥了，山噪鹛也去，跳在牛背上，吃苍蝇，吃牛虻。他也和山噪鹛说话，他和山噪鹛说起了坳头的姑娘金兰。

金兰是猎人的女儿,家住坳头。坳头是一个十几户的小村,在深山里。深山没什么田地,多以捕猎为生。有一次,金兰挑野猪来枫林卖,快响午了,还有一个野猪腿没卖出。凡生叫住了她:卖野猪的,太阳这么大,过了等日(方言,等日是太阳中等分天空,即响午),肉腐了,谁还会买啊?送给别人也不会收了。金兰抬眼看看,一个泥人,露出一对黑溜溜的眼珠子,身子高大,水牛一样敦实。凡生又说:我用米给你换吧,半斤米一斤野猪肉。

这样,他们认识了。他就和山噪鹛说了。他说,金兰姑娘能来我们家坐一坐,该多好。山噪鹛向他转起乌溜溜的眼睛,咕咕咕喊喊喊。它叫得像山歌一样好听。凡生笑了,说:我的话,你又听不懂。山噪鹛又咕咕咕喊喊喊叫。凡生又说:我的话,你听得懂,牛也听得懂。凡生又笑了。

金兰每次来枫林,在清溪边,山噪鹛嘘喊喊嘘喊喊地叫,转着乌溜溜的眼睛,在牛背上跳。凡生侧头一看,金兰戴着草帽,穿着青色凉鞋,看着自己。金兰唤一声:踩泥的,米换肉啊。

野猪的肺、大肠、腰子腥味重,无人买。金兰把这些东西放在箩筐底,送给凡生吃。金兰说:山胡椒除腥,放干辣椒炒,一点异味也没有,比家猪下水好吃。

金兰来了,凡生和山噪鹛说上半天。金兰隔了三五天没来,凡生和山噪鹛说上三五天,说:金兰姑娘怎么不来了呢?我家的栀子花开得跟月亮一样大了。

来年春天,凡生踩了新年的第一潭泥。凡生和山噪鹛说:我想去提亲了,我想去坳头了。山噪鹛嘻咕咕嘻咕咕,叫得很欢。他提两瓶"全良液",恳请法海师傅做媒,去一趟坳头。枫林方圆三十里，没有法海师傅不熟悉的。他背一个黄布包，走遍了村镇。

翌年冬，下了一场盛大的雪。雪从山尖往下盖，盖了山梁，盖了田畴，盖了树梢，盖了屋顶，盖了窑顶。雪也往上盖，盖了白净的天边，盖了毛眼眼的太阳，盖白天也盖了黑夜。没有盖住的，是麦苗尖和灶膛火，从雪缝里钻出来，从灶膛里扑出来。麦苗吐出河流奔腾的气息。灶膛火带着干木柴的爆裂之气，卷起了山野。冒着纷飞的大雪，凡生挑着一担猪肉、一担布，迎娶了金兰。

凡生结婚时，烂陀还不认识凡生。烂陀还是一个少年，身上还没有过冬的棉裤，整个冬天煨在床上。他的父亲还在望仙（望仙，地名）的一个林场代人记账。那时，烂陀还不叫烂陀，叫桥头瞎目。村村有瞎目，一个或几个。称呼起来，免得混淆，便以小地名做前缀代称，如马车瞎目、樊家村瞎目、七宝地瞎目。饶北河有一座木板桥，有好几百年历史了。"个"字木桥墩，有十三个，桥墩是松木。水下千年松，楼上千年枫。松木泡在水里不烂，桥墩取松木为多。木桥早于小村，小村便称桥头村。

桥头瞎目特别聪明，有听书不忘的本事。他拜了望仙乡的道道公为师，学相命、打时。道道公祖传相命，已有七代。桥头瞎目生下来，双目就是两个窟窿。

有一年，桥头瞎目拉着胡琴去相命，有一户人家请他打时。户主姓余，三十七岁，他的老娘瘫倒在床已有月余，看了几拨医生，也不见效果，人一天比一天憔悴下去了，这几日，只灌米汤喝了。桥头瞎目问了生病的时辰、日子、地点，问了老人的出生八字，说："敞开大门，我画的符贴在香火墙上，贴半个时辰，风吹掉下来,我就不打时了,我走路。风吹不下来,我打时,算一卦。"

正是大风之日,风呼呼呼,晾在屋檐下的辣椒串掉了好几串下来。挂在窗台上的蜂桶也倒了下来。

米汤糊在香火墙上长条形的符纸,被风吹得啪啪响,纸像鸟翅一样扇动,可就是不掉下来。桥头瞎目说:你去上三支香,烧一刀黄表纸,烧了纸,我打时。

桥头瞎目坐在靠背凳上,从布袋里抽出胡琴,架起腿,清清嗓子,唱:

行行度桥,桥尽漫俄延。身如梦里,飘飘御风旋。
清辉正显,入来翻不见。只见楼台隐隐,暗送天香扑面。

唱了几句,屋里来了七八个邻居,看他打时。

他摊开自己的左手,大拇指在食指、中指、无名指之间,跳来跳去,按掌诀大安、留连、束喜、赤口、小吉、空亡,掐指打时。

"余大哥啊,你娘生病的头一天,去上了坟。坟在南边,过了河。坟是七年的坟。"

"师傅。我娘是去上了坟。我外婆过世七周年,她去拜拜。"

"我给你解解时吧。"他又拉起了胡琴,舒缓地说唱:"你娘啊,出门上坟,早了时辰,在河边三岔路口啊啊啊,碰上煞神乌面伤了身,伤了身。乌面一路跟着来,关在屋里不现身。乌面不走人不安,人不安。"

余氏拜了下去,恳求桥头瞎目:师傅驱走了煞神,我愿出一担谷子,放十万响花鞭。

"余大哥言重了,救人要紧,救人要紧。"桥头瞎目又说,"逢单日的酉时,你带一把笤帚去河边三岔路口,在路口叠七个石头,叠成塔,烧七支断头香,拜七拜,连去七次,你娘便好了。"

桥头瞎目又交代余氏:"笤帚从你娘房间骑在裤裆下,一直骑到三岔路口,不能开口说话,回来的时候,笤帚撒上香灰,进了你娘房间,烧七支老艾。"

过了十四天,余氏的老娘下地了,大口吃饭,拎着篮子去河埠洗衣服。桥头瞎目在余宅传开了,说:真是土地神显身,踏门时(打时也叫小六壬预测法,有十几种方法,有些方法具有巫性。踏门时是具有巫性的一种。打时的人不需要亲历事件,根据进门所掌握的信息,做出判断)灵验,无人可比。郑坊街上的"徐氏诊所"徐远桂医生是老人的诊疗医生,说:老人是膝盖关节风湿痛,吃了一段时间药,施了几天针灸,才可以下地的。

余宅的人骂徐医生不要脸,吹牛,把桥头瞎目的功劳堆在自己头上。徐医生哭笑不得。

桥头瞎目如佛陀,被人叫成了烂头师傅。

据我母亲说,烂头师傅最厉害的,是下剑。下剑也叫下剑时,是打时的一种,专断妇女生小孩状况,即什么时辰生小孩、生产时是否母女平安。下剑时在饶北河流域,失传了至少五十年,道道公也不会。

在饶北河上游,无论到了哪个村,进哪家门,烂陀师傅总是拉起胡琴,轻轻咳嗽两下,唱两句,屋里的人便知道他来了,很客气请他坐。他白兮兮肉乎乎的手,让人羡慕。他是吃轻脚饭(方

047

言,轻脚饭即无须干体力赚来的饭)的人。有妇人很来事(方言,来事即带劲)地对烂陀师傅说:我家男人一双手两只肩,来不过师傅一张嘴,你活得像个活神仙,不下田,餐餐白米,不挑担,起屋上梁。烂陀师傅蠕动蠕动嘴皮,"嘿嘿"一笑,说:吃一辈子饭,不晓得稻子长什么样,走一辈子路,不知道路到底有多长,你说我是不是白活了呢?

我母亲很信烂陀师傅,我父亲很不以为然。我父亲说,算命打时,是讨一口饭吃的手艺,千万不能当真,只要不作恶不害人,三十六行总得有人干,瞎子算命,拐子撑船,聋子打锣,和黄地粉墙乌泥栽禾一个理。

我母亲鄙视似的,说:就你懂得多,昨日鸡笼少了一只鸡,你打一个时,把鸡找回来。

我父亲咯咯咯笑起来,说:你讲蛮话,昨日乌失(方言,乌失即丢失),我怎么知道鸡走哪里去了。

"那你说什么?烂陀师傅就找得回来。"我母亲白他一眼。

"你找烂陀,他厉害,他厉害。可以了吧。"我父亲又咯咯咯笑起来,说:"我昨日买了一瓶假酒,你问问烂陀,谁造假酒,我找出造假的人,叫他赔一担谷。"

"'一花谢,百花谢。''土硬物衰。'烂陀师傅给凡生的两句偈语,你懂得多,抱着收音机睡觉,你解解。"母亲又白他一眼说。

我父亲说:"他随口说两句,全村人当真。算命、打时就是迷信。"

"你痴子(方言,发傻的人,脑筋转得慢的人)。哪有算命先生乱说偈语的？法海师傅也解不来。"我母亲说。

"全村人解不来的偈语，这样的偈语一点意义也没有，成了没有谜底的谜语，无解。"我父亲摊摊手，说。

"这个偈语，当然可以解，我会解。从我八岁开始，我爸教我解偈语。"我母亲说。

"哦。爸是道家高手，我把这个忘了。"

"我爸断诀下剑，救过很多人的命。可惜他死得那么早。"

"那你解解这个偈语。"我父亲挨过身子，对我母亲说。

"这是个命咒。不能讲，讲不得。"

"你解不来，就说不能讲。"

"你真是痴子。没法和你讲话。命咒解了，就是人咒。"我母亲提一个菜篮，摘菜去了。她浮在田畴间的羊肠路，沿着溪边，往窑场走去。窑场过去，是一片瓜架。每天早晨的太阳，从瓜架上升起，像一滴驼红色露珠。

每一个人都有自己的命咒。但无人知道自己的命咒是什么。这是我母亲常对我说的。命咒是一条密码文，刻写在头盖骨上。谁能看见自己的头盖骨呢？

凡生的密码文却是刻在脚板上的。1998年，窑场搬迁到官葬山，实行了机械化生产，也无须踩窑泥了。凡生做了个自自在在的种田人。他种了很多菜蔬，早上挑一担菜，去镇上卖。他有一个小布包，一根麻绳束袋口。钱塞在布袋里。布袋塞在内衣里，一分一角，他都交给老婆。卖完了菜，带两个热乎乎的包子回来。包子是豆腐馅。金兰爱吃。

之前，他在泥潭里，天天踩，踩了三十余年。官葬山竹子林边的矮山冈，已被挖平。拉走的黄土，每一团都踩在凡生的赤脚下。跟他踩泥的大水牛。先后有十三头。他是个温和的人，肥肥的裤腰扎一根长布条，跟在牛背后，戴一顶尖帽或圆帽斗笠，黄土踩出了浆水，踩出了稠胶。胶泥里，有他的脚印，有他的体温，有他的脾性和气血。这些，都烧在泥里，熊熊的烈火焚烧三天三夜，烧出我们头顶上的瓦，烧出我们的米缸酒瓮。

踩着踩着，金兰来了，成了亲。金兰蹲在溪边，看他端着大碗坐在潭池边吃点心。

踩着踩着，他的两个儿子来了，一个叫土荣，一个叫土旺。

踩着踩着，他的两个女儿来了，一个叫水仙，一个叫桃英。

踩着踩着，金兰又走了，他的鬓发白了。金兰去世，我母亲哭了很多天。作为邻居，我母亲异样伤心。2013年端午节，我从上饶市回枫林，行李还没放下，我母亲站在柚子树下，对我说：金兰奶（方言，奶即婶）往生了，走得很突然。我母亲惋惜地说，走得太早了，才六十五岁。

金兰查出直肠癌，定了动手术的日期，日期还没到，还天天在晒谷场散步，在小满那天午睡，再也没醒来。这样也好，少了很多痛苦。凡生说。说着说着，他用双手抱住了自己的脸，泪水从指缝间流出来，在手背上，形成横流。凡生天天去里阳山的坟地里坐上小半天。他们是一对恩爱夫妻，结婚几十年，彼此没红过脸。凡生每次上街，骑上他那嘎吱嘎吱响的自行车，驮她一起去。街在八里路外的郑坊。凡生走亲戚了，也带着她。凡生踩窑泥，下午的点心，金兰从来没缺过。

他觉得从没有过的孤单。他失魂落魄。他忘记了他和丁丁壳说的话。丁丁壳往生，是凡生抬木棺的。丁丁壳的儿子哭得瘫软在木棺前，凡生安慰他："丁丁叔，我们造田，种田，一辈子都站在泥土之上。我们站在土上就是站在人世上，人世是堆在土上的。土下没有人世。人在人世是暂时的，是个四季客。人站在土上，也是暂时的，人如麦子，长一茬收一茬。人被土盖了，才永生。"

雨里霜里，凡生都去里阳山。土荣和妻子生活在义乌。土荣在一家大型服装厂，做水电。土旺和妻子在县城，他在一家太阳能晶硅片厂，做质检员。土荣的儿子在深圳，卖手机。土旺的儿子在兰州读书。

山垄里造出来的田，在2000年前后彻底撂荒了。只有凡生一个人在种自己的田，种玉米、种土豆。凡生看着那么多田荒了，很是痛心，打电话叫土荣、土旺回来，包田种。两个儿子没一个回来：种田亏本，田不值钱。凡生种了三年，也不种了——玉米、土豆被野猪啃食，收不了。田里野猪特别多，有时还跑进村里。没几年，山垄长满了芭茅、乌桕、山毛榉、芦荻。田在草根树根下消失。

"那么好的田，种出的糯米又糯又香，酿出的糯米酒比高粱烧还旺口（方言，旺口即口感好、开胃），田造了才几年呢，说没了就没了。"凡生对丁丁壳说。丁丁壳病在床上，凡生去看他。丁丁壳说：一座山垄养了我们一代人，养了我们的，我们都不要了，我们到底要什么？我以后，就葬在山岩上，可以看见这条山垄，看看它会不会又从山垄变成田。

饶北河边的大田畈，凡生有三亩来田，他是一直种的。这是祖宗留下来的。"祖宗山祖宗田，是我们的庙。我们不能把庙毁了废了。"凡生说。他一个人耘田、耙田,一个人拔秧、插秧,一个人施肥灭虫。稻子熟了,请来收割机,呼呼呼,半个小时把稻子全收割了。稻谷装进蛇纹带、扎紧,装上拉货的电瓶车,带回家。大田畈像一块圆匾,盖在盆地上。

田畈,是大地最厚实的胸膛。饶北河上游的人,与田畈相依为命。四月的油菜收割了,田再一次翻耕,溢满泱泱春水,田畈一片白。鹭鸟从遥远的北方,飞越千里,从灵山顶上,随同春雨,降下来。田头河边,鹭鸟随处可见。乡人抱一个畚斗,赤脚下田,从畚斗里摸一把稻种抛撒。十天后,田畴青青绿绿。稻种从黑泥里耸起油青的芽叶。雨滴不再阴冷,而是凉凉的,打在芽叶上,芽叶轻轻摇一下,又旺旺地抬起头。大地日渐繁盛。四季在田野的颜色中流转、葱茏、多姿。即使是冬天,田畈也不单单苍凉,肃杀的寒风一阵阵掠过,似乎从鼓风机里吹出来,呜呜呜地怒吼。麦苗和油菜苗在雪中,默默抽芽,菜蔬也越发翠绿。野冬菊散落在每一条田埂,绽开金色花。种子会发芽,草叶会开花——泥土孕育的生命在四季的流转中自由竞放。每一轮的生命,是大地的铭文和纪年。

稻谷堆满了凡生的谷仓。他一个人,一天吃不了一斤米。他儿子回家,凡生机一担米,给他们带去义乌、上饶。土荣不愿带,说,扛一袋米,在路上辗转太累人了。他说,超市会送米到家。他说,一袋米值不了几个钱。凡生把土荣脚上的皮鞋脱下来,扔进垃圾桶,狠狠地骂:田畈长出来的吃食,是最干净的吃食,你还嫌弃,你不是枫林人,枫林走出去的人,脚上都沾着厚厚的土。

里阳山是一个小小的山坞,遍布油桐树。有一天,凡生收了秋稻，扛一把铁锨一把两齿锄，去金兰坟地侧边，掏地坑。挖了十几天了，有人问他挖坑干什么。他说，他要修一座窑一样的坟。他拉河石，拉黄泥，在地坑上垒石块，圆拱形往上垒。干了一年，土窑一样的坟垒好了，有拱门，有天窗，内面可以摆下两张床。他又去砍木柴，砍了二十多平板车，拉到窑一样的坟里烧，关了拱门和天窗。木柴烧了三天三夜，一地炭灰，里面干燥了，暖暖。凡生把床放了进去，他晚上睡在里面。

巷子有人讲凡生：越老越讥骨（方言，讥骨指不合常理，做事出乎人想象），有家不睡，睡到坟里。村里有好几个人，人还活在世上，便修好了自己的坟。但没活着睡进去的人。凡生说，一个人睡在家里心里不会慌乱，睡在金兰身边，踏实。有一次，凡生睡在家里，听到金兰在叫他，可他应答不出来，喉咙里像塞了沙子。他再也睡不着了。他说，金兰在里阳山，一个人太孤单了，得陪陪她。

在窑一样的坟里，凡生住了四个多月，水仙出事了。水仙在马车村生活。她是一个很会干活的人。田里地里，她一个人干。她老公一直在火车站货场做装卸工，也节俭，钱一块一块地给水仙留着。水仙有高血压，不是很严重，便也一直没吃药。她婆婆身体不怎么好，得滋补一下。水仙杀了一只鸡，放在土灶里吊汁，塞了十几片人参进去。参片吊鸡汁，不能用盐，水仙放了两块冰糖下去。水仙的婆婆不怎么吃甜，汤汁喝了一半，又全吐了出来。婆婆说：甜味，实在受不了，和血腥味一样，呛肺，鸡汁还是你自己喝吧。水仙把剩下的鸡汁一口喝干了。午睡了之后，水仙去田里拔稗草。稗草多，长得比禾苗还高。她把稗草拔出来，踩进烂泥里。一边拔,一边踩。拔到了田中央,水仙倒在了田里,脸盖在泥上。过了十几分钟被人发现了,拉进华坛山医院,人都没了气息。医生给她做了检查,说是高血压上来,有轻微颅内出血,倒在田里,被水呛死了。医生从她口腔鼻腔,洗出很多乌黑的泥浆。医生说,有高血压的人,吃人参鸡汁,就是把自己往死里吃啊。

凡生的脸在收缩,像干旱的田,现出密密麻麻的裂缝。他头发落得快,黄白斑盖了头脑洼(方言,脑门)。苍蝇喜欢落在他头脑洼上,嗡嗡嗡地叫。他的脚背生了一块块青苔一样的皮癣。皮癣很痒,上面的颜色黄几天,再黑几天,继而一直白下去。临湖祖传医治皮肤病的麻壳梨医生说,这是皮肤中毒,凡生脚踩了太多的泥,吸了泥毒,积在脚上。凡生餐餐喝半两五步蛇酒,蛇酒解毒。其实,凡生并不是很在意自己患皮癣。他说:"枫林屋顶上有过半的瓦,都是我踩出来的。"说这句话,他说得特别响亮、提气。

他是一个完全把自己融在土里的人,以土为命。

土是生命最高的神祇。

我们在土上面种甜瓜也种苦瓜,种我们的吃食。我们播种、施肥、浇水、打药。这是凡生在十几年前对我说的。他坐在我的院子,看柚子花开得幽香白艳,他问我:你说,世间什么东西最好呢?我一下子哑口无言。世间好的东西太多了,空气、阳光、水是好的,钱、权是好的,美色也是好的。哪有最好的东西呢?最坏的东西是有的,比如灭绝人性,比如恩将仇报。最坏的东西,都与恶毒的人心有关。最好的东西是什么呢?

"土长了我们的吃食。没有吃食，人会死掉。土从不叫人归还什么，土只负责生长，长花长草，满世界的葱绿。"凡生说。

凡生现在每天从我家门前走过。他穿一双棉布拖鞋，露出长着花斑皮癣的脚踝。我会想起他以前，甩着竹梢，嘘嘘赶着牛踩窑泥。他油亮的胸膛，绷得像一张羊皮鼓。他养过三只噪鹛。噪鹛死了，他又养，养了又死。噪鹛快活地叫，飞飞跳跳。后来他没养了，不知道为什么。噪鹛死一只，他伤心一次。

水仙下葬的时候，我母亲走了五里路，去送她。我母亲念金兰的好。在物资短缺的年代，金兰帮了我母亲太多太多。念一次，我母亲难过一次，烂陀留下的两句话，扎着她心。烂陀师傅已有十来年没来过枫林了。公路上车太多，他走不了。其实，烂陀留下的两句话，我也会解，但我也不会说出来。大地是时间最宽敞的河床，所有的迁徙和别离、所有的驻守和重逢，都在这里发生。而土，始终以父之名，塑造了万物之形，哺育每一个肉身。

烈焰的遗迹

　　后山的油茶花翻着跟斗抱来成捆成捆的香气。屋脊是灰白的，瓦垄是暗红的，雨水披散开来，沿屋檐而下，形成幕帘。在关于故土、家园的若干词条中，我对"屋檐"几乎是入迷的。它既是家的组成部分，也是外延部分。"屋"给人笼罩、封闭、躲藏的感觉，而"屋檐"透露出关怀、怜悯、眺望、等待的暖意。我对"瓦"还心存膜拜。它是坚硬、易碎、高蹈、遮蔽、安泰的隐喻体，也是人的象征体。瓦是拱形的（对古人居住的洞穴的模仿）、均衡的（对自然的感应）、对称的（确定地理的方向性）、烧制的（对死亡的最高赞美），它有细腻的指纹和尚未退去的体温（生命和炊烟的美学）。我不知道是否有"瓦史"这样的书，至少我没读过。"瓦史"已有几千年，可能它寂寞地等待我们对它的书写，它的光辉比火耀眼。

　　在我家的右边，有一块空阔的场地。差不多在雨季后的五月，场地上摆满了圆柱形的瓦桶，垄上一码一码地叠放着灰白的瓦坯，矮墙上是茅草编的雨席。通禾伯伯腰扎一条蓝色的大围裙，在矮房里做瓦。他是有名的瓦师，瘦瘦高高，用弓状的丝刀，切下泥片，双手托平，粘贴在瓦钵上，像给小孩穿衣服，再用左手快速转动瓦钵，右手细致地抚搓泥片，在旋转中泥片变得光滑，结实，向上收缩，就成了瓦桶。午后的阵雨不期而至，我们掀起雨席把瓦场盖得严严实实。一般瓦桶要暴晒七天，泥变成白色了，瓦桶倚在下膝，手轻拍纹线，裂开，成坯。

瓦场在某种意义上，是我童年的瞭望台。后山是阴森的坟地，山尖的岩石反射闪闪的阳光，形成光瀑，湍急而下，油茶树遍野，岩鹰盘旋，带来季节的消息和死者的音讯。周边的炊烟往上涌，与泡桐香椿缠绕在一起。对面的灵山，壁立，连绵，给人压迫感。瓦房低矮，四边的门是通风口。我们用稚嫩的脚踩瓦泥，黏糊糊的，捏狗，捏猫，捏兔，捏小汽车。我们对瓦房的阴凉有着似乎病态的迷恋。码起的瓦坯纵横，它的线条绷直，柔软，有臆想中的弹性。通禾伯伯的老婆是一个肺病患者，她佝着身子，脸长而窄像两把挂刀。我们听到她咳咳咳的声音，就围向门口。她端个饭箕，说："吃点心喽。"那时短粮，点心是一些烙薯、生地瓜、枣、煮土豆。大概在我读小学那年她死于肺病。她阴暗窄小的家里挤满了人，哭声从房间里奔涌而出，犹如开闸的洪水。前五年，通禾伯伯拖着残弱的身体寂寞而去，他的两个儿子在外打工，只有他自己扶棺痛哭。那片瓦房破败不堪。

他的大儿子三佗在三十一岁那年，妻子毫无征兆地暴死，大儿子拉扯两个子女长大。他的小儿子光春娶了个豁嘴的女人，在公路边盖了半边楼房。他毗邻瓦房的家成了老鼠的乐园，本来就阴暗的房子常年弥散腐败的霉味，毫无声息。我已经找不到我童年的踪迹。每次回老家，我都会去看看，无由地伤感。白蚁蛀空的柱子，漏雨的瓦缝，悬着尘埃的蛛丝，二十年前烙薯的小柴灶仍然流淌着冷却的温暖。我似乎看见两个小孩，一个是我一个是光春，在看蚂蚁抬蜻蜓。扭断了翅膀的蜻蜓，一蹦一跳，扑闪着断翅，蚁群团团转地围咬着。最终蜻蜓像棺材一样，被蚁群抬着，没入洞穴。苍凉的时光映照，把我鞭伤。

进我家的路口，还有一个瓦场。场主是徐枸杓，敦实偏矮，眼白很多，还有眼翳，说话有满嘴的白沫。他生了十一个子女，夭折了七个。他小儿子小名十一，大我五岁，和我同年进小学。教室少一张课桌，十一每天猫着腰背小饭桌去上学。一学年没结束，就到瓦场做了最小的瓦师。十一养了两只八哥。它们在茅棚、泥堆、晾衣竿、手掌跳来跳去。它们会说"上学啦上学啦"，还会说"吃饭啦吃饭啦"。

徐枸杓做不来瓦，只负责称柴、记工、核来往账目。他的算盘拨弄得哗哗响，是方圆十里数一数二的人物。他吃泥鳅，整条进去，整骨出来。瓦场办了近二十年，最终被机械瓦场消灭。十一在三十岁那年，什么活也不干——他坐在村口的断墙上，对过往的熟人说："哪里有合适的女人，介绍给我。"他的脸粗糙，包裹着寒意。后来，他家托人从千里外的贵州带回一个走路会掉裤子的女人。她是我们村里的第十三个贵州女人。她们和另外三个说外地话的不知从哪个地方来的女人，成了老光棍在荒野偷窥的对象。

现在徐枸杓差不多有八十岁了，住在从前的瓦窑里，已经好多年没人看见他出来走走了，包括他的儿子——三个儿子躲瘟疫一样躲他。他要晒太阳，就用竹竿捅开窑窗。瓦窑长了两丛茂盛的芦苇，像小女孩头上的羊角辫。他老婆是我见过的最瘦的人。我没办法去形容这种瘦，像晒干的葫芦瓢？像枯死的蓖麻秆？像谷壳？记得我小时候吃完午饭，坐在门槛玩，看见他老婆挑担空粪桶回家，桶里放了南瓜、薯藤、天萝，还有路上拾捡的柴枝。我问："回家烧饭啦？"她回："他们的肚子等不及啦。"她每天做的事是：浆洗一家人的衣服，磨两锅豆渣喂母猪，种菜蔬，洗菜烧饭，看守田水，请瓦场的帮工。她的老十说："我妈是根田七。"一辈子劳累了几辈子活的人，居然好端端地活着，年老了，脸上反而生了柚皮般的肉。童年时，徐枸杞巴掌大的厅堂，是我们听"说书"的地方。我们从饶北河游泳回来，就聚在他家饭桌边。他说他老九在部队当志愿兵，怎么怎么样。他的经典台词是"老九很快要转商品粮啦"。他说故事声情并茂，流着长长的口水，还时不时空出间隙骂他老婆："晚上的米在哪都不知，你还不去借？听我讲古就会饱吗？"我们哄堂大笑。他又骂几句。他恶毒的幽默的骂人的话，充满想象力，背书一样流利。

瓦窑一般在村口的荒地上，腰部埋在坡里，远远看上去，与坟墓没什么差别。窑门（像墓碑，让我想起"浴火而生"这个词）内凹，拱形，上下各一个口子，仿佛怪兽。也有垄窑，埋在斜坡，像僵死的蟒蛇。冬天，我们经常从天窗爬下去玩。它是浑圆的（天空的形状，也像屋顶），血红色，散发家园的（温暖的炭灰，尚未熄灭的鼻息）的味道，悬浮的尘埃（给人在路上奔徙的痛感）让我们不停地咳嗽。瓦窑是人从洞穴迁往旷野的第一个母体。

垄窑的师傅必是温和的人，去却了燥热、浮华。枫林有六个窑,或小如坟茔,或大如庄园,或如卧龙,或如骷髅。它们出自一个我叫炎哥的邻居之手。十八年前,他母亲死于高血压。他举办了隆重的法事。那天的哀伤丧调改变了他此后的路。丧调成了他的生活旋律。他成了乡村唢呐手,热衷于他者的生老病死,婚嫁歌哭。

"死是容易的,而活下去更需要勇气。"炎哥的老婆焦虑地对我说,"我已经很多年没好好睡觉啦。我好几次想死,可怎么能去死呢?"一个相邻十五年的人,我发现我还叫不来她的名字(这样的陌生让我羞耻,完全可以说是对乡村的漠视)。她家的屋角与我家的像一对牛角,我妈咳嗽,她就能听出我妈肺热病又犯了。她的脸有些浮肿,头发从中间往两边白,梳洗整洁。她像一个老人一样喋喋不休。我安慰了几句,就准备回家吃饭,可她仍没有要离开的意思,反而抓住我的手,说:"我到了晚上,蟑螂一样在屋里蹿来蹿去。你知道吗?我养成了自己对自己说话的习惯。我成了另外一个人。那个人是阴冷的。你说奇怪吗?你知道的,我患有健忘症,差不多有十年了,手里捏着锁匙却到处乱找。可到了晚上,我什么都记得清清楚楚。"我转身离去的时候,她还自语:"这样下去怎么办呢?"

其实她只有五十多岁,她大女儿是我小学同学,叫秀英。秀英是被她收养的。秀英的生母坐满月子服毒自杀而死。生父是基层领导,和早有私情的民办老师结婚。继母对她视如己出。炎哥大部分的时光在药品说明书中度过,偶尔扛一把锄头去挖车前子、金钱草、麦冬、百合根、金尾狗脊子。有时候,他还要在夜幕降临时,到荒芜的田地去找人——他老婆拎个菜篮出去,不知上哪儿了,幼儿一样找不到回家的路。"走了几十年的路,怎么会忘了呢?"他边找边嘀咕。寻找和失踪交织成一张蛛丝的网。这个乡村唢呐手,他老婆得了怪病后,他再也不去田里了——他放弃了和烈日、虫害、干旱的搏斗,他说,明天在哪儿活都不知道,管这些干什么。他像个干硬的馒头,被热水一泡,肿胀了起来,他胖得脸圆。他成了某种意义上的享乐主义者,他靠走村串户吹唢呐维持生计,前胸挂个大鼓,后背布囊装把二胡,一边走路一边吹唢呐。在喜宴上,还客串悲喜交集的男高音。他唱歌的时候,微微地闭上眼睛,双手间或"哐"地敲一下钹,头摇得像拨浪鼓,脖子会爬出两条蜈蚣一样的青筋,以加速感情的奔流。他叼一支烟,嘴角淌着亮亮的油,牙缝塞着青菜筋。他的窗台上堆满了"柏子养生丸""六味地黄丸""上清清宫丸"之类的小药罐。屋檐下是一些黑药渣,零乱、霉烂、杂碎,像丧失意趣的生活,孤零零地散在角落里,又像一个被抛弃的人。

上初中那几年,我经常晚上用石头砸他的瓦片——他和他的子女们组成演唱队,咿咿呀呀地练歌,吭吭哐哐地练铜乐器,吵得我没法温习功课。他家前厅围满了爱热闹的人,通常妇女的怀里抱个幼儿,男子吸着劣质烟,小孩拽着大人的衣角踮起脚尖,他们时而发笑时而评评点点。听得哭起来的是老人。乐队哭丧的调子,让老人想起后山的墓地,想起多年前消失的某些重要部分。烟尘,加深的夜气,锉刀一样的男高音,让夜晚布满梦境的伤痕和尖利的喧哗。现在,他的屋子到处是疾病留下的痕迹,像冬天的河床,凄清、冷涩、怆然,让我想起无人过往的驿站。他老婆如是说:"以后我的坟墓有瓦窑那么大就好了。"

在枫林，炎哥老婆的病是个谜。但我们终究没有执着于谜底。它成了我们习以为常的部分。

是瓦窑把人类带进了农业文明。历史书上说，蒸汽机把我们推向工业时代，而我固执地认为，是水泥消灭了我们的庄园，楼房像叠起的火柴盒，水泥路是我们永远无法愈合的伤疤。我仇恨水泥。瓦在消失，窑成了废墟，我们失却了作为村庄的胎记和摇篮。我们无法寻找歌谣扩散的地方，无法寻找那条出生的河流，虽然它有着哀与痛、血与泪。

生活会对远去的尚未消失的符号进行篡改，让人觉得平静的生活隐藏着无形的暴力，它面目慈善，内心却充满憎恨。一座村庄，是浮出来的岛屿，也是生活的躯体，可以这样说，我在枫林看见的咆哮的油菜花，渐渐暗下去的天色，倒塌的房舍，断流的饶北河，都成了表象。或者说，那是时间的斑纹，是死去的某种呈现，也是让我们甘于陷入的泥淖。

一座村庄是大地的坐标，是天空的钟摆。它有着静止的优美的弧线、纷乱的掩埋的回音。它以沉默代表诉说，以从容完成坚贞。它包裹着旷古的过去，也预示着茫然的未知。它让我确信，这一切都是亘古不变的往复。

灯光

即使再简陋的屋舍,也有一个地方,留给一盏灯。窗台中间,走廊木柱的腰部,饭桌上方横梁垂下的挂钩,窗前破旧书桌的左边桌角,灶神像下的白色台面,风弄的墙壁上,这些不显眼又伸手可及的地方,适合摆放一盏灯。即使家贫如洗,灯还有一盏。只要掌灯的人还在,灯就会在入夜时亮起来,哪怕黯淡,被风吹得摇曳不定。灯亮了,小孩停止了哭泣,说话的人变得温和。光给屋舍温暖,漆黑如泥的夜变幻了色彩,有了淡淡的昏黄,木门,木楼板,木柱,泥黄的墙,露出了原色。我们看见了白色的蚊帐,床前摆放的圆头布鞋,古老花床金红的山漆,画了大丽花的木柜和木柜上的两只木箱,木盆斜放在柱墩旁,洗脸巾晾在一根绳子上,水缸里的水还是满满的,灶台青石面板泛起幽凉的光,晒衣竹竿上挂着半干半湿的红辣椒……我们看见了酣睡孩子浅浅的微笑,看见了姑娘裸呈在脸上的梦,看见贴着房梁泥巢里的燕子那么安静,看见土豆在屋角悄悄发芽……

灯。一盏、两盏、三盏……整个屋子亮堂堂的,整条小巷子亮了，整个村镇亮了。安歇的人，在屋子里走动，在巷子里走动，相熟的人在路口借着窗里的光低声说话，相爱的人避着光在埠头拥抱……

我最早见到的灯，是洋油灯。洋油即煤油。灯具无须买，用一个墨水瓶，在瓶盖上凿一个洞，搓一根棉芯穿洞，浸在瓶子里的煤油中，芯头点起来，光焰便一跳一跳地扑腾起来。光焰和毛笔头相似，圆圆地往上不断收缩，最后跳动上来的是蓝焰。蓝焰没了，一缕黑黑的细烟绕着圈，往上冒，绕到梁上，绕到墙壁上，绕到挂钩上。烟熏了的地方，一股漆黑，抹了炭似的。每个房间，都有一盏洋油灯。饭堂、茅厕、风弄，也都有洋油灯。饭堂的梁上，垂下一根细绳，绳末结一个铁丝圈起来的兜，兜小碗大，平底，把洋油灯放在兜里。只有大人才可以点上它，我们小孩要点，则爬上桌子，跪着，用洋火点灯。洋火即火柴。火柴有红头火柴和黑头火柴。火柴盒是匣子状，拉开，红红的火柴头露出来，像一群贪睡的人。嚓嚓嚓，把火柴叫醒。醒来，火柴便死了。火柴头擦在盒侧边的火柴皮上，"扑哧"一声，一股磷燃烧的刺鼻味很呛人，让人鼻子发酸。火柴盒上，有一张图画纸，画着围手巾的劳动者，气宇轩昂，或者是张思德的劳动场面，或者是背着书包的雷锋。画纸上还有一行小红字：德兴火柴厂制造。我不知道德兴在哪儿。我好奇的是，一根细木棍，包一点点红红的东西，擦在一张黑黑小纸上，木棍怎么会燃烧起来呢？真是奇妙。

我尝试很多次，把火柴擦在木板上，擦在青石上，擦在白纸上，小木棍怎么还是小木棍呢？嚓嚓嚓，擦火柴皮，火柴不亮，原来潮了。火柴一般放在灶神像下。火柴放在这里不会潮。灶膛天天烧，热气烘上来，灶台热热的。也方便烧灶膛的人，点柴火，站起身，随手一摸，拿到了火柴，抽一根出来，嚓嚓嚓，亮了，把灶口的茅草点亮，叉进灶膛，劈柴架进去，一会儿，锅里的水"噗噗噗"地沸腾了，蒸汽扑腾上来，接下来，便是一餐热饭等着地里干活的人。

吃过晚饭，我和妹妹在一张小圆桌上写生字。一个字写十行，这是不能耽搁的。生字写得好，第二天，老师会张贴在教室黑板侧边。侧边墙上，有一个红纸作条边的四边形框，框里贴满了生字书写。老师布置的作业，在五年里，从来没有改变，写生字，背课文，三道数学题。每次写生字，我都十分认真，一个字写十行，一行九个字，手边放一块橡皮擦。笔是铅笔，没有卷笔刀，我父亲用菜刀给我削笔尖。他借着光，斜歪着头，牙齿咬着下唇，菜刀抵着笔头削。铅笔芯的黑粉落下来，落在桌子上。他噓起唇，一吹，落到地上。邻居孝林和我妹妹同年，也来我家写作业。他父母节俭，早早上床了，省些洋油。我们做作业了，母亲便坐在身边，摆一个笸箩，纳鞋底，或缝补衣服。母亲打不来毛线衣，也没有机会打毛线衣。哪有钱买毛线呢？她的儿女太多，九个，谁也顾不上。用我父亲的话说，能顾一张嘴巴不饿死，已经不错了。我小时候的衣服只有两种，要么单衣单裤，要么棉衣棉裤。棉衣棉裤也从来没新的，都是哥哥穿不了，改装给我的。每年过了霜降，洲村的裁缝师傅老四，挑一架缝纫机，来我家上工，要做半个多月的冬衣，一家人才不会挨冻。做作业，我们是不能说话的。母亲不识字。我们一说话，母亲便咳一声，看我们一眼，我们便不敢作声了。洋油灯摆在桌子中间，四个人用，微光照在母亲脸上，有一层打碗花般的光斑。

  洋油是在村供销社打的。我们不叫买洋油，叫打洋油。买酱油，叫打酱油。洋油由一个竹筒，从土瓮里舀上来，渡到一个漏斗里，灌进洋油瓶。洋油瓶通常由空酒瓶代替，瓶口用卷紧的草纸塞住。也有用塑料油壶装洋油，五斤一壶。打五斤洋油，也就快年关了。也有没钱打洋油的时候，便去邻居家借一点儿，度几天钱荒。我家是没借过的，因为我祖母常年供佛灯。祖母有两盏佛灯，一盏在她房间木桌上，一盏在厅堂香火桌上。佛灯有一个灯碟，灯碟是铁质的，形状大小和小菜碟差不多。还有一个灯座。灯座是毛竹根部竹蔸，抛光，侧边镂出一个挂口，既可以挂又可以穿指进去提。灯碟放在座口。灯碟有两根灯芯，细细白白。祖母吃了饭，洗了脸，进了睡房，便不再出来。她进了睡房，祖父便把香桌上的佛灯吹了。祖父说，哪有那么多灯油给她点，烧菜都舍不得多滴两滴油。祖母强悍，嘴巴不饶人。祖父惧内。祖母不在他眼前，他大话也是不含在舌头上的。他常说，女人怕什么，就是苍蝇，嗡嗡嗡，一下子飞走了。或者说，苍蝇，嗡嗡嗡，我不耐烦起来，一蒲扇过去，把它拍扁。祖母一咳嗽，说灯尼你说什么？灯尼是我祖父小名。"尼"就是"儿子"的意思。祖父元宵节出生，取名元灯。祖父应答，说，没说什么，我们做事去。祖母也有发现佛灯被吹灭的时候，她从睡房出来，找一样什么东西，一眼看见佛灯灭了，声音一下子高起来，责问："佛灯，是谁吹的？"我们异口同声，说："风大，灭了，忘记点了，我来点。"我们看着祖母进了睡房，关了门，又把佛灯吹灭。其实祖母知道佛灯是我们吹灭的，因为大门自晚饭结束后，便一直关着。

她也不是找东西,而是检查佛灯是否还亮着。

自小我便和祖父祖母睡一张床。祖母进了房间,也不上床,坐在椅子上打瞌睡,或者和我说她年轻时的事,说她的娘家,说她六岁裹脚。那些事,我耳熟能详。她不厌其烦地说,我不厌其烦地听。佛灯便在她桌子上一直亮着,直到天蒙蒙亮。祖母的脸宽阔,黄蜡蜡的皱纹刻写着她翻阅了的生活。灯油是菜籽油,油香四散,有一种春天田野的气息。祖母敬佛。我常开祖母玩笑说,我们走路去葛仙山拜佛,葛仙山的庙香节最热闹了。祖母说,太远了,走不了,佛敬在心里,佛不怪我的。初一、十五,她上香。这两天,她的佛灯,祖父是不敢吹的。祖母每次见佛灯吹了,她会叹一句:"我都老了,没什么要佛保佑的,求佛保佑你们,能吃能做,不头疼脑热便是福气了。"有时,祖母也问我谁吹了佛灯。我便说,是父亲。她不说话了。父亲是她独子,她丝毫不会责怪。她自言自语起来,说,佛灯亮起来,家里躲不了脏东西,佛灯亮着,我心里不慌,看着屋里亮亮的,心里舒坦敞亮。祖母说的脏东西,是指鬼。

在那个时候,其实村里已经通电了,但用电灯也只是在过年过节或有大喜事的时候。刚通电那阵子,还闹笑话。我母亲的舅舅,是深山里的人,来我家吃酒,把旱烟管靠在灯泡上点烟,怎么吸,也吸不亮烟丝。

洋油灯是最普遍的一种灯了,粗糙、低廉、方便。串门,我们也端着它,有风来,便把手掌竖起来挡风。或者,放在纸糊的红灯笼里。巷子里,土地庙旁,有一间柴房,堆着柴火,堆着牛过冬的稻草。做木匠的陶师傅和邻居梨花,常去柴房偷情。村里人都知道，柴房小窗口有灯光，肯定是两人在里面偷情。梨花是个年轻寡妇，精力充沛，先是七八天窗口亮一次灯，过了两个月，四五天窗口亮一次，过了半年，两三天窗口亮一次。窗口亮灯的时间也变长，从半小时，变为一个时辰，又延长到整个上半夜。这是巷子里每个人都知道的秘密，唯一不知道的人，是木匠老婆。梨花端一盏洋油灯出门，邻居看见了，招呼一声："又去了。"梨花"嗯"一声。"嗯"得理所当然，"嗯"得幸福十足。也有缺德的人，在稻草上泼尿。还有喜欢恶作剧的人，等里面的灯亮一会儿了，把柴房锁起来，让他们从小窗户爬出来。

晚上，我们出门，去邻村看电影或看戏，没有手电，便点松灯去。松灯是家家户户都有的。这种松灯，我也会做。铁丝绕成一个小篮子的形状，另一根长铁丝把铁丝篮子提起，扣在一根木棍上，干燥的松木片放进篮子里，用松脂点着，一会儿，便熊熊燃烧。谷雨之后，田畈里的稻田已经翻耕、灌水，吃了晚饭，我们便提一个松灯，背一扁篓的松木片，拿一个火钳，去照泥鳅。那时，我大姐还没出嫁，我时常跟她去照泥鳅。姐姐背扁篓，我跟在她身边背鱼篓，打双赤脚下水田。泥鳅、黄鳝在水田里趴着，我们用火钳把泥鳅夹上来，落入鱼篓。泥鳅、黄鳝，在谷雨前后，正在产卵，胖圆圆的，又多，一个晚上能照五六斤。田畈散落了很多照泥鳅的松灯。远远看去，松灯像一朵向日葵。天光稀薄，隐隐地可以辨识阡陌交错的田埂道。夜晚的田野，油蛉在"嘀嘀嘀"地鸣唱，促织弹起了它心爱的土琵琶。幽凉的风夹裹着泥土翻耕出来的土腥气味，也夹裹着野花的芳香。有一次，田里的泥鳅太多，我们照得舍不得走，松木片烧完了。田埂道纵横，我迷路了。我跟着姐姐。松脂啪啪燃烧时的开裂声，没了，四周陷入沉沉的寂静。我十分害怕。我提心吊胆地问姐姐，你知道路回家吗？姐姐说，不认识路了，我们沿水沟上游走，就是水渠了。我家门前不远，便是水渠分水的地方。水渠分出左右两条水沟，灌溉这一畈稻田。我们走在高高低低的田埂道上，又怕踩到蛇，又怕鬼跑出来。鬼是我们看不见的。那一带，坟墓也多，万一鬼出来，怎么办呢？不知走了多久，我们到了水渠，看见了家里窗户昏暗的灯光，我突然哭了起来。姐姐便取笑我，说，哪有你这么胆小的人呢。我哭起来，不是因为胆小，而是因为看到了灯。一盏油亮的灯，在窗口一直没有熄。我似乎看见了父亲母亲的脸。

灯，只用于照耀。灯，只用于驱赶黑暗。灯，总是出现在我们需要光的时候。

灯也照着亡灵。

人死了，要守夜。房间里，点起长蜡烛。蜡烛是一对。守夜人一般是四个，通宵不能打瞌睡。故去的人，躺在床上，用白布盖着。守夜人需要胆量。到了下半夜，人疲倦得眼皮抬不起来，说话的力气也没有，房间里只有蜡烛"扑哧扑哧"的燃烧声四散。守夜人听到了自己的心跳，听到了自己的呼吸。一个村子，两种人胆量最大，一种是守夜人，一种是给故去之人洗身子的人。我家里，只有三哥敢守夜。我祖父祖母故去，都是他守夜。我是连看一眼的胆量都没有。我父亲也是。邻居有人故去了，也是我三哥去守夜。他不怕。他说，死人躺在床上，和睡着了是一样的。他又说，死人躺在棺材里，和一根木头又没有分别。故去之人入殓当夜，要举行一场打醮。打醮，是设坛做法事，既求福禳灾又可超度亡灵。棺材摆在厅堂正中间,香桌上点起两支粗粗的长蜡烛,香炉里插满了香,墙壁上挂着马灯,厅堂也挂满了白纸白布,白纸上写了道符。棺材前,摆一张小方桌,供奉着香和酒肉米饭,两支长蜡烛也是燃燃不熄。桌前烧着黄表纸,纸灰飞来飞去。衣服上、白帽上、棺材板上、酒肉上落满了碎屑。故去的人不叫死了,叫老了。人没有死,都不算老。死了的人,是最老的人。打醮的人,一般是四个或六个,多的也有八个,吹着唢呐,打着铜锣,拉起二胡,唱一些只有他们自己能听懂的打醮歌。开头一个时辰,打醮的人,摇起肩膀,晃着脑袋,尽情表演。看的人也多,邻居,亲戚,生前好友,边看打醮边说着故去之人的种种好,种种恩义。要不了一个时辰,人便散了,打着哈欠,回家睡觉去了。儿子,儿媳,女儿,女婿,这些人是不能离开的,要守着。唱打醮歌的人,这个时候,把交谈的话也可以唱成歌调——"给我们一人发一包烟,哦哦哦。""给我泡一杯浓茶来,放点糖,哦哦哦。""你们做子女的,要哭呀,不能光我一个人唱,哦哦哦。""那个喝醉酒的人,呼噜声太大了,把他叫醒,叫他轻一些,哦哦哦。"——我祖父故去的时候,请了人打醮,事后,我父亲对我抱怨,唱打醮歌的人,也太不严肃了,这样来打醮,不是骗钱吗?我说,那是一门手艺,挣饭吃,那样唱,还可以活跃一下气氛,打醮还不是了子女一个心愿嘛,对老人毫无意义。

人最后的离开,是被灯送走的,送到一个永远没有灯的地方。

在我眼里,灯光,是世界上最奇妙的事物。想想看,和心爱的人,在安静的酒馆里,慢慢地吃晚餐,边吃边说动人的话,光细腻地照着心爱的人,也照着自己。她的脸如羊脂玉,眼神也越发柔和,她的头发会散发一种亲密的光泽,她的言语饱含温存。假如坐在这里吃饭的人,是我,我会情不自禁抚摸她的头发,抚摸她的脸。而这样的好时光,一生会有几次呢?或许只有一次。或许一次也没有。我是有过的。有一年,冬日大雪,在一个陌生的城市,我和一个女人,在酒馆吃了近两个小时。我们说着甜美的话语,灯光隐隐地亮,一圈圈一层层地铺下来,我看着她的眼睛、她的鼻子、她的唇,她是那么美。出了酒馆,大雪扑面而来,空阔的大街,稀稀落落的人在街灯下溜达,"咯吱咯吱"的踏雪声,使整条大街更加寂寥。树上,屋顶上,灯罩上,全是雪。我抱起她,在街口紧紧地亲吻。她手中的伞飘落,她的长发披散下来。她黑色的长大衣,成为绒绸般夜晚的布景。昏黄的灯光斑斑驳驳,落在雪地上,浮起光晕。大雪之夜,陌生的街头,酒馆里,萨克斯吹出《此情可待》,悠扬而低沉,温情又哀伤。我抱着她,像抱着自己的影子。她就是我走遍千山万水要寻找的人。她就是我把手贴近心脏又掏不出来的那个人。她就是每天和我说话的那个人。她就是虚无的那个人。她是唯一知晓我人生秘密的那个人。她是唯一被长明灯照耀的那个人。甚至,她就是灯本身。或者,每夜亮在房间里的灯,是她的另一个替身。

突然心血来潮,写了几句诗:

我从不拧亮床头柜上的台灯

也从不在房间里坐坐

每次我退出房间,蹑手蹑脚

轻轻带上房门

仿佛床上还躺着熟睡的人
时钟在继续走
绕着时光这个密匝的圆圈
不留任何痕迹

  一盏再也不去拧亮的灯，是孤独。它的光消失在它自己的内心。它用黑暗去照亮那个不再触碰它的人。灯是光的一种光源。灯也是黑暗的一种暗源。相对于光，黑暗不是光的死，而是另一种光，一种更恒久的光。光只能在黑暗中复活，永生。黑暗是光的投射面，也是支点和原点。光的源头，不是光，而是黑暗。

  光是消失最快的东西，比时间消失得快，比人的死亡快，比恋人离别的脚步更快。灯把光储藏了起来，它用七彩的丝线把光拽住了，紧紧地拽在手里。

  我是个无神论者，也是一个没有信仰的人。但我膜拜灯，膜拜爱。我如我的祖母，在乡间的房子里，供奉着油灯。古老的油灯里，居住着那些离我而去的人。古老的油灯里，有一个泪滴一般广阔的海洋，和一个眼球一般深邃的天空。重要的节日，我沐浴焚香，穿起和油灯一样古老的长褂，在厅堂里举行祭祀。灯光漫溢了屋子，我静静地坐在厅堂角落，看着烛火摇曳，我就觉得那些离我而去的人，又回到了我身边。我爱过的人，爱过我的人，其实从来就没离开过我。

第二辑 故物永生

床 / 摇篮 / 木箱 / 八仙桌 / 碗 / 门

床

在屋舍，最安静的角落，属于一张床。床，是梦开始的地方，也是梦结束的地方。床，一直作为时间流淌的河床，让我们不要遗忘，那些在床上安睡过的人，是时间的使者。使者抱着一卷草席而来。他可能来自泽国，也可能来自雪国。他是我们远古的祖先，也是我们未来的祖先。

草席是床的盆地。在葱茏的南方，一种茎直立、白色髓心的草本植物，遍布水泽。惊蛰之后，天一生水，好雨知时，残雪消融，草芽萌发。雨水到来，催促着这种古代称作"蔺"的席草，丈量阳光的长度。席草单生细柱形，无节，叶片退化，茎内充盈，坚韧而有弹性，适于编席。席草草茎圆滑细长，粗细均匀，壁薄芯疏，软硬适度，纤维长，富有弹性，色泽鲜艳，清香浓郁。霜降之后，草色渐无，把席草收割上来，暴晒、浸水、再暴晒，编织成草席。漆树喷出血色浓浆，油茶花白艳艳地开在山梁，深秋垂降在一滴霜露上。卖草席的人，用一根圆木棍，挑着草席进村了。草席卷成圆筒柱，用棕叶绑着两头，一卷一卷地被一根褐色棕绳捆起来。晌午,传来深巷子里的吆喝声:"鄱阳湖的草,床上的宝。卖草席啦,草席,草席,三年不脱线,五年不断草,十年不烂席。"吆喝声,巷子里的人熟悉。每年,挑席来卖的人,是同一个鄱阳人,音腔高昂。草席挑进厅堂,挂在两根竹杈上,卖席人坐下来喝茶。巷子里,听到吆喝声的妇人,也聚集在厅堂,解下草席,摊开在八仙桌上,用手一遍一遍地摸席面,用指甲扯缝线的白线头。妇人一边摸一边赞,说,鄱阳湖的草席耐磨,绵软,吸汗渍,做工也精细,线是白麻线。

烧一壶浓浓的老山茶,滗出茶汁,把草席抹一遍,晒两天太阳,便铺上了床。床是简易的平头床,但结实。床墩是老柚木,有水波纹一样的纹理,油脂渗出,有了褐黄相间的包浆。床墩被刨子一遍遍抛光,鎏光的纹理深藏着制床师傅温和的脾性。祖母曾说,柚木的纹理,看起来,和一个老人的脸部图案相似,这是当年的种柚人,把自己的魂随柚树种了下去,长了上百年,魂有了花纹,守护酣睡的人。老柚木不开裂,清香弥散。手扶在床墩上,印出手的形状,白白的热气在纹理间扩散。四只床脚是用深山老苦槠树做的,敦厚、古朴,像四个山野男人。我们睡在平头床上,微凉的风从木窗吹进来,吻在脸上,不一会儿进入了梦乡。尤其在夏天,溽热沉闷的空气,噼噼啪啪炸裂,从饶北河游泳回来,敞开胸膛,赤膊而睡,草席幽凉,真是舒爽。旧年的草席会更贴身,把皮肤沁出来的汗渍吸入席草。席草已经被汗泡软,纤维发涨,褐黄色渐渐转为深黄,手摸过去,像摸在泉水下的石板上,幽幽发凉。起身了,草席的纹路便深深印在脊背上,横竖的阡陌,像春耕的田野。草席下面,铺了一层厚厚的稻草。稻草须是深山冷水田种出来的一季稻。稻子收割后,把稻草挑回家,在饶北河浸泡两天,用棒槌啪啪啪啪捶打,去掉稻衣,捶烂穗芒,铺在石滩上晒三五日,水汽尽失。睡在新铺的稻草垫子上,特别松软,说不出的安逸暖身。

我在孟夏出生。小满时节,稻穗开始灌浆,枣花初谢,薏苡在水边沙地疯长,藿香蓟和指甲花开得正欢,地边的果子有了紫黑色。我母亲从地里摘了豌豆回来,身子散了架似的痛。接生婆是我下屋邻居,正在给杨家接生。夕阳渐斜,山梁涂了厚重的阴影。水在大铁锅里沸腾。我父亲急死了,在房间里跳圈打转。接生婆是个小脚老太太,踮着脚走路,怎么走也快不了。我大哥拉起平板车,拉上老太太,飞跑回家。接生婆跨进房门,我已经落地了。我出生的房间是右边厢房。我的到来,给我母亲带来的忧愁远远多于快乐。家里常常断粮,母亲缺奶,我怎么成活,都成了问题。

另一位母亲让我活了下来。一个人的死,让我得以生。我母亲把我抱养给一位王姓邻居。奶娘叫梅花。她的女儿刚出生就夭折了。我吃她的奶水长大,吃了三年。作为乡村的孩子,我可能是最少睡在母亲身边的人。三岁之后,我便和我祖母祖父同床。我十三岁,奶娘搬家,迁移到百里之外的小镇,我每年都要去看她。她黑瘦的脸,病恹恹的身子,几十年都没改变。奶娘对我格外疼爱。也可能是她看见了我,便想起了她夭折的女儿。我的身高,我的体重,我的笑脸,或许是奶娘从不表露的痛。当她用手抚摸我的脸颊,抚摸我的肩膀,抚摸我的头发,抚摸我的手,在她眼中,我是她复活的女儿。

我出生的那张床，一直由父母睡着。因为蛀虫噬咬，床脚的木质开始腐烂，落下米糠灰一样的木屑，床已经摆不方正了，人睡上去，"咿呀咿呀"作响。但母亲一直舍不得更换，父亲便找了河石，平坦坦地垫在床脚下。母亲在这张床上，生了九个孩子，我是第六个。南方人有月娘之说，生了孩子，要坐四十天的月子，要进补，不能用生水，不能下地劳作，不能受风寒，不然会落下终身病痛。月娘要焐床，额头包一条毛巾，再热的天也要穿袜子。母亲坐月子，一般只有半个月，半个月后便下地干活。我祖母对她这个儿媳，并不怎么疼爱，甚至冷眼冷语。物资严重匮乏的年代，生了孩子的母亲——我的母亲，吃一碗肉，都非常困难。我父亲，一个杀鸡都会手发抖冒冷汗的人，想尽办法去捕捉野味，煮给我母亲吃。他还用鱼作诱饵，到田畈去捕捉黄鼠狼。这是我母亲所能吃到的肉食。十多年前，我第一次看电影《宾虚》，看到耶稣受难的场景：瓢泼大雨之中，他被钉在十字架上，身体扭曲，血染红了雨水，在大地上横流。我失声恸哭。耶稣就是受难人的母亲，或者说，受难人的母亲就是耶稣。

人在草席上，被一床棉花包裹着睡，那种温暖、舒适、畅爽，是睡在席梦思上难以体会的。风干的汗渍会散发油脂的香味，草席光滑、平整，像夏季长满青苔的石板，它的柔滑和肌肤有大自然的亲和。棉花有阳光的味道和秋季绵绵的田野气息。到了冬天，雪花一阵催一阵。柚树上、桃树的枝杈上、矮墙上，都积了雪。屋檐悬着的冰凌，终日不消融，尖尖的棱角闪着白光。每天晚上，祖母烧起小火，火里硬木炭猩红，草木灰覆盖一层。等到整个被窝焐热了，我作业也写好了，钻进被窝，全身燥热。但睡到半夜，我会被冻醒——小孩拱被子，半个身子没盖上被子。我祖父便抱紧我，把被边折起来，压住。祖父匀细的呼吸和淡淡的酒气，交织着。他的胸口潮水一样起伏，他结实粗壮的手臂像河流抱住田野一样，抱着我。我全身都有了祖父的体温，暖烘烘的，从我的毛孔渗透到血液，像雨水渗透了大地，像月光渗透了水井。

十岁后，我和两个哥哥睡到阁楼上。那是一张宽大的平板床，可以睡四个人。床头有一个半椭圆形的窗户。窗户侧边，有两个土瓮。土瓮里，有被母亲上了锁的零食。零食是自己家里做的，炒玉米、冻米糖、炒花生、油炸面片酥、油炸薯片、油炸黄豆。哥哥总有办法，变魔术一样，把土瓮盖打开偷零食吃。哥哥每天偷，躲在被窝里吃，直至把零食偷完。冬天，呼呼的寒风从窗户里吹进来，我们缩在被窝里瑟瑟发抖，半个小时后，被子才开始暖和。哥哥便找来破旧的锅盖，挡在窗户上，但风还是从瓦缝里，从锅盖缝里，呼啦啦地灌入。而夏夜多通畅、舒爽，田野的风一阵一阵地漫卷上来，稻香和果香泛着青涩的气息，绵绵的，热烈的。尤其是月圆之夜，窗外的田畴一片银白，阡陌交错。湛蓝的天空，让我无法不把头探出窗外仰望它。湿淋淋的星星，相互拥抱着舞蹈，白色的碎花连衣裙在一块圆形的冰面上被风吹起，多像一只大天鹅。那是一群大天鹅在舞蹈。她们旋转的裙摆，把星光吹落下来，洒落在我们的屋顶，洒落在门前哗啦啦的溪水，洒落在静默的群山。大地是一面磨光的铜镜，所有的光都得到了明确的回应。我们头顶上，是浩瀚的银河，那里居住着海洋上漂流的掌灯人。那是我们最终的故乡和皈依。我睡在床上漂流。夜晚，是童话的夜晚。安徒生来到了床前，他对我讲述冰雪女王，讲述美人鱼，讲述丑小鸭。这些故事，都和我看见的星空有关，和我沉睡时泼在脸上的月光有关。萤火虫和蟋蟀、蝉、蚱蜢、螽斯、纺织娘，一起编织恬美的梦境。

有一张自己的床，是一种奢想。但我很快就有了，在我十三岁时，有些出乎意料。我大姐夫是个木匠，农闲时，来我家里玩。我说，你没事干，不如给我打一张木床。木头架在厅堂上，有三十多根杉木和苦槠木。姐夫选了两根苦槠木，说，拍起来嘣嘣作响，是上好的干木，做高低床最好了。大姐夫忙活了四天，一张高低床就打好了。两头的床头板，白白的，板心暗黄，幽幽的木香让我想起深山的葱郁树林。床板是旧门板，拼接的。大姐夫二十出头，看起来还是个大小伙子，走路连蹦带跳，喝两大碗酒也不醉，做事干净利落，爽快。我喜不自胜，从阁楼的木箱里，找出纸张发霉的小说看。苏联作家尼古拉·奥斯特洛夫斯基写的《钢铁是怎样炼成的》，是我读的第一本外国长篇小说。书的扉页写着：傅旭前购于郑坊书店。在一盏昏暗的白炽灯下，我连续读了七个晚上。每天读到深夜。我隔壁房间，睡着我的父母。我母亲睡醒过来，催促我："你怎么还不睡呀，夜深伤身。"我父亲这时会说："读书读得进去，是好事，肚子饿了，去饭甑盛一碗冷饭吃，开水泡一下。"不知底细的父亲，还以为我看课文呢。在这张木床上，我看完了《说岳全传》《隋唐演义》《三国演义》《水浒传》，看完了第一本当代小说——路遥的《人生》。《人生》刊载在1982年第3期的《收获》杂志上，我阅读的时间是1985年暑假，初中刚毕业。杂志是从一位名叫徐媛媛同学手上借来的。三十年了，我再没见过这位同学，但我一直记得她，圆圆的脸，短头发，说话语速很快。是这本杂志，把她深深刻在我脑海里。

正值青春期，我爱上了一个同班同学。我经常梦见她。我的床摆在窗户之下，木窗扇半遮半掩。窗外是一棵尚未开花结果的柚子树。月光把柚子树叶斑驳的影子，投射到我床上。很多年后，我在大街上，第一次听到《月亮惹的祸》，竟痴痴怔住了。那是一家面包店，在街的拐角，耳畔环绕着："……在你的眼中／总是藏着／让人又爱又怜的朦胧／都是你的错／你的痴情梦／像一个魔咒／被你爱过还能为谁蠢动／我承认都是月亮惹的祸……"我停下脚步，想起了那个铺满了柚树叶影子的木床。我曾辗转反侧，曾枯寂地坐在床上发呆，曾趴在床上写下第一封情书，曾躲在被窝里一遍遍地读她的来信。有雨的夜晚，雨星儿从窗台溅落，打湿我床前的鞋，打湿我一个个花影般的梦。梦沿着屋檐水滴落，那么绵长，一滴追随一滴，紧紧相依。

床是一艘古老的客舟，在一条叫时间的河流上，顺水漂流。茫茫的时间之河，客舟颠簸而行。麻布蚊帐是它张起的帆。

蚊帐是我祖母纺织的。麻布也叫夏布。八月，祖母从麻地里，用剥刀把麻成捆成捆地剥来，在门前水池里泡两天，挤净水，搭在长板凳上，一条一条，夹在剥皮刀上，用力拉扯，刮净青色麻皮，留下麻丝。洗红薯的大木桶，家家户户都有，泡上石灰，把麻丝浸泡几天，捞出来，用木棒槌捶麻丝，把石灰水挤压了出来，又放在清水里泡两天，挂在竹竿上暴晒。麻丝发白，打了蜡一样，闪闪发亮。祖母用两个摇槌，咕噜噜地转，纺织出比针还细的麻线。后院，有一间偏房，那里有一架老旧的织布机。织布机是用老樟木做的，上了桐油。织布机分梭架、挂布架和踏脚。我的职责是给祖母扇蒲扇。梭在她手上,跑来跑去,像两条饥饿的鱼,忙于觅食。古老的织布机,和我的祖母,在燥热的初秋,带来了古老的歌谣、疲惫的歌谣。整个院子里,织布机咿呀咿呀的转动声,从早晨响起,一直到黄昏披上简朴的蓝衫,歌声才被一群乌鹊驮进鸟巢。我陪着祖母说话,看着汗液从她蓝靛的对襟衣背部湿出来,先是一个小圆圈,慢慢扩大,直至整个后背,而后,汗液慢慢消失,衣裳上印出一朵盐渍白花。

"你以后要讨一个脾气好的人做你老婆。我要看到你生了儿子,我才会走。"我还是十多岁的时候,我祖母便给我说这些话。那时,她还是七十出头。她的头上盘了一个发髻,眼睛有些老花,看人的时候,手抬起来,遮着眼角的光。祖母终究没看到我娶妻生子。她走的时候,我都二十四岁了。她病了半年多,卧在厢房的平头床上。有一天,我一个人在上饶县城的大街上闲逛,突然想回家,寻思着今天不回家,可能看不见祖母了。我搭上最后一趟回镇里的班车。到了家,已是晚饭之后。饶北河两岸,笼罩在一片灰色的雾霭之中。晚秋的黄昏来得早,雾霭从山上泻下来,灌满了盆地。村子里的灯光,浮在雾霭里。蝉在大樟树上吱呀吱呀,叫得歇斯底里。我们一家人围在祖母的床前。灰白的蚊帐收了帐帘。祖母静静地靠在我祖父怀里,躺在床上,眼睛偶尔睁开,像在寻找什么。她已全身不能动弹,哪怕侧一下头。祖父不停地叫着祖母的名字:"荷荣,荷荣。"祖母没有丝毫反应,眼角流下了最后两行泪水。祖父抱着她,手掌盖在她的脸上,说:"走了,不会回来了。"祖父始终没有流眼泪,语气也只是低低的,眼神呆滞。一个在他身边熟睡了六十多年的人,再也不会醒来。

依照饶北河流域的习俗,老人生前用过的衣物、床上用品,在烧路纸的时候,也要一同烧掉。在村口的丁字路口,祖母的衣物、蚊帐、草席、草席下的稻草,和草纸一起烧。祖父一直抱着草席,舍不得扔下火堆。这些带着祖母气息、汗液、体温的物件,在清晨寒露来临时刻,被一缕缕的黑烟带走。但祖父还是执意留下了祖母的一件棉袄和一双棉布鞋。每天早上,祖父用鸡毛掸子把棉袄棉鞋掸一遍,隔几天,拎到屋檐下翻晒。这是他唯一要做的事。祖母走了几天,祖父便说,床怎么那么宽呢,一个人睡起来,像睡在桥上,会滚下去,落到水里。有很多天,他不睡觉,坐在床上,抱着双膝,看着窗外四方格的天空。他怕冷,给他加被子,还是冷。他抱着双膝,轻轻地唤:"荷荣,荷荣。"这个叫荷荣的女人,是他身体的另一半。她走了,他完全空了。床上她睡的那一半,被冰水和寒风取代。他睡在一个冰窟里。两年后,他也走了。空寂的厢房,再也没有任何声音。床空空的,挂着的蚊帐落满了灰尘。

想想,我多懊悔。我应该早早娶妻生子。祖父祖母始终没看到我拖儿带女回家。他们抱憾而去。我住在县城一个招待所里,和徐勇合住一个房间,写毫无意义的诗歌。简陋的房间,只有两张床和一张写字桌。虚妄的青春被诗歌所填埋。后又转到市区,在棺材坞住了几年。也一直一个人住。结婚之后,我住到了白鸥园。我女儿骢骢出生,是在市立医院。我从医生手中接过女儿,放到床上的时候,我想起了我的祖父祖母。女儿裸身被一床小包被裹着,肥肥胖胖,肌肤如脂。半年后,或许因为过于劳累,我得了严重的失眠症。我那么惧怕床,床给我的,不是安眠,而是焦躁和煎熬。我在床上躺一个多小时,又下来,在客厅里走来走去。在地板、沙发和床之间,我犹豫地选择,身子安放在哪儿适合呢?我羡慕那些倒头落枕便鼾声即起的人,羡慕边吃饭边打瞌睡的人。看了很多医生,吃了很多药物,都没有效果。我便想,可能我是一个和睡眠没有缘分的人,我是一个必须承受床带给我煎熬的人。床是一口热锅,我是锅里的一只蚂蚁。很多时候,我一个人站在窗口,看着夜色消失,天空发白,直至街上熙熙攘攘。骢骢出生前三年,我完全放弃了写作。得失眠症之后的一年,我整理出书桌,重新写。我觉得我心里有很多毒素,需要通过文字排泄出来,不排出来,我会中毒身亡。我也不理会失眠症,靠在床上读半夜的书,再下床写半夜的文字。夜晚是美好的,虽然夜晚让我精疲力竭。对于一个无眠的人来说,躺在床上,苦苦地等待黎明,是绝望尽头的希望。患了整整两年失眠症,让我深深明白,一个倒床而卧的人,是一个多么幸福的人。失眠症也给我埋下心理疾病:我睡觉,不能有响动,不能有光,认床认枕头。我小孩和我同床,也一夜无眠。小孩翻来翻去,踢被子,把脚搁在我身上,我起身,把小孩理顺了,我已睡意全无。我的小孩,在床上得到的父爱,很有限。这让我愧疚。我离开家的第一夜,很难入睡。对一个热爱孤身远游的人来说,这是神对我的惩罚——床给我恬美,也给我梦魇。这是床的魔咒。

应该是这样的。造物主也是这样安排的。每一个人,一生都有自己相爱的人,床便是爱的舞台。床是爱的神龛。床上有爱神降临。两个相爱的人,在床上,轻轻地舔着耳根,说温软的话,两束玫瑰肆无忌惮地怒放,是人间至美。我曾写:"在深处的冬夜,我尝试把灯安放在你触手可及的地方。灯光可以照见我，同样可以照见你。我们紧紧拥抱在一起，不是互相取暖，而是人生的交叠。"现在，我要告诉这个人，这个使我怒放、同我交叠的人，是一个比我自己还重要的人，是神在人世间的唯一替身。

月初，我回枫林看望父母，住了一夜。因我的疏忽，房间客厅的窗户被全打开，进来好多蚊子，我没办法入睡。夜空白光如昼，四野青黛。窗下的小水沟，有时间穿越而来的韵脚，悦耳。父母在楼下安睡。星辰在天上安睡。视野清澈如水。人世间，会有许多变故，而头顶的夜空如昨。我把屋子里的床铺，一张一张地收拾整理。一共八张。母亲听到了响动，起身上楼，说，被子都晒好了，不会发霉，你现在收拾，又没人来住。母亲瘦弱，完全佝偻了，狭窄的脸庞像一片焦枯的荷叶。我们看着空空的床，无话可说。我泡了一壶茶，和母亲临窗而坐。母亲说起了很多事。说，你父亲都耳背了，要叫好几声，才能听见。又说，种了两块地的菜，没人吃，都烂在地里。我听得心里很是难受。送母亲下楼，我又一个人喝茶，发呆，直至天亮。望着床，我又想起祖父祖母。他们离我而去，多年。我们从一张床，来到了这个世界，又从一张床离开这个世界，到另一张阴湿的眠床，安睡、腐烂，肉骨不剩。

在床上，我们相逢，和世界相逢，和父母相逢，和兄弟姐妹相逢，和好友相逢，和我们相爱的人相逢，和我们的孩子相逢。床如温厚的双手，迎接我们的到来，就像山峰迎接日出一样。我们在臂弯酣睡，听心跳，听呼吸，那是一个多么温暖安详的世界。搂抱着我们酣睡的人，给我们添衣盖被的人，是最爱我们的人。

和我们一起像火把一样燃烧的人,是生命的重要部分。在床畔陪伴一生的人,是和我们生命相随的人。有那么一天,我们也会卧床不起,等待黑暗的到来。我常常会莫名其妙想到这一天。靠在抱枕上,身上盖着棉被,我已经不能说话,床前和我说话的人,我也看不见,他们说的话,我也听不清。我蒙了一层白翳的眼球,在缓慢地转动,随着眼球一起转动的,还有一条银河。蓝绸般的银河,巨大的钻石在发亮。我生命中的人,给予我温暖的人,都居住在银河里,那么古老。我看见了和我一起怒放的人,诵读着失传的诗句,我最后流下了两行泪水。这是唯一的遗言。

摇篮

始终会有一艘小船,在床前、在窗前、在厅堂,静静的,以歌谣的方式行驶。手是桨,身影是帆,摇啊摇,摇到了恬美的梦乡。船沿着母亲的脚步行驶,没有飓风恶浪,椰风徐徐,月光朗朗。摇篮,是人来到这个世界上乘坐的第一艘船,母亲是这艘船的舵手。

饶北河乡间的摇篮,有两种,一种木结构,下面是四只脚的床架,上面是四边形床体,有四边护栏;另一种竹结构,下面是四根木档,其中两根木档呈船形,可以摇动,上面是一个凹陷的竹筐。婴儿睡在摇篮里,四角方被紧紧地披着身子,十分暖和。人聆听的歌谣,最早来自摇篮。母亲一只脚踏着船型木档,轻轻哼着歌谣,手上纳着鞋底,低垂着头,借着窗外透进来的光,一针一线地给小孩做鞋子。或者,针绣红肚兜。母亲轻轻地唱:"妈妈的双手轻轻摇着你,摇篮摇你,快快安睡。睡吧,睡吧,我亲爱的宝贝。妈妈的双手轻轻摇着你,摇篮摇你,快快安睡,夜已安静,被里多温暖……"啼哭的婴儿,咯咯咯地笑了起来,两个眼窝圆了,小嘴巴嘟嘟嘟地吐泡泡,要不了一会儿,便酣甜入梦。

人在五岁之前的记忆,会逐渐淡化,模糊,甚至完全消失。我们对童年的记忆,很少与摇篮相关。饶北河流域,称妇人为堂客。姑娘出嫁后,便会嘱咐男人,请一个篾匠,编织一只摇篮。篾匠上山,找老毛竹,在水里泡两三天,捞上来,晾干水,破篾,篾丝滑滑地游出刀口,一半青篾丝,一半黄篾丝。黄篾丝做粪箕,青篾丝做摇篮。篾丝圆圆细细,像一根根粉条,长长的,挂在屋檐下的竹竿上,青篾片薄薄扁扁,铺在厅堂的板凳上。篾片编摇篮腰身,篾丝编筐口和筐底。婴儿睡在摇篮里,像睡在森林里,幽静地呼吸着山野之气。天热了,在摇篮上支起一顶夏布小蚊帐,看起来像帆船。母亲摇着蒲扇,哼唱:

月儿明,风儿静,树叶儿遮窗棂啊,蛐蛐儿叫铮铮,好比那琴弦儿声。琴声儿轻,调儿动听。摇篮轻摆动啊,娘的宝宝,闭上眼睛,睡了那个,睡在梦中……

这里是母亲的怀抱,是生命的发源地,是大海的避风港。

摇篮编织好了,请来油漆师傅,用上好的桐油,刷一遍,晒一日,再刷一遍,晒两日,又刷一遍,用山漆在摇篮腰身,画一朵含苞待放的荷花。荷花迎接生命的怒放。四角方被套上红底白花的被套,早早地叠放在木箱里。年轻的妇人期待着孕育,等待着生命的到来。这样的等待,每日都含着不可言语的惊喜。像山巅上的人,等待着日出。腹部隆起了山峦,妇人开始做童鞋,做棉衣,做百家衣,做抱被。哪个母亲会忘记这样的情景呢?第一次,把小孩从臂弯里，抱进摇篮，盖上小被褥，端详着宝宝细嫩的脸，像端详一盏点亮起来的油灯。母亲轻轻地抚摸小孩的脸，露出迷人的微笑。微笑会沁入小孩的心脾，小孩咯咯咯地笑了。母亲摇动摇篮，想起她自己的母亲，一生操劳，生儿育女，如今白发苍苍……女人只有自己成了母亲，才会理解母亲；男人只有自己成了父亲，才会理解父亲。

北岛在《给父亲》一诗中写道：

你召唤我成为儿子
我追随你成为父亲
掌中奔流的命运
带动日月星辰运转

真是说得好。摇篮不仅仅是婴儿酣睡的小床，也是人伦流转的一个始发站。生命从这里出发，牙牙学语，蹒跚起步，树苗一样茁壮成长，坐船出海，接受世界对他的召唤。这是一棵树，历经风雨，落下来的果实，已发芽，将要抽枝发叶，枝开叶散，盖盖如华。

小孩离开了摇篮，母亲把摇篮洗干净，晾晒，挂在阁楼的横梁上，等待下一个小孩出生。一个摇篮，抚育几个小孩，抚育几代小孩。

哪一户人家，会没有摇篮呢？

摇篮是诞生歌谣的地方。

摇篮是薪火点燃的地方。

摇篮把每一个人，摇向远方，生生不息。

木箱

咕咕咕，咕咕咕——我听到一楼厅堂里，电锯吃进木头的声音。木匠师傅怎么这么早来上工呢？我坐起来，去开玻璃窗。窗户打不开，被冰冻死了。我回过神，看见玻璃上蒙了一层冰凌花。冰凌花透明，茎蔓分明地完全生长开来，看起来和一株地衣植物标本差不多。才想起天气预报说，今天气温只有零下十度。太阳在屋角白白地浮出来，天空深蓝如洗。我睡在四楼，推开门，外墙的水龙头悬着长长的冰凌。我咚咚咚下楼，抱了一个火熜，看木匠师傅给我打木箱。

樟木板有一圈圈深褐暗黄的纹理，板边是细腻的白，豆腐脑一样的白。樟木板压在一块旧门板上，木匠师傅老三推刨，抛光。他推几下，把板竖起来夹住，斜眯左眼，瞄瞄，用手摸摸，放倒继续推刨。重阳是他叔叔，做他下手，在另一块门板上，给几块锯板用墨斗画墨线，竹笔嘶嘶嘶嘶摩擦锯板的声音，丝丝悦耳。老三在浙江做了很多年装修，视野开阔。重阳师傅快六十岁了，是老式师傅，手脚、样式、器具，跟他侄子老三有差别，也就跟着老三做。去年，即甲午年春，我就想置办木箱了。家里有很多老木料，其中有二十多块樟木板，我想用起来。樟木板原先做楼板，老房子拆了，木料还留着。祖父在他四十多岁时，建了一栋大房子，全用木料。木料是我祖父、二姑夫从银岭一根根扛回来的，打一个来回，要走四五十里路，扛了三年多。路上没饭吃，手上提一个蒲袋子，里面放着几个饭团或焖红薯当午饭。我祖母常对我说，你二姑夫真是少有的孝顺，扛了三年木头，一分钱都没收，自己的家都顾不上。几年前，我大哥把老房子拆了，建了楼房。我每每见了老木料，无比的心酸。老房子前面，有一个菜园，菜园里有三棵樟树。樟树是我祖父年轻时植下的。我十多岁时，樟树有箩筐圈那么粗。树上常年有喜鹊窝和乌鸫窝，每当五月，扁豆花开，雏鸟扑棱扑棱还没长满羽毛的翅膀，练飞。也有鸟掉下来，落在水坑边的稻田里。我们捡起来，放到鸟笼里把玩。有一年，猫头鹰在樟树上筑窝，我捡了两只雏鸟，关在笼子里，给小鱼，它也不吃，给蚯蚓，它也不吃。它什么也不吃。把手伸进去，它啄手，眼珠射出精光，让我畏惧。

以前，我坐班车回家，司机问我在哪儿停车，我说在枫林，看见三棵大樟树你就可以停了。在锅盖一样的饶北河盆地，在一只破鞋一样的枫林，三棵大樟树是我们的一个地理坐标。远远地，见了三棵大樟树，我会莫名地激动起来。那里有冬夜深处摇曳的灯盏，火炉里扑哧扑哧燃着的炭火，乌鸫叽叽叽叽的啾鸣声，溪涧在清晨有水桶打水的扑通声，厢房里沉闷干燥的咳嗽声。1998年，我家老二把樟树砍了，依菜地和竹林，建了房子。老二打电话给我说要把樟树砍了，你肯不肯。我说我不肯你也是砍，肯你也是砍。我又说，你建的房子还不如三棵树有价值。过年回家，树不见了，树根被挖上来，当柴火烧。那时，祖父已经去世三年。我一个人抄田畈小路，在祖父祖母坟前站了一个下午。

父亲把其中的一棵樟树，请木匠师傅锯成了木板，铺在阁楼上做楼板。去年，把留下的半边瓦房拆了建楼房。拆房子的时候，我不在家。我再三叮嘱父亲，什么都可以扔，什么都可以送人，樟木板一定要留下来。端午回家，我把樟木板分拣出来，叠在邻居楼上。木板厚厚的灰尘，手摸过去，灰层扑腾上来。木板已经晾干了水分，但樟木香依然浓郁。我对父亲说，找一个木匠师傅，要村里最好的，打一担木箱。父亲说打木箱干什么，谁还要木箱呢，姑娘出嫁也不要木箱了，皮箱多好，好看，便宜，出门打工带着也方便。我嘟囔一句，你懂什么呢，你除了懂二两烧酒，还懂什么。父亲呵呵地笑，露出几颗没掉的牙齿，说，能懂一样，已经不错了。父亲把平板车架起来，把木板堆上去。我说你拉板车干什么。父亲说，把樟木板拉到塘底锯木箱板呀。我说，有三里路呢，你拉去多不方便，请一个人拉吧。父亲说拉到塘底，吃一碗清汤，木板就锯好了，要不了多少时间。我说，还是我拉吧。父亲说，你拉？你以为拉板车是写字呀，你拿起笔可以写，你没拉过板车，走起路来歪歪扭扭。父亲把背带挂在肩上，手握着扶把，弓起身，拉车走了。父亲已经七十九岁了，在我祖父走过的路上，他来来回回地走。板车挡住了他的身子，露出灰白的头，蹒跚地往巷子外走。木板磕碰着木板，哐当当地响。母亲站在台阶上，看着这个和她相守了六十年的人。

曾经，我有过一个木箱，杉木箱，黑漆，铁铰链，扣锁。

1983年，去小镇上中学，我大哥骑一辆海狮牌自行车，把木箱和我送到宿舍。宿舍是大宿舍，沿四边墙架起上下两层木床，中间是两排箱架子。我把木箱挤进架子，把草席铺好，算是正式上学了。每一个同学，都有一只箱子。箱子里，放着牙膏牙刷、衣裤、菜罐，以及薯片、炒豆之类的不多的零食。同学有乡里各村的。毛山楂一样的小孩童，三天两天便熟悉了。我分在二班，班主任是徐声渊老师。我负责锁教室门。我们是住校生，星期六中午回家，星期天下午返校。我村里有其运、孝云、永清、其龙、勇展、其志、昌林、东亮、初文，一起上学。我们肩上扛一袋米，背一个书包，提一个菜罐，去学校。通常在家里吃一碗冷饭，到了学校，可以节省一餐。菜罐放在木箱里，星期一中午，大家把菜放在木箱板面上，一起用餐。谁家的菜好吃，一餐便干完。菜一般是霉干菜炒黄豆、酸萝卜炒黄豆、萝卜干等。谁吃晚饭来得最晚，那他肯定有好菜了，菜里有肉片之类的，或煎豆腐。我班里，有一个台湖村的，叫忠东。每个星期，他都带很多的焖红薯。焖红薯有一层糖浆凝固在透红的薯皮上，甜甜的，我们争抢着吃。半个学期过去了，一次，徐老师在班会课上说，我们班有一个同学，每次作业都在85分以上，我推举他做班长。大家眼巴巴地看着老师，老师也不说，拿起粉笔在黑板上写了三个字：傅旭华。饶北河的冬天是刀刮的。我们缩在宿舍里，不敢出来。晚自习由三节改成了两节。我们把木箱搬到床上，在板面上做作业。45瓦的白炽灯，黄黄的。我们和初二学生是混合寝室。我与正权睡一铺。他很会偷吃，到街上偷煎包子、偷油条、偷清汤吃。学期结束，他打开木箱，全是清汤铺的蓝边碗，满满一箱。

我们几乎天天都处于半饥饿状态。寝室卫生很差，扫寝室的人偷懒，垃圾不往外扫，都扫在木箱下面。饭粒、红薯皮、板栗壳、馊了的菜，堆在木箱架子下，引来了老鼠。我们睡在床上，木箱架下老鼠吱吱吱地叫，也咯咯咯地啃木箱。春天以后，同学基本都患上皮肤病。我也患过皮肤病，腿部、胯部，止不住地瘙痒，抓抓，出现红红的皮疹，最后化脓。我和母亲说，给我两块钱，买一支皮肤膏。母亲说哪有钱呢，过两个月稻子出来再买吧。我问村诊所的孝林医生，孝林说，没有皮肤膏，涂硫黄和菜油也行。我说哪有硫黄呢。皮肤病没钱治了，我就涂牙膏，每天涂两次，涂了一个多月，皮肤病居然好了。牙膏不要钱买，我用四两饭票到街上杂货店换。

木箱里，我放过的最昂贵的东西，要数"维磷补汁"了。也叫浓维磷糖浆，别名浓维磷补汁，是一种浅棕色黏稠液体，味道酸酸甜甜，是我大姐送给我喝的。大姐说，一阵风能把你吹走，这么瘦怎么行呢。她在村里学做裁缝，把积攒下来的学徒工钱，买了两瓶"维磷补汁"给我。每餐饭后，我拧开白瓶盖，抿一口。喝了"维磷补汁"，饭量增加，胃口特别好，四两饭，从食堂到宿舍，边走边吃，不用菜，也吃完了。

当然，木箱里放的最长时间的菜是霉豆腐。邻乡高南峰，有一深山村叫大山，不通车，班里有一个同学叫王绳田，是大山人，半个月回去一次，回去一次带回一高脚罐霉豆腐。他把霉豆腐放在我箱子里，我们共菜吃。他是不吃霉豆腐的，家里又没其他菜可带。很多年之后，我在市区上班，他到我这里玩，我说，我还记得你的霉豆腐，辣椒油泡起来，很美味。他呵呵地说，闻到霉豆腐的味道，都想呕吐。

初三毕业，我去了县城读书。我挑着一头木箱一头棉絮，到镇里坐车。宿舍是十四人住的。木箱里，没有了菜罐，也没有衣物。衣物挂在晾衣绳上，或叠在枕头下。木箱里，是书籍和日记。每天写三千多字日记，用硬皮本抄写。书，我至今还保留着很多本：《吉檀迦利》《飞鸟集》《新月集》《五人诗选》《青年女诗人十二家》《一个孤独漫步者的遐想》《猎人笔记》《呼啸山庄》……

当然，木箱里还有很多信件和照片。十八岁那年，我特别专注地给一个女同学写信，一个星期一封，一个星期两封，一个星期三封，一个星期七封，一个星期十封。她也来信，和我一样多，以至于后来写信太慢了，她直接坐车来了。毕业回家，我棉絮也不要了，把满满的一木箱信件带回家。第二年，我把信件全烧了。作为记忆的凭证，信件在一个初春的雨夜，以灰烬的形式消失。

那只木箱去了哪里，我也不知道了。我曾找过它，在阁楼，在厢房，都没找到。它什么时候丢失的，我也不知道。可能成了木柴，也可能被母亲送人了，像是一种彻底的告别。是的，我从一只木箱里蜕变而出，蝶化。

邻居大婶问我打木箱干什么，你女孩才十四岁，打木箱还早呢。我说，预备她随时出嫁呢，万一哪一天我穷得什么也没有，好歹木箱有一担。老三师傅说，这么好的樟木，很难找了，做木箱可以传代。我说的当然是玩笑话。我问老三师傅："你有几个孩子，都成家了吧？""以前三个，现在两个，两个都出嫁了。儿子得了脑膜炎，走了。""噢。"我给了他一支烟，说，"你的木匠跟谁学的，做得真好。细致，光滑，我看到刨出的木板，我很想去摸摸，纹理很美。"大婶说："你这个箱子，大，可以放很多衣服，衣面上还可以放很多鞋子。"

以前姑娘出嫁，都是要陪嫁木箱的，没有木箱，也陪嫁一副米筐。米筐是小箩筐，青篾丝打的，有一个圆盖。我母亲十九岁嫁到傅家，外公没钱请木匠，打了一副米筐陪嫁。我母亲说起外公，总是哀叹地说，木箱都打不起，挑着米筐来，你奶奶常常讥讽，讥讽了几十年呢。那副陪嫁的米筐，还在，放在母亲睡的房间里。米筐也没东西可放，蛀虫安窝，隔个几年，母亲请篾匠青来补补。青是老三师傅的哥哥，做篾匠，也是村里唯一的篾匠。我钓鱼的鱼篓也是他打的，一个大圆肚，好看，结实，全青篾丝，才八十块钱。我给一百，他死活不要。我给八十，再给一包烟，他才嘿嘿地笑着收了。母亲是不会把米筐扔掉的，也不会当柴火烧。那是她对外公唯一的念想。外公在她出嫁第七年，病故了。我也会好好保管这副米筐的，于我而言，它是血脉的一种相连。祖母是二嫁，从高南峰的葛路，下堂，到了傅家，挑着一担木箱来。她的木箱里，除了衣物，还有零食。零食是我三个姑姑拜年给的糖果包，还有柿子饼、薯片、麻骨糖等。我放学回家，她就把木箱打开，塞给我几粒糖果。祖母常对我说："我以后是要走的，走了，木箱不知道要留给谁。"我说，我什么都不要，田地也不要，就要这担木箱。

在我十三岁那年，我母亲迎了第一个儿媳妇进门。我大嫂是坐花轿来的，接亲的人挑着木箱，抬着花轿，吹吹打打，走了四里路，到傅家已经是掌灯时分了。我大舅妈站在厅堂喝彩：

福莅——
吉日良辰结新婚,
两姓姻缘定乾坤。
祖宗大人福气好,
福禄寿喜传子孙。
福莅——
手提红烛在厅堂,
诸位客官闹新房。
新郎房中花烛红,
今夜好做探花郎。
……

第二天待新娘,吃大餐。大餐前,举行开箱礼。两只大红的木箱,抬到两张八仙桌拼起来的大桌上。木箱用红纸贴了封条。大舅妈手扶木箱,喝彩:

福莅——
一对红烛闹洋洋,
照见新娘大木箱。
新娘箱内放衣裳,
衣裳件件绣牡丹。
……

把木箱打开,是一个红纸包起来的开箱礼,给大舅妈的。两排布鞋，给我们兄弟姐妹一人一双。鞋子下面是衣物，衣物下面是两个柚子。把柚子抱出来，掰皮，分瓣，大家吃，寓意多子多孙。我大舅妈是个弥勒佛样的人，主持了她所有外甥的婚礼，算算也有几十号人吧。我大嫂的婚礼是我们家族里最热闹最古典的婚礼。那时花轿刚时兴，我三姑父置办了一顶花轿，雕龙画凤，坐这顶花轿的第一个人便是我大嫂。过两年，花轿不时兴了，三姑父把花轿放到阁楼，哪一年腐烂了都不知道。我家老二结婚，新娘是坐东风大货车来的。

我兄弟姐妹多。嫁小妹是最穷苦的时候。十二月初出嫁，我十月回家，父亲连个木箱也没打，更别说其他家具了。我问父亲嫁妆准备怎么样了。父亲坐在桌上喝酒，双手一摊，说准备什么，木料也没钱买。我说你收了三千块钱聘礼，钱去哪了呢？父亲说，钱装在口袋里，就是把老鼠装在口袋里，老鼠天天咬口袋，哪放得住呢？我哭笑不得。我把自己仅有的存款，三千块，给了父亲，说，你再不能用了，你不能对不起小英，她小学没毕业，给你放牛那么多年，十五六岁出门打工，是你孩子中最受苦的一个。父亲说，孩子多，做我的孩子都苦。两个姐姐和大妹出嫁，我都没什么感觉，唯有小妹出嫁那天，我看见迎亲的人，把木箱拉上车，把脸盆、洗脚盆、木沙发拉上车，我舅舅把小妹抱上车，我扑簌簌地流下了眼泪。小英是家中老小，理应享福，可她每年正月，提一个背包，去义乌做工，到过年才回家，平时又把不多的工钱邮寄回家。我不知道我父亲收到小英的汇款单是怎么想的，可能他觉得小孩懂事，顾家，舍不得花钱，他喜上眉梢。当我每次过年，看见小英清瘦的身子、青黄色的贫血的脸，我觉得我愧疚深深，没有好好照顾她，真是不应该。我成家之后，家境好转，我想到第一个需要我善待的人，便是这个小妹。我不能苟活人世。我也常带我小孩回枫林，清明、端午、中秋、过年，我哪儿都不去，就去枫林，去看看父母，也让孩子去看看农村，贫困、真实的农村。当我看到一些码字的人，把农村写得那么美，那么像个天堂，可以寄存灵魂又可以安放肉体，我都特别愤慨，他们看不到农人挣扎般的生存和无人援手的困境，我觉得他们是睁眼瞎，是以美的方式去污蔑农村。他们哪知道，农人的一生，是一种赤膊战，旷日持久的赤膊战！

小时候看戏，见进京赶考的学子，有一个书童陪伴。书童戴一顶小圆帽，穿青蓝衫，挑一担木箱，在前面带路。我不知道书童的木箱里装的是什么东西，可以猜想，是衣物、不多的银钱、文房四宝、"四书五经"之类的。现在，带上一台笔记本电脑，其他都不用带了，由快递送，或航空托运。我问老三师傅，现在还有人做木箱吗？老三师傅说，一年总有担把吧，以前，一年要做二十多担呢，木匠打家具，木箱是最难做的，严丝合缝，抛光要亮出木纹，榫头相互楔起来要准，偏差不能有一毫米，全靠手工锯出来，凿子凿出来。

两个木匠做了两天工，我在边上看了两天，算是陪师傅。我父亲说，你这样看着木匠干活，会不会看傻了。我说，从几块木板，到成形的木箱子，看看这个过程，比什么都有意思。中午烧饭，我留他们叔侄吃饭，我拿出好酒给他们喝。第二天，我留他们吃饭，我菜烧好了，他们人走了。我说，你们怎么这样客气呢？难得上工来我家，遇都遇不上哩！老三师傅说，你人情太重，受不起。我说，你们有什么规矩，我是不知道的。有几个路过的人，也进来看看，说，打木箱呀，好多年都没见过了。也有的人说，这个社会谁还用木箱呢？也有人说，木箱好，放衣裳好，就是把衣裳找出来难，要一件件搬出来找。我母亲说，放进去的东西，也不一定要拿出来的，我那个木箱，十几年也没开过了。

母亲有一只木箱，摆在她床头边，除了她自己，谁也未开过箱。至于箱子里放了些什么，也是谁也不清楚的。木箱是二十几年前请木工打的，全樟木板，上了紫黑的油漆，铰链、扣锁、包角也都是不锈钢的。母亲没有什么特别贵重的东西，但作为一个近八十岁的女人，总有一些东西是十分珍贵的，比如外祖母送给她的银手镯，比如我爱人送给她的金饰，比如母亲年轻时的一方手帕或头巾。母亲不识字，但会有一些比金饰还珍贵的小物件，是不会示人的，是她对娘家对子女的些许念想。那只木箱里，是她的另一个世界，与世隔绝，又与世紧密相连。那是一个记忆的魔盒，是一面蒙了灰尘的铜镜，是她留给我的谜语。于我而言，母亲的木箱是我血脉的一部分。我的祖母，故去二十多年，祖母的木箱没有留下来，被父亲烧成了木灰，撒在祖父祖母的坟头上。是的，祖父祖母无须留下什么，因为他们已经留下了一个大家族。一代一代的人，在轮替。一代一代的人，肩上都有一副自己的轭。我们拉着自己的轭，走在属于自己的路上。

木箱打了两只，完工了，正好安装空调的师傅来了。空调师傅是县城的，我把一只木箱搬上货车，请他捎给我同学徐勇。我和徐勇同学三年，一起师从渭波学写诗歌，参加工作时，住在县教育局内部招待所三年多，同住一个房间，和自己兄弟是一样的。他近些年，爱上书法，也收藏友人字画，樟木箱存放字画是最适合不过了。

去年，我就对徐勇说，我要送一只木箱给你。完工了，我给他电话，木箱完工了。木箱捎去了，放哪儿，我也给他电话。第二天，是不是收到木箱了，我又给他电话。他说，收到了，木箱很漂亮，都是上好的樟木板。我说，开春了，你请一个油漆匠，漆起来，再包扣锁和包角，噢，对了，不要上桐油，桐油年份长了会长花斑或蘑菇。我像个絮絮叨叨的老人——没办法，谁叫我絮絮叨叨地念着一只木箱呢。另一只木箱，我请给我打扫卫生的清明搬到三楼去。清明是我邻居，好吃肉好喝酒，做事是从来不会嫌累的。他吃肉要吃板油肉，切块，煮起来吃，一口一块，满嘴肥油。我把锯木屑和板头，用塑料桶装起来，存放在阁楼里。我用手把木屑抄起来，捧进桶里。木屑柔软，手抄过去，被暖暖地包裹着，有与婴儿肌肤相触的感觉。我对老三师傅说，捧起木屑，真是舒服。老三师傅说，饶北河一带，没有比老樟木更好的木头了，木屑细腻，和木糠灰差不多，有人烟气息。剩下的这只木箱，我要留着，存放的东西，在一年前，我就想好了——我的照片，我家人的照片，我的几本书。这算是给我孩子遗留的物产了。我没有其他东西留给孩子。我现在不会告诉孩子，但总有一天，我会告诉孩子：这只木箱的樟木是我祖父亲手植下的，樟树活了六十多年，成了屋舍的木料，拆了屋舍，木料锯出木板，打成了木箱。木箱里，有我一生所走的道路，有我一生的影迹，我十六岁离开枫林，最终回到了出发的地方。总有一天，我的小孩会打开这只木箱，看到这些发黄的影迹，会明白，作为人，我一生从来是善良勤勉的；作为人子，我对父亲母亲充满感情和敬意；作为父亲，我苛严慈爱。事实上，这也是我对我孩子的教导：不忘初心，方有始终。

八仙桌

强强结婚的日子已经定下了,是腊月二十六。元宵没到,二哥对我讲了两次。强强是他儿子。元宵夜,我对年迈的父母说,过两天,请石匠来,把老房子推了,盖三层半楼房。母亲说,怎么那么突然想到盖房子呢?我说,强强结婚了,你住在老二家不合适,你的儿媳妇都马上成婆婆了,不好相处。母亲没作声。年底,父母搬迁了新房子。其实,也没什么搬迁,所有的家具、炊具、电器,我都新买了,一把菜刀都不缺。要搬的东西,无非是父亲的酒缸、衣物、一张父母酣睡了多年的床、一担木箱,半个小时全搬完。我正在吃饭,二哥把一张八仙桌扛过来,说,这张八仙桌,你留下来,以后归你。我说,我预定了火烧板八仙桌,这张八仙桌还是你留着吧。二哥说,父母也没什么物产,也没给你留下其他东西,能给你的,只有这一张八仙桌了。母亲说,留下吧,你应该要的。

八仙桌木漆殷红,桌面上了宝蓝色面漆,还画了几朵兰花。木是实木,也是多年的老杉木,用多少年,也不会膨胀开裂。四条长木凳，也是老杉木。这是祖父手上留下来的。

以前家里有两张八仙桌，一张杉木板，没上漆，也不知道用了多少年，桌面开裂，木质的浅黄色，褪尽了，白白的浆洗色渗出来；另一张也是杉木板，上了紫漆，桌面嵌了一张厚麻布，麻布上漆，可能也是用了多年，麻布皲开了，洗一次桌子，麻布皲开得更大一些。我大哥没结婚时，家里吃口十三人，到二哥结婚时，吃口有十六人。十六人正好两桌，男丁一桌，女丁一桌。厅堂摆两张八仙桌，正对，一左一右。右边八仙桌是上了漆的，男丁坐，祖父坐上座右手的座位。进门右为大，这是一个家的格局。但有一个座位是一直空着的。这个空着的座位属于母亲。我们在吃饭，母亲还要洗锅，煮猪食。用锅的余热，便可煮熟猪食。母亲拿起大木勺，舀猪食上来，倒进一个木桶里。木桶满了，提到猪圈，又一勺一勺舀入猪槽。母亲伏在栅栏上，木勺搅动槽里的猪食，猪噜噜，猪噜噜，呼几声，猪抖着长耳朵，低叫着争食。猪圈有两个，一个大，一个小。大猪圈里是两头肥猪，小猪圈里是两头猪崽。大肥猪，在中秋杀一头，在年关杀一头，是家里的主要收入来源之一。化肥、短缺的粮、年关的喜事，都指望这两头肥猪。猪食是青菜剥下来的菜头菜脚、猪食窖里的红花草，还有春季的野菜。我六七岁，便开始挖野菜，随姐姐一起下田。姐姐背一个大扁篓，我跟在她身后，一人一把镰刀。镰刀把田里的野菜，齐根挖上来。野菜一般是地丁、马头兰、野苦苣、灰灰菜。我们蹲在田里，一棵一棵挖，挖满了一扁篓，腰酸得直不起来。把野菜洗净，剁碎，和菜头菜脚一起煮，放几粒盐花，猪吃得叭叭作响，边吃边扇耳朵。猪食入槽了，我们也吃饱了。吃饱了，桌上的菜只留下碗底的汤，母亲用汤浇饭，草草地吃。母亲的前半生，是很少吃上菜的，即使是冷菜。

二哥的孩子出生，一个大家庭一分为三。大哥一个家，二哥一个家，其他成员一个家。分家的时候，我父亲特意写信到县城，催促我回家。我还在读书。分家的时候，请来了大舅舅，请来了二姑父、三姑父。三姑父写分家字样。半个小时，便把家分了，没什么财产，也就没什么可争。田地山塘，抓阄，七个等分，谁也别埋怨谁。合家过日子的最后一餐，又有舅舅、姑父在，母亲烧了很多菜。祖父也把酒瓮里的药酒，灌了满满一酒壶。右边的八仙桌，坐了祖父、大舅舅、二姑父、三姑父、父亲、大哥、二哥、三哥。深秋的夜晚，开始发凉，寒露早早垂降。大舅舅说，你们相处好了，分家和没分家是一个样，相处不好，在一个锅里也吃不好饭。二姑父说，天下哪有不分的家呢？这代不分下代分，分是迟早的，迟分不如早分。三姑父说，那当然早分好，明天大家都会起得早，把粮食种多几担。祖父一直喝闷酒，不言不语。父亲说，一个家好比这张八仙桌，家分了，就是把八仙桌劈开两半了，人力散了，办不了大事。大舅舅说哪有这回事呢，他家五个儿子，也是早早分家，结婚一个分一个，省得烦，不分家，谁都不愿早起，个个睡懒觉，分家了，个个鬣狗一样。人是一炷香，说烧完了便烧完了，一代人有一代人的事干，他们自己的事自己干，再说，世上的事哪干得完呢。父亲是知道他父亲心事的。傅家祖上从义乌逃命而来，已十四代，代代单传，有两兄弟便死一个，人丁稀少，到了我这一代，人丁多了，又实行了计划生育，老人心里不好受。我祖父是有一个弟弟的，十八岁结婚，结婚当晚拜堂，突然暴毙在厅堂里。二祖母在傅家生活了一年，以女儿身下堂，嫁到饶北河对岸。二祖母每年还来傅家拜年，说，傅家人好，把她当女儿出嫁。我是见过二祖母的，裹小脚，走路一颠一颠，头上有一个橘子大的发髻。祖父连分家的机会都没有。二姑父说，分家是一家一主，有一主，便有一张八仙桌，哪是劈开八仙桌呢？八仙桌越多越好，八仙桌好比种的田，人丁在八仙桌上繁衍开来。

第二天，大哥早早烧锅煮粥。母亲对我说："还是分家好，五更锅，我烧了三十年，这栋屋子，三十年了，我都是第一个起床，煮粥，搓洗衣服，婆婆不烧，媳妇不烧，就是病得吐血，我还得起床烧。这下好了，各有各家了，烧了五更锅，你们才体会到一个烧饭人的难处。"家贫妇人多累苦。分家了，各自的器物也分放在各自的屋子。箩筐、锄具、刀具、晒具、被褥、木料，各等分了，可两张八仙桌，没办法分。大舅舅发话，说，八仙桌是祖辈留下的，孙子不能分，祖辈留给父辈，父辈健在，父辈留用。我大嫂便说，可以的，屋檐水一滴还一滴，祖辈的身病尸送，孙辈也不管。大嫂这句话，让我祖父埋怨她很多年。

分家之后，父亲便缺失了主劳力做事。祖父年迈，脚疾日益严重，过了几年，他甚至出不了门。父亲是从小没干过重体力活的人，说说话写写字，还可以，砍柴种地插秧，只够半个劳力。三哥干了几年，也不愿干了——二十五岁了，父亲还没给他说一门亲事，以至于我祖父常常训斥他儿子："你二十岁，我便给你讨老婆了，你儿子都那么大了，你还不去说亲，你还天天逼他做事。你不讨老婆，你会做事吗？"父亲说："道理我懂，可哪来的钱呢，讨老婆不是捉猪崽，可以赊欠，盖房子的债，还有三百块没还呢。"父亲的儿媳妇便在背后笑他说："你平时扇子摇来摇去，看你能摇几年。"

婚姻通，媳妇找老公。三哥隔年便娶了亲。父亲听从了我大舅舅的意见，很快把家分了，三哥单独立户。分家那天，父亲和三哥发生了争执。为一头牛争执。三哥执意说，这头牛属于他，因为这是他养大的牛，也只有他会耕田。父亲耕不来田，也不会饲养。父亲也有理由，说，旭东还小，还在读初中，旭东以后讨老婆，我都老了，全指望这头牛。争执了很久，也没个结果，父亲的威严在一头牛面前瓦解。我走出厢房，说，人娶媳妇哪敢指望一头牛呢！人靠牛讨老婆，可以打单身一辈子。父亲听我这么说，软了语气，说，那牛归你吧，以后旭东讨老婆，你要好好出一把力。三哥说，以后能帮则帮，没钱，两担谷子会出的。第二年，我便把旭东带到市区去了，学徒五年。我也常对弟弟说，这个世界，谁也别指望，就指望自己，没能力，指望谁都用不上力，能力才是一个人最大的本钱。三哥分家，父亲便把豁开的八仙桌，分给了他，说，一张破八仙桌，一样可以摆碗筷，一样坐人，等你有能力了，自己置办一张八仙桌。

祖父祖母相继故去。我和弟弟一直在外，只留了两位老人，家里便一下子冷清了。我和弟弟旭东先后在外成家，父母便一直住在二哥房子里。二哥是个石匠，常年在义乌做工，便把强强给奶奶带。

父母很少来我市区的家。来一次，母亲便病倒一次。她晕车很厉害，晕得不省人事。父亲很不自在地坐在我西餐桌上喝酒吃饭，他把手叉在桌面上，说，还是八仙桌好，吃饭可以搁脚，也有上座和下座之分。自祖父故去之后，他在哪儿都坐上座。有时候，我取笑父亲，说，你是父权的代表，为什么你坐上座，妈妈也可以坐的。他呵呵地笑，说妇人坐上面不像话，又不会喝酒。他又说，妇人坐上面，别人会以为我们是女人管家的。

当然，我也认为西餐桌不如八仙桌，八仙桌气派，摆在厅堂，自有威严，虽然看起来笨拙，但结实，敦厚，能把一个家的层次分出来。尤其是光滑的桌面，到了节日，它成了一个家庭最重要的舞台。在饶北河，清明、端午、鬼节、中秋都是十分隆重的，有祭祀，有众多客人往来，再好再大的圆桌，都不如一张八仙桌。客人多了，还可以把两张八仙桌拼起来吃。

祖父故去之后，父亲便把老八仙桌重新抛光，请来上好的油漆师傅，用桐油，用土漆，把八仙桌又油漆了一遍。父亲说，这张八仙桌可以传代。上了漆的八仙桌，又有了玻璃似的亮光，手摸摸桌面，平滑，吸着掌心。而更多的时候，坐在八仙桌旁吃饭的人，只有父母。母亲常对我说，一餐烧两个半盘子菜，都吃不完，菜都倒了，浪费很多。我说，少分量，多样，吃一餐烧一餐，千万别吃剩菜，对身体不好。我父亲则不一样，说，剩菜怕什么，人哪会怕剩菜呢？他把豌豆当饭吃。我说，豌豆嘌呤太高，年纪大了，少吃为好。父亲嘿嘿地笑起来，说，豌豆香爽，好吃，人怕嘌呤干什么，哪有那么多讲究。他吃咸肉，整块吃。太咸，我根本不敢入嘴巴。我说太咸了，比盐还咸。父亲又嘿嘿笑，说，人怕咸干什么，再咸也只是盐。他架起脚，坐在八仙桌旁，空瘪的口腔在蠕动，十足的老祖父派头。

一张八仙桌，只有两个老人面对面吃饭，确是空阔了，空阔得冷清。

六十多年了，厅堂里摆设的器物，唯一没变的，便是这张八仙桌。坐在这八仙桌边上吃饭的人，却一直在变。

变，是生命在时间中最大的常数。

碗

大姑临终前还拉着我父亲的手不放。她的手渐渐冰凉、僵硬，像一具漂浮的木头在礁石上搁浅。在她卧病的半个多月里，她的床头上都摆放着一只碗。一只空碗，碗沿有蓝色的花边，白釉色，碗口浑圆，腹部很深（像饥饿的喉咙），碗底有一朵淡淡的墨兰花。我们管这叫蓝边碗，喝粥或盛菜用的。她已经不能开口说话，眼睛有浑浊的石灰水一样的白色液体，腥臭，熏艾叶也赶不走绿头苍蝇。我父亲每天吃了晚饭，从后院的篱笆豁口钻出去，走五分钟的山腰小路，到大姑家陪伴大姑。我父亲问："你有什么要交代的，就尽管说。"大姑用手指了指碗。她以前的手短而粗，像螺纹钢。她有一手刮痧的绝活。有一年，我中暑得很厉害，吃什么呕吐什么，吊了四天的葡萄糖盐水都没有效果。大姑说，还是我来吧。她蒸了一碗艾叶酒，用艾叶酒给我擦洗上身，说，中暑就是中毒，太阳是有毒的，身子骨软的人扛不了。她的手像一把老虎钳，吧嗒吧嗒，在脖子，在前胸，在后腰，给我刮痧。她用右手钳，左手捏着右手腕，钳的时候，整个身子往后拉。我痛得腰都直不起，额头冒出豆大的虚汗。我没有想过大姑那么有力的手，会突然在深秋的黄昏松懈下来，像被水泡过的稻草。她的力气已提前用完，已被另一双无形的手一丝丝地抽走。大姑伸出手想把碗端起来，手摸到碗就僵在那儿。我父亲用手握住她的手，泪水一滴一滴地浇在手背上。我父亲叫起来："烂铜，烂铜，你妈可能想喝水，泡碗茶来。"烂铜是我表哥，是大姑唯一的儿子。大姑摇摇头，啊啊啊，想说什么，但终究说不出来。

一只空碗，像一张不能开口说话的嘴巴。它至今还被我父亲保留着。大姑去世的时候，我的祖父祖母还健在。祖父祖母已经老得走不动路。大姑是我父亲同父异母的姐姐。但彼此并没有因一半不同的血液而生疏。我大姑父早在十年之前就已经去世。大姑父是个石匠，清瘦，高个，有两道长长弯弯的白眉毛。二姑父、三姑父和我祖父、父亲，都是酒量极大的人，大姑父却滴酒不沾。每年正月，他们来我家拜年，大姑父和我祖父坐在上席，二姑父和三姑父坐在下席，父亲坐在侧席，负责添酒。悬在梁上的汽灯"扑哧扑哧"散发黄黄的光晕。大姑父爱吃肉，越肥越好。他张开酒碗大的嘴巴，整块肉塞进去，肉油从嘴角溢出来。他用手一抹，说，味道好，人一生一世吃不了四两猪毛，你们喝酒我来吃肉。大姑父每次吃饭，都会念我祖父的好，说："我这个岳父不嫌弃我穷，把女儿嫁给我。我父亲死的时候，只给我留下一个钵口碗，连件棉袄都没有。说，养不了自己，就用这个碗去讨饭吧。我岳父见我勤快，把女儿许配给我，还帮我盖房子。"我二姑父说，姐夫，你比我好，还有一个碗，我父亲在我五岁时去世，母亲第二年下堂嫁到洲村，连个碗都没有留。大概是1981年，县里建设九牛电站，调集上饶县北乡片的劳力参加建设,大姑父去了。他已经五十多岁,但身体还算强壮。在一次劳动中,他摔了一跤,从此卧病而去。

枫林村分上枫林、下枫林、官葬山三个自然村。我家在下枫林,大姑父、二姑父在上枫林。大姑父家和二姑父家只隔了两块菜地。大姑父的房子在山腰上,屋后是油茶林和毛竹林。小时候,我一挨打,就躲到两个姑姑家里去。我大姑的家境并不好,没什么好吃的给我,就把柴锅烧起来,从壁橱里拿出一小袋南瓜子,放在锅里炒,加点盐水,盐水干了,南瓜子也熟了。有时候,大姑也焖糯米饭给我吃,放一把板栗,两片咸肉。大姑个头不高,圆脸宽阔,鬓发有些过早地斑白。我家吃口虽多,但并不缺衣少食,可大姑还是经常顾着娘家,杀猪了,送一条大猪腿来;做生日收到一些上好的衣料,也送几块衣料来;偶尔会杀一只鸡,给我祖父打打牙祭。表哥烂铜是个极其聪明的人,许多手艺都无师自通,会做油漆,会做石匠,但他没有用在正道上,而是沉迷于赌博。他一年三百六十五天几乎都是在牌桌上度过的。只要是赌博,他没有不会的。他身材瘦小,烟不离手,牙齿烟黑,眼睛像猫眼一样滑溜溜的。村里却没几人愿意和他赌博,因为他口袋里没有几个钱,又喜欢偷牌。大姑父起早摸黑地干活,管不了这个儿子。大姑也管不了。我父亲看不过去,到了深夜,端一根扁担,拿个手电筒,去抓赌。抓到了,我父亲就二话不说,抡起扁担朝烂铜的腰打下去。表哥躺了三天的床,拄着拐杖去赌。没钱赌了,表哥就开始偷家里的米去卖,偷黄豆去卖,偷油去卖。有一次,大姑揪着表哥的耳朵,来到我家,向表哥跪下去,声嘶力竭地说:"我叫你老子啦,你这双手不剁掉你成不了人。你看看,你这个三十多岁的人还不明白,我们都为一只碗起早贪黑,一只碗都盛不满,哪有钱赌博。"

大姑父去世后,家境每况愈下。大表姐二表姐早已出嫁,三表姐四表姐外出打工。表哥把家里的田外包给别人种,只收一亩两百斤稻谷。我表嫂也因肺病在第二年去世,子嗣也没有。有一次,大姑去庙里上香,一个老僧说,你家运不好,是没有佛的庇佑,只有佛才能驱邪。从庙里回来,大姑开始信佛。她一天到晚打嗝,"咯,咯,咯",有人怀疑她有胃病,她摸摸胸口,说,佛在这里,在跟我说话呢。

表妹爱香十四岁那年,也就是1986年,一个媒人来到我家,说要给表妹说亲,嫁到浙江去。我妈怎么都不答应,说,浙江太远,可能一辈子都看不到这个外甥女,跟死了有什么区别,再说,才十四岁,离结婚还有上十年呢。起初,我大姑也不同意,说,再穷也不至于卖女儿吧。那年冬天,那个浙江后生来了,带来好多布和白糖,还给了大姑三千块钱。后生高大魁梧,说软绵绵的浙江话。他说他是个石匠,是温岭人,在当地娶媳妇要两万多,只能来江西娶媳妇了。表妹站在他身边,才齐他的腰那么高。表妹说,在家里只看得到碗,看不到饭,还是嫁到浙江去,他做石匠,一天有二十五块工钱,生活会很好的,我们这里一天才两块五的工钱呢。大姑收了钱,也就同意了。表妹跟后生去了浙江。我妈送给她十六个碗,十六双筷子,一身新衣服和一笔路费,说,女儿出嫁都有嫁妆,这些就算嫁妆吧。大姑躲在厢房里,双肩扭动,恸哭得全身瘫软。

寒冬腊月,我妈从镇里买来五十斤粗盐,两口大酱缸,一个土瓮。酱缸敞口，深腹，圆筒深腰，黄釉色，用来装腌制菜的。土瓮小口粗腰，一副土头土脑的样子，用来装油炸豆腐的。腌菜，一般是腌萝卜腌白菜。萝卜白菜辣椒洗干净，在太阳底下翻晒几天，放进缸里，用冷却的开水调入上斤的盐，把菜泡起来。油豆腐是我最爱吃的菜，总吃不厌。油豆腐用自家的上好黄豆，泡一个晚上再磨浆，制成山泉水豆腐，压实，再切成小方块，放在翻滚的油锅里炸，豆腐又香又酥。油豆腐装进瓮里，撒上粗盐。来年的开春，全家靠这些腌制菜度过菜荒。我父亲则用箩筐，从镇里挑了一担碗、碟、盘、勺来，小白碗八十个，大烤花碗八十个，碟盘勺各八十个。父亲说，我们家族的小孩一拨一拨地长大，娶媳妇待嫁的在排队呢，总不至于碗盏都向别人借吧。我父亲从木箱里翻出一副老花镜，用毛线绑在头上，左手拿个小铁锤，右手握一个锥子，坐在八仙桌上，给碗刻字。碗倒放在手巾上，我扶着碗，父亲的铁锤当当当，"傅元灯"三个字就刻好了。父亲说，父辈还健在，家里的任何东西都是父辈的。碗底刻的是我祖父的名字，箩筐和扁担上写的也是我祖父的名字。表哥烂铜看我父亲刻字，很是辛苦，有几次锥子滑动，把手都戳破了，就说："舅舅，这样的事情还要你动手，我来就行啦。"我父亲看看他，看看碗，说："你是个聪明人，我问你，世界上最重的东西是什么？"表哥说："山。""山算什么，古人还愚公移山呢。"父亲说。"噢，我知道怎么回答了。"表哥拍拍平板头，说，"死人最重，一个死人八个抬呢。"父亲说："最重的东西当然是碗啦，你估算估算，一个碗盛满饭，要花多大的气力呀，我们一年到头奔波来奔波去，都是为了这个碗，不让手中的碗空着。"表哥不再言语了。我父亲又说:"你父亲为了让你不愁饭吃,每天早上走二十多里路,去九牛电站做石匠,五十多岁的人能扛几天?他不是摔死的,而是累死的,人像水库,水库满满的,看起来多舒坦,以为水库还可以灌溉几万亩田呢,突然一天水库干了,水里的鱼晒死了,我们恐慌了,到了恐慌的时候也就迟了。"表哥傻傻地坐在凳子上,表情僵硬着,泪水扑簌簌地滚落。

开春的时候,泡桐花油粉粉地开着,树木葱茏。我们的身子暖和起来。大姑对我妈说,菊香都二十六岁了,要嫁出去了,前几天有一个来说亲的,定了花椒日相亲,到时大家一起去看看。菊香是大姑的三女儿。菊香是个顾家的女孩子,知道家里的境况,做工挣的一些钱都给了家里。听说要相亲,她躲在我家的厨房里哭,说,烂铜不争气,母亲又日渐年老,这个家怎么办呢?我妈劝慰她,说,女人总要嫁人,你在家里一天,烂铜就指望你一天,即使嫁人了你还可以抽空照顾你母亲。花椒日相了亲回来,我妈和二姑都觉得男方条件不错,有新房子有大谷仓,更重要的是男方有做篾的手艺,养家糊口不成问题。大姑却头摇得像个拨浪鼓,说,男方家器量太小,用小碗给我们盛饭吃,生怕我们把他家吃出一个大窟窿。

1987年冬,表妹爱香从浙江回娘家,还带了一个胖嘟嘟的小孩来。表妹胖了许多,米粉肉一样,滚圆滚圆,个子却没长。表妹没有上过学,不识字。过完春节,大姑再也不让表妹回浙江了。小孩跟他父亲回了浙江。表妹夫走的那天,大姑一家都拒绝见他。大姑说,我愧对爱香老公,更愧对这个外孙,但我实在舍不得这个女儿。大姑写不来信,又不通电话,想女儿的时候就来我家和我妈唠叨半天。我陪着表妹夫在路边等去浙江的车。那天下雨，绵长的雨丝织起细密的网，小孩趴在他父亲的背上睡着了，露出两块通红的屁股。这个高大不善言辞的石匠，右手托着小孩的屁股，左手不时地擦眼睛。我帮他打伞，提行李。车子迟迟不来，油菜花哀黄地开着，枯寂。表妹被大姑捆绑在柴房里，早已哭得不省人事。

过了三个月，大姑家里多了一个男人，二十七八岁，帮大姑种菜砍柴。大家都说是爱香的老公，聘礼下了，过门的日子都定了。这个人也会来我家坐坐。我妈叫他老六。据说他刚死了妻子。老六有一双宽大厚实的手，像把蒲扇。他的脸像磨刀石。他在我家吃饭，用钵头碗（最大号的汤碗）吃，吃一点点菜。他见我妈烧一桌子的菜，有些过意不去，说："舅妈，你不要麻烦啦，我只要两块霉豆腐一碟腌辣椒就行啦。"我妈笑了起来，说："吃一餐像一餐，没有菜怎么行呢？"老六是个勤快的人，浑身有使不完的力气，一担柴能砍两百多斤。我表哥水银（二姑的二儿子）对他不屑，说，男人力气大有什么用，一百块钱压得他吐血，三炎力气大吧，一担挑六百多斤石头，到现在废了，连个碗都端不动，房子还没我的厕所大。我妈对老六也没有好感，说，一个人的饭量过大，必然是个苦命的人，用钵头碗吃饭，一辈子也难见几个。

大姑收了老六的礼金六千块，就把女儿嫁过去了。也不是嫁，是我妈、二姑、三姑和我大表姐一起送爱香去的。一起送去的还有一担空木箱，两桌子人头的碗筷，八斤面条。三姑一路送亲一路哭。三姑没有女儿。

表妹的两次婚事,我妈对大姑有看法,私下对我们说,儿子不教育好,把歪主意放在女儿身上,怎么能算个好母亲?女儿也是自己身上滚落下来的肉。我大姑也觉察出来了,但并不放在心上。她对娘家友善的热情没有改变。

我忘记是哪一年,蛇皮在大姑房前的菜地上盖了一间泥瓦房,房子有些低矮,阴沉冷清。蛇皮有一个姐姐,有一个癞痢哥哥,还有一个抱病的父亲。他父亲似乎很怕冷,就连夏天,手里也抱一个火熜。蛇皮是个白天睡觉晚上赌博的人,癞痢哥哥倒是勤快,负责田地和一家人的吃喝。他姐姐是个见人就脸红、说话就口吃的人,负责烧饭洗衣服。有时候,他姐姐把锅烧热了,米还不知道在哪里,趴在灶台上哭。癞痢哥哥拿一个大钵头,四处借米,走了十户人家,米还是没有着落。我表哥看不过去,量两升米给蛇皮度荒。癞痢哥哥说,烂铜,你自己的碗都盛不满,还周济我,叫我不安心。烂铜说,碗盛稀一些,日子也就过去了。蛇皮的新房还没有住上一年,他姐姐的肚子大起来了。就这样,蛇皮的姐姐成了我表嫂。大姑很是高兴——表哥三十多岁没有添丁,那是我大姑的一块心病。表嫂生了儿子鲤鲤,第三年又生下女儿芳芳。

表哥并没有因为有了子女而改变什么。大姑的三女儿和四女儿也先后出嫁,家里完全失去了支撑,靠女儿们周济的生活终究无法常年维持。没两年的时间,大姑鬓发全白了,身子收缩了起来,走路慢吞吞,像只蜗牛。我祖母对她说,你怎么看起来比我还老呢?我走路都比你快。她抱着我祖母的大腿失声恸哭。

爱香嫁给老六没几年,就断了婚事。她死活都不去夫家了。爱香说,老六骂她是买来的贱货,经常暴打她,还不给她饭吃。

大姑托在浙江温岭打工的老乡，带话给爱香的前夫，说，念在儿子的情分上，把爱香带回浙江吧。这个不爱说话的石匠，再一次出现在我们家里。他看见爱香，抱着自己的头，蹲在地上，泪水从他的指缝间爬出来，哗哗而下。他说他出门做石匠，都是把儿子背在身上。他说他几次背着儿子坐火车来上饶，又返身回去。爱香去了浙江，再也没有回枫林，有十五六年了。今年夏天，我听表哥说，爱香的儿子明年大学毕业了。

大姑也在爱香去浙江的第二年深秋的某日傍晚，握着我父亲的手再也松不开。她没有说出的话成了一个谜语——或许那是一个无法启齿的嘱托。她搁浅在昏暗污浊的大头床上。她苦海一般的生活归于沉寂。

碗作为人们日常必需的饮食器皿，我不知道它起源于什么时候。我们都是普通瓷碗，低贱，易碎。每次我想起我大姑，我就觉得生活不可以称作生活，而是一种近乎自戕式的斗争。大姑去世后，年关很快就到了。表哥烂铜从山腰上的房子搬出，借住到族屋里。他说，房子里闹鬼，鸡笼里总有鸡拍打翅膀。他说，我鸡都没有养一个，怎会这样呢。他还说，他妈妈还把橱柜里的碗摔在地上，噼里啪啦。我父亲不信，说，烂铜肯定想把房子卖了。果不其然，村里传出烂铜想卖房子的消息。我父亲找到烂铜，说，什么事情你都可以做主，唯独卖房子你不能做主，你败家败了这么多年也就算了，你不能败你儿子，你儿子还要一间房躲雨呢。

表哥的儿子鲤鲤，隔三岔五地出现在我家里，一般是在午饭或晚饭时间。我妈留他吃饭，还让他带一袋米回家。有时候，鲤鲤来我家，脸上都是青肿的。我妈问为什么，他说被邻居打了，邻居说他偷东西。鲤鲤说着，哇地哭起来，说，家里洗衣服没有肥皂，他就去邻居家偷了。遇上粮荒或年关，我父亲就送上百斤米给表哥。表哥有些不好意思，说，没有米我会去买的，舅舅这么大的年纪还送米给我。我父亲说，两个孩子还小，不能饿着，这是给你妈妈的一个交代。我父亲又说，当年你妈留下一个碗给我，就是叫我给你一碗饭吃，不至于让小孩出门讨饭。

表哥的女儿长到十多岁的时候，表嫂跟一个拐卖妇女的人跑了，把鲤鲤也带走了。村里人说，烂铜，你应该去找找老婆孩子，这样的日子怎么过得下去，田也不要，地也不要，总不能老婆孩子也不要吧。表哥说，天下这么大，上哪儿找啊，孩子长大了会回家的。过了四年，表哥有了儿子的消息，是从上海市公安局传来的，说鲤鲤偷东西，被刑拘了。又隔了一年，鲤鲤回到了枫林，个头高高大大，只是八岁时掉了的两个门牙还没长出来。鲤鲤说，他妈妈嫁到了好人家，生活比枫林好多了，有米有盐的。

现在，鲤鲤和芳芳都去爱香的那个村里打工了，爱香管吃管喝，护着侄子侄女。烂铜半年去一次温岭，拿点钱回来花花，走路都春风满面。生活在枫林的人都知道，碗就是生活的全部，唯独烂铜不知道。

门

一扇大门,究竟迎接了多少人,送走了多少人?我不知道。

一栋房子,无论它有多庞大,它只有一扇大门。大门,是房子的脸部。饶北河边的房子,大多是墼土房,坐南朝北,或坐西朝东,长方形,中间大门进去,是厅堂,左右两边各有一间厢房,厅后叫后堂,左右两边叫偏房。这样的房子叫三家屋,四墼。也有六墼,或八墼,在厢房和偏房之间,修一条叫风弄的通道。也有大户人家的院屋,里外两栋,两边厢房相连,中间大天井,厅堂两个,前厅请客,后厅祭神。院屋和南方的祠堂差不多。一栋院屋,至少可以住四户人家,左右各开一条风弄。

大门,都不能挑粪桶进出,人和六畜平等,污物避开大门而行。乡邻之间,无论有多大的仇恨,即使有杀父之仇,也不能把茅厕建在别人大门正前方——杀父之仇可以报,茅厕建在别人大门正前方,会引起全村人公愤,也就失去立足之地。大门是正前门,我们上门做客,即使身份再卑微,年龄再小,也必须从大门进去,以表示体面光鲜,从侧门或后门进去,有些灰溜溜的,做事谈话,不堂堂正正。不堂堂正正的人,受人鄙夷。门是一个家庭威严的地界。进门便是客,再好的邻居,再近的邻居,再仇怨的人,进了门,都得摆椅子让座,若是吃饭时间,还要让桌,请邻居一起上桌。夏季昼长,下午会有一餐点心,烧面条,煮绿豆粥,蒸灯盏粿,再苦的人家也有一碗葱花炒饭。进了门的人,都要留一碗。

妇人吵架,都站在路边,或在巷子里,或在洗衣埠头,拉起架势吵,吵个半天,吵累了,坐一会儿,继续吵,唾沫都吵没了,脸部抽筋,过个十天半个月,又和好了,有说有笑。但她们不能在家里吵,没有谁坐在别人厅堂吵架的,那会被人用棍子打出来。

再穷的人家,都有一扇厚实的大门。房子再烂,大门不能烂。大门的木板,必是老木。杉木或苦槠,木头在家里陈放上十年,锯开,做门板。现在做房子,大门用料是镀铜的铝合金。铝合金门色彩鲜亮,易清洗,显得气派堂皇,十年八年后,铝合金老化,烂得像一个患了病的人。有钱的人,买实木门,厚重。我做房子的时候,做一扇什么大门,问了很多人,也征求我父亲意见。父亲说,木门好,但不要实木门,实木门用不到几年,会开裂。我表弟水根是个木匠,常年在顺德一带做实木家具。我问他,他说,自己买木头自己做,是最好的。实木门的门板是物理脱水,不是阴干的,时间长了,会膨化,热胀冷缩很厉害,陈年老木不膨化,门板腐烂了,也不开裂。可到哪里去买陈放了十几年的老木呢?一次,表哥兴泉来看我母亲。他开了锯板厂。我说我要陈年老木,做木门。表哥说,哪来这样的老木,不过还有比陈年老木更好的木料,用上一百年也不腐烂也不开裂。我说,这样的木料,谁买得起呀，不就是金丝楠木吗，或者红豆杉，那可是国家严控的。表哥笑了起来，说，地主也用不起呀，老房子拆下来的圆柱，锯开做门板，是好得不能再好了。过了一个多月，表哥来电话了，说，木料找到了，你来看看。两根圆柱是老房子的中柱，四米多长，老杉木，木质还是浅黄色，手拍起来，嘭嘭嘭，像拍在绷紧的鼓面上。我说，要了，做三分厚木门，上三道清漆，雨水不沾边。房子上大门那天，父亲用手一遍一遍地摸大门，还用力甩几下，说，这门好，厚重，拙朴，有村野大雅之气。我也笑得嘴巴像个裂开的核桃。

　　门，就是要把一个空间密闭起来，也是要把一个密闭空间打开。门是一个空间对另一个空间的防守与开放。门是矛盾的统一体。一栋房子有很多门。大门，后门，侧门，房间门，风弄门，还有院门。枫林没有院门，可能是山多地少，宅地不足吧。进山五里，我有一个舅公，即我母亲的舅舅，他家有院门。我还是十四五岁的时候，进山。翻一座山，到山谷底，偷砍松树做柴火，我把松树扛到半山腰，被几个人追了上来。我扔下木头，往山顶跑。因为饥饿，体力不支，没跑多远就被几个六十多岁的人抓住了。一条猎狗，围着我，汪汪汪地狂叫，我吓得瘫软。我属狗，却十分怕狗。其中一个满脸胡茬的人问我是枫林人，还是洲村人。我说，枫林的。又问，你是谁家孩子，敢偷木头，这是犯法的。我说傅家的。问我的人一下子语调温和起来，说你是傅家第几个孩子。我说，第六个。"兰花的老六，都这么大了。"满脸胡茬的人说。我看看他，不知所措。我知道，我外婆出生在谷底叫坳头的小村子，但我从来没去过。我有三个舅公，三舅公还是一个远近闻名的猎人，一把土铳震四方。满脸胡茬的人，正是我三舅公，怪不得他跑山路那么快，像头野猪。他看我饥饿得人都瘦了，带我去他家吃饭。我第一次去舅公家，也是唯一一次。我第一次看见了高大的院门。山边的房子临一条宽阔的山涧，涧水哗哗哗，冲击着巨大的涧石。土夯的院墙，有两米多高，瓦压在芦苇上，芦苇压紧墙垛。院门有三米多高，门轴是粗大的枫树根切开的，门槛高过我膝盖，门板厚实，推开，门轴吱呀作响。院门上，盖了一个蜂窝形状的大门垛，是厚木板上垒土砖砌成的。开了院门，一个椭圆形的院子豁然开朗，柚子树、枣树、梨树、枇杷树，喷出了院墙。高大的院门，自有一种猎人的凛然之气，威武，强壮。再猛的野兽，也侵犯不了院中牲畜，伤害不了家人。

古代的财主或员外，有家丁护院。院侧有弄堂门，弄堂门之上有阁楼，阁楼有暗哨，看着外边来人。晚上关了大门，客人从弄堂入院。护院睡阁楼，若是不义之徒入院，护院从阁楼跳下楼，以棍棒刀枪锤偷袭。大门也有讲究，两侧各有小门，门槛高且厚，普通客人从侧门入屋，贵胄之人才能跨大门。门口有两墩石狮子，憨态可掬又不失威武。锁是大铜锁，锁侧有猫眼门孔，门外一览无余。也有门闩，是一根圆柱粗的原木。拴门，要两个人抬起来，穿进闩套。在枫林老式祠堂里，还可以看到。

车马盈门，是世俗中人所奢望的，多好，日日宾朋满座。

书香门第，多好的人家，诗书礼贤，是理想的家境。

名门世族，贵胄之后，三代出贵族，五代出世家，是个门阀。

相门出相，官是世袭的，种田人的子嗣想做官，太难，读再多的书，不倚门傍户，难出头。

饶北河两岸贫瘠，有望族无世家，大多是撑门立户、窄门窄户。穷人重子嗣，于是多生育，望芝麻开门，望鲤鱼跃龙门。门是命运的高度。越生育越贫苦。

乌衣门巷，户户捣衣，也是南方胜景。南方多河流，河流多支汊，支汊多水沟。水沟经过户户门前，有激越水声。雨夜，水滴摇动铃铛，清脆悦耳。夜风轻轻地扑打门环，像个夜归人。门环是门的拉手，关门的时候，把门环拉起来，合紧门缝。门环也相当于叩门的手指，用手拉着门环，击门，当——当——当——当——轻轻叩，是对人的尊重。当当当——当当当，门环敲得急促又响亮，是遇上了急事，上门求助了。赤脚医生的门，通常响起这样的敲门声，可能病号到门口了，也可能病号出不了门，急需上门诊治。门环，铁质，圆形，和手镯的形状差不多，像门的耳朵。

听说，间谍敲门是有暗号的。偷情的人敲门也有暗号，当，当当——当，当当。也有不小心敲门的人，敲出情人的节奏，闹出笑话。村里有一个赤脚老师，瘦小，踮起脚尖，也没窗台高。赤脚老师爱偷情。村口有一个女裁缝，三十多岁，细腰圆臀，餐餐爱吃红烧肉，老公常年在外做油漆活。赤脚老师几次想和她相好，都没成功。一天夜里，赤脚老师敲窗户，窗户里的女裁缝问："谁呀？"赤脚老师也不说话，拿起两张纸在窗外晃动。女裁缝看看，好像是两张十元纸币，说："谁呀？要来就进来，晃什么，侧门又没上栓。"赤脚老师溜了进去，干柴烈火，烧了半夜。烧完了，赤脚老师也要走了。女裁缝说："你晃在手上的钱呢？"赤脚老师说："我又没钱，晃的是大前门烟纸。"就这样，两人相好了。

村口人杂，来往不方便，赤脚老师便说："我用门环敲门，三声长，当——当——当——"女裁缝便天天盼着门环"当——当——当——"像和尚盼着敲钟。赤脚老师也是个爱打麻将的人，常常打了麻将，忘记了去敲门。有一次，一个喝醉酒的人，口渴难耐，醉在女裁缝门前，手拉着门环，有气无力地"当——当——当——"敲，女裁缝半夜梦醒，听到敲门声，以为是赤脚老师来了，急不可耐地开门，灯也不开，拉着醉汉往房间走，说："等了这么多天，你才来，满嘴酒气。有酒气好，有酒就有力。"醉汉见女裁缝这个样子，一下子酒醒了，但假装没醒，两个人折腾起来。折腾了半夜，完了，女裁缝开灯去洗身，发现床上的人是打铜修锁的老七。女裁缝说："你这个吃冤枉食的家伙，叫我怎么做人呢？"老七说："我以后经常来吃冤枉食，不就行了吗？你不能怨我。"女裁缝"扑哧"笑了起来，说："你这样说还差不多，我便饶过你了。"

天亮，门就要打开。这是人对生活的宣示。门打开，厅堂有了人来，也有了人往。我们去耖田，去拔稗草，去收麦，去晒谷。我们去上学，去摆摊设铺，去走街串巷，去翻山越岭。我们去访亲问友。我们去拜师学艺。我们走出门，去很远很远的地方。我们去幽会亲爱的人。也有乡邻来坐，谈天气，谈恩怨。也有提亲的人来了，好茶好饭好笑脸相待。阉猪的人，来了。割鸡卵的人，来了。摇拨浪鼓的人，来了。配牛种的人，来了。郎中背一个褡裢，来了。找酒喝的人，来了。问路的人，来了。挑担歇脚的人，来了。躲债的人，来了。回娘家的人，来了。借钱的人，来了。卖水桶的人，来了。沿街吆喝"磨剪子嘞——戗菜刀"的人，来了。

收鸭毛鹅毛的人，来了。

有每天都要来坐坐的人。有一年来三五次的人。有三五年来一次的人。有十几年来一次的人。有一生只来一次的人。有来了一次再也不来的人。有频繁来却突然不来的人。

有凌晨就来的人，这是报丧的人。有半夜突然来的人，是走投无路的人。

有吃饭时间来的人，是嘴馋的人。有喝上茶就不想走的人，是孤单的人。

有说完事就拔脚走路的人，是命苦的人。有吃了午饭等晚饭的人，是无处可去的人。有看了一眼就走的人，是失望的人。有看了一眼还想问的人，是留恋的人。有来了就痴痴呆呆的人，是有口难言的人。

一扇大门，把这些人迎接了进来。门，迎接相熟的人，也迎接不相熟的人。相熟的人，有的会变得日渐陌生。不相熟的人，有的成了知己。我们坐在门里，等待一个人来，等一天，等一年，等十年，却始终不来。我们也"屐齿印苍苔，小叩柴扉久不开"。我们也"雪夜柴门闻犬吠"。

新娘穿大红的衣服，盖着红绸盖头，在炮仗声声中，在唢呐欢快的曲调中，牵进了大门，抱进了房门，成了我们的堂客，生儿育女，相守在一扇大门里，日日开门七件事，柴米油盐酱醋茶，脸有了皱纹，乳房扁塌，双鬓斑白，儿女又顶门壮户了。

姑娘被舅舅抱出大门，抱上花轿，远嫁。这扇大门，将在她一生的梦中，拍打，关了又开，开了又关。

被抬出大门的人，却再也不会回来，去了一个没有门的地方。每一个人，最终都是从大门抬出去的，穿上干净的衣服，盖着白布，眼睛再也不会睁开。一扇大门，要抬出多少人，也是不知道的。

一扇久久锁着的门，里面一定有一个曾经长久居住的人，里面放着我们再也不忍目睹的物件。比如一本书，一把二胡。比如一件蓑衣，一顶笠帽。比如一双鞋，一袭外套。比如一只箱子，一个木匣。比如一封旧信，一支毛笔。我祖父故去之后，他住过的房间，在很多年里，我都不敢推开那扇门。门右边，有一张床，还铺着草席，挂着蚊帐，竹椅子还靠在墙边，酒瓶里还有半瓶酒，鞋子里还塞着袜子，拐杖还斜放在门后。每次进那个房门，我都要站半天。当我们分离，人世间，最温暖的东西，不是茶壶，不是锅，不是火炉，不是棉絮，而是恋人的唇和亲人的遗物。当我们分离，人世间最寒冷的东西，不是冰凌，不是灰烬，不是孤枕，不是残月，也是恋人的唇和亲人的遗物。上帝不是关了一扇门，却开了一扇窗，而是先关了窗，再关门。所有的门窗都关了，我们被抬出了大门。

事实上，每一个人，都有一扇属于自己的门。有人在门里，等待我们去敲门。我们也在门里，等待门环叩响。当——当——当——

有些门，我们已经无法敲开。

松脂滴落。门外月光如海。温和的夜，想起这些，我痛彻心扉。

第三辑 粗衣淡食

粥 / 糖 / 棉花,棉花 / 白蓝衫 / 鞋 / 米语

粥

"今天不能喝水,不能吃任何东西。明天晚上可以喝点米汤。"医生一再嘱咐我。我"噢噢"地应和,点头。十二指肠出血,是该好好养养身子了。

第二天下午,我早早地用紫砂钵泡米,约一个小时,大火煮。小火炖肉,大火煮粥。我捏一个瓷的大汤勺,一边煮一边搅,以免水花潽出来。米羹水白漾漾的,面上浮了一层泡泡,噗噗噗噗,浮上来又灭,灭了又浮。白气在钵内沿卷来卷去,米翻上来,沉下去,又翻上来。汤勺沿钵底转来转去,搅动,米涌出水面,米边透明,米心透白。羹水灰白,往中间翻卷,泡泡拥挤在钵中央,形成漩涡。潽起来的羹水,呈黏滴状。泡泡塌陷下去,消失,翻滚的水下沉,米完全胀开,米边耸起颗粒状的小圆角,像一朵冰晶花。边煮边添水,一勺勺地添。米香迫不及待地暴涨出来,连追喊打地扑人。米汤水稠黏黏,我把盖子盖上。半个小时后打开钵盖,一锅白米粥熬好了。

粥熬好了,安安刚放学回家,嗷嗷待哺似的,说,我喝粥,吃咸鸭蛋。

食物可以排一个顺序的话，我会这样排：蜂蜜、粥、面疙瘩、面条、竹青白菜。其他无所谓。蜂蜜、粥、面疙瘩、面条，一年四季可以吃上，竹青白菜只在深冬可以吃到，也只有上饶有（可能其他地方有，但我从来没见过），圆竹的形状和颜色，甘甜，清爽，我不吃饭，吃一碗竹青白菜就满足了。蜂蜜在早起时，调两小勺，放进温开水里，匀散，喝一大碗，一整天都是好心情。做面疙瘩，用鸡蛋调进水里，把面粉完全调稠，黏糊状，撒小半勺盐花，再一勺一勺调进热汤里。汤料最好是羊肉汤，可谁有那么奢侈，备着羊肉汤呢？还有一种汤料，并不逊色羊肉汤，是螺旋藻。把茶油烧熟，加水，水沸，撮泡好的螺旋藻下锅，放二两活白虾一起煮，调面糊下去，熟了，撒一把葱花，盐、生抽和生菜叶最后下锅。白虾全身透红，起锅了。我一年到头都可以吃这样的主食。面条，我只吃清水面，一点油几粒盐即可，可以奢侈的话，再放几片生菜叶，若是当作盛宴来做，敲一个鸡蛋下去，和面条一起煮。

难得吃上的是一锅可口的白粥。高压锅或电饭煲，煮出来的粥，我不爱喝。米在高压锅或电饭煲里面，我们看不见，打开锅盖一看，米烂开，黏塌塌，面上还起一层米羹泡——像一张美人脸，平白冒出疱疹。喝起来，阻滞的口感，唇感寡淡，到了胃部也是热感不足。我喜欢大锅粥和砂钵粥。小时候，家中人口多，吃捞饭，饭坯捞上来，晾在竹箕里，剩下的米羹煮粥。劈柴巴掌宽，半米长，在灶膛噗噗噗地烧旺，滚动的火舌舔着锅底，米羹在锅里，肆意翻滚，先是中间往四周翻，而后四周往锅中央聚——像丛林战，先扩散四周埋伏，敌人来了，号角吹响，把敌人包扎在一个口袋里。锅沿有白白的一层白膜，这是米汤烫出来的黏膜，扯下来，长长一条，放进嘴巴，无踪无影地化了，微甜。这样煮出来的粥，是完全脱糖的，热量也久久不散，稠滑而不腻然，柔爽而不寡然。用大碗盛，托在掌心，沿碗边喝，不烫嘴，喝一碗，全身舒畅。浮面的米汤，滚烫烫，冲两个鸡蛋，调一小勺砂糖，是十分滋补的粥品，含丰富的维生素、蛋白质和低糖。浙江龙泉一带，中晚餐，在饭前都要喝一碗米汤，以通肠胃。砂锅粥，费时，谁还会把时间花在一碗粥上呢？用木炭煮砂锅粥，是上品。木炭烧透了，摆上砂锅，煮山泉水，沸了，添米，旺火熬。米羹渐渐变稠时，放一个鸡蛋下去，一并煮。粥熟，蛋也熟了。蛋剥壳，烫手，滚圆滚圆，像一朵玉兰花。木炭的香味全进了粥和蛋里，有一股山野的气息。面对一砂钵粥，像面对一片南方雨林。

用新出的晚粳米煮粥为上佳。粳米粒一般呈圆形或椭圆形，丰满肥厚，颜色蜡白，质地硬而有韧性，黏性油性较大，柔软可口，粥色奶白，营养丰富。

其实，吃一碗粥，哪有这么讲究呢？用母亲的话说，叫穷讲究。以前上初中，住校，食堂早餐只提供粥。说是粥，倒不如说是米汤，端在手上，可以照见人影。一两粥正好装满一蓝边碗。每次打早餐，同学叶云靠在饭窗，哀求大师傅："多捞一些米上来，多捞一些米上来。"大师傅拿起饭勺，从底下捞上来，把不多的米粒倒进叶云的碗里。他食量大，上了两节课，便趴在桌上睡了，他实在饿不了。他吃过最多的一次，一餐喝了八蓝边碗——他肚子胀得站不了，在操场的花坛上，蹲了一个多小时。我二哥吃粥也是个很厉害的人。二哥和我说起早年去双河口砍柴的事。双河口离我家有二十多公里,是个大山区,他驻扎在一个熟人家里。大清早空腹上山,砍两捆木柴下山,饿得腿都抬不动,他一餐能喝一脸盆白粥。

在物资匮乏的年代,每个人都有一部饥饿史。也有连粥都没得喝的人家,早上,烧开一锅水,把田埂上挖来的野菜,切碎煮着吃。常年吃,吃得全身浮肿。

也有不喝粥的人,嫌粥胀肚子,两泡尿撒撒,肚子又回了原形。光军的父亲每个早餐,都吃油炒饭,把饭炒得硬硬的,沙子一样,吃起来磕牙。他吃上三大碗,边吃边喝开水。吃了油炒饭,再重的活再累的活,他也要干到脚踩到自己的头影子了,才回家。做石匠的老春,则吃面条。面是炒面,一个早餐吃一斤。村里有一个叫中顺的人,六十多岁,老篾匠,十多年前死了老婆,几个孩子常年在外打工。早上,骑一个电瓶车,沿街叫:"去镇里吃清汤呢,有去的,结个伴。"镇离枫林有七里路,他天天去吃清汤。邻居正端着碗,窸窸窣窣地吃粥。有邻居应答说,还是你中顺好,天天有清汤吃,柴火也不用点。中顺说,活到这个年纪了,清汤还舍不得吃一碗,那人还真没意思。中顺骑个电瓶车,嘟嘟嘟,去了。应答的邻居对着他的背影又说,连一碗粥都没人烧,还高兴得摇叮当。

我自小爱喝粥,尤其爱喝红薯粥、黄粟米粥。冬天,从地窖里拎出来的红薯,淀粉基本转化成了糖分,甜甜的,黏黏的。一碗红薯粥端在手上,薯香四溢。我三姑丈老说我:"你好养,一餐一个大红薯就解决问题,还吃得特别有味道。"20世纪90年代初,我去了广东,才知道还有比红薯粥、黄粟米粥更好喝的粥。广东喝一碗海鲜粥,和喝一碗靓汤一样,都是日常中费尽心思的饮食大事。内地人大多不爱喝海鲜粥,嫌海鲜的腥味。我第一次喝,便喜欢上了,那种鲜美和畅快,没办法不喜欢。

粥,是一种用稻米、小米或玉米等粮食煮成的稠糊的食物。李时珍在《本草纲目》中记载:粥字像米在釜中相属之形。《释名》云:煮米为糜,使糜烂也。粥浊于糜,育,育然也。浓曰粥,薄曰酏。粥有止烦消热的功效。所以,常见医生叮嘱患者:其他不要吃了,喝几天粥,把身体养好。粥养生。我有一个表哥,患结肠炎,肠道功能非常差,吃了两年多的药物,都改善不了,一个老中医建议他喝粥。表哥喝三年多的粥,病就根治了。这是表哥自己都没想到的。

不同的季节喝不同的粥品,不同的地域喝不同的粥品。中国可以说是世界上最丰富的粥国,有菜粥,有海鲜粥,有白粥,有小米粥,有玉米粥,有肉粥,有八宝粥……不一而足。节令里,有寒食粥和腊八粥。饶北河流域,这两个节令粥都没有,但有年粥。除夕夜,年夜饭过后,守岁,母亲便开始熬粥,熬满满一锅。到了子时,一家人便喝粥,喝了粥才上床睡觉。

今年五月中旬,纪录片编导刘海燕来横峰。海燕对我说,她已经三年没有吃米饭了。我说,那吃什么。她说吃杂粮粥。我知道吃杂粮对身体的好处。回到家,我买来黑豆、红豆、豇豆、花生、粟米、葡萄干、红枣、桂圆、银耳、绿豆,存放在一个大瓷缸里。我爱人说,你买这些东西干什么。我说以后不吃饭了,吃杂粮。我爱人取笑我说,是不是发神经了。我常买来一些食材,自己琢磨半天,"发明研制"菜品或酱菜,却没有一次是成功的,最后都成为垃圾。我爱人也会这样想,这些杂粮也会不例外地进垃圾桶。

第一天吃杂粮粥很难受,口感和味道都不是我喜欢的,糙糙的,清汤寡水。连续喝了三天,慢慢适应了。上次回老家,我母亲说,你怎么瘦这么多了,是不是身体有毛病了。我说,没有呀,我没觉得瘦了。母亲说,还说没瘦,肚腩没了。我摸摸,真没肚腩了。前个星期去贵州,我到朋友医院做了有关血液的所有检查,所有指标正常,体重减了八斤。五月中旬至今,我只吃了三碗米饭。吃杂粮粥这些时间,我明显感觉新陈代谢顺畅,精力充沛,对米饭没有想法。

粥只是用餐的一部分,另一部分是小菜。饶北河流域,小菜有南瓜粿、豆豉、番薯、豆酱、剁椒、辣酱、花生米、霉豆腐、泡萝卜、泡椒、酸豆角、冬菜、泡刀豆、泡洋姜、腌蒜头、腌姜丝、腌萝卜丁、咸鸭蛋……当然,早餐也有炒菜,一般是炒豇豆、炒鱼干、炒豆干、炒榨菜、煎辣椒、炒霉干菜。这些菜品里,最难吃上的是上好的咸鸭蛋。鸭蛋须是河里放养的胡鸭或番鸭,腌藏的水是上年的雪水,用咸肉汁、八角、茴香、花椒、老姜做泡料,放在土缸里,泡上三个月。咸鸭蛋不要去煮,而是用干锅蒸,旺火蒸一刻钟即可,上锅后用冷水泡五分钟,切开吃,熟而不老。粥也配其他主食,如馒头,面包,花卷,小笼包。

每年,老家出晚粳米,我父亲会托人捎一袋让我煮粥。端着一碗热粥,我似乎闻到了饶北河沿着灵山带来的植物气息、午后阵雨一阵一阵飘过山梁的清凉味道、疏朗田畴翻滚的稻香;似乎看到晨烟在村舍萦绕，白鹭在秧田里纷飞，阡陌上温暖地开着野花，乡邻在田垄里劳作——这是一碗粥的精魄。

我们喝的每一碗粥，都有它来自母体的灵魂。周书云：黄帝始烹谷为粥。粥是一种与汉人相濡以沫的食物。它是我们食物中的配偶，也是食药合一的食物。

事实上，我们所需的生活十分简单，无须过于繁复冗杂，可以把生活的本源降低到一碗粥里。人间有味是清欢，而不是羊头狗肉。铅山县永平镇北彭溪桥边，有笪公祠，祠内置石碑一通，名"白菜碑"，纪念万历年间江苏句容人笪继良任职铅山县令时造福百姓的业绩。碑铭"为民父母，不可不知此味；为吾赤子，不可令有此色"。假如，我为这个时代立一个碑，我会在青石上，雕刻一碗粥，碑铭："身在浮世，常尝粥味；人为赤子，当有粥品。"

糖

早稻1780斤，晚稻1460斤。糯谷1930斤。红薯17担。芋头670斤。荸荠340斤。大豆130斤。茶油267斤。茶叶17斤。做短工75天，每天35元。水田直补款460元。猪2头，各1360元、1540元。伐木头8根，1300元。煎米糖3200斤。

柚蒂从香火桌的抽屉里拿出一张白纸给我看，说这是上一年的年收入，我都一笔笔记着呢。白纸的毛边有些破损，色泽发黄，有水渍泅过的痕迹。我算了一下，也有两万多块钱的收入呢。柚蒂是我邻居，也是我小学同学，比我大两岁。我每次回枫林的时候，他都会来看看我。他坐在我家的青石门槛上，两只手相互搓着，似乎有搓不完的泥垢。搓了手，再把指甲放在嘴里，狠狠地咬。即使是夏天，他也穿一件后背补了一个长方形补丁的旧军装。不知道是旧衣太大，还是他身子太瘦，看起来像秋天趴在田里的荷。我也会去他家坐坐，带一些西瓜、橘子之类的水果给他小孩吃。我临走的时候,他想用布兜一些土鸡蛋给我,但没有找到,便从梁上取下一块腊肉给我。大前年,我胃出血住了半个月的医院,他听说了,特意捎来一只养了八年的番鸭,捎话说,老番鸭的生血喝了,比什么药都好。他从来没有来过我城里的家。我不知道他是否来过城里。

白亮亮的河水弯过一片槐树林,隐没了。槐树到了秋天,只有光光的枝丫在风中摇曳。灰雀乱飞。河堤上是枯黄的芦苇和地衣。静水深流,无声。河堤右边的荒滩上,有一栋石墙的瓦屋。屋前是一片种满菜蔬的田园,薄暮之下,有淡淡的雾气,山梁弯曲。屋后则有两株柚子树、三株香椿树、一盆香葱摆在矮墙上。柚子树下有一口浅浅的水井,井口盘结着厚厚的苔藓。吊水的木桶挂在柚子树的断丫上。井边有一间偏屋,每到晚上,偏屋里远远地传来水蒸气一样黏湿的糖香。柚蒂用长木勺有节奏地在锅里搅拌,水汽萦绕房梁,半暗的电灯摇晃,锅里的糖浆噗噗噗地起泡,变稠变硬。屋顶上的天空,是浑圆的薄薄的水蓝色,每一颗星星都有自己的亮色,忽闪忽闪。繁星稠密的天空,是美好的天空。

方圆十里,柚蒂是唯一的制糖师。以前有很多制糖师,因为制糖挣的是功夫和辛苦钱,他们都陆陆续续歇业了,只留下了柚蒂。柚蒂说,我只做得来力气活,挣几个力气钱揣在兜里实在。他说话的时候,嘴巴收缩成圆形,使他的脸部看起来像黝黑的鲤鱼。柚蒂把米糖交给他老婆薄荷去卖。薄荷挑一担小箩筐,箩筐上搁扁筛,筛子上盛着米糖,米糖上遮一块白纱布,走村串户去卖。乡邻没有不认识薄荷的。薄荷围一件青色长围裙,手丫上挂一块生铁片,手腕摇一下,小铁锤击打在铁片上,咯当,吆喝一声:"米糖哦,昨天煎出来的米糖,又香又脆。"她的屁股往下坠,走路吃力,身子往前倾,箩筐后摇,像是随时会摔倒。有人买糖了,她放下挑子,掀开白纱布,用小切刀把米糖一小团一小团地切开。称好了秤,薄荷多送上一小团,说,拿去骗骗小孩的嘴巴吧。

离村里三华里有一处高山盆地,住着三户人家,靠种庄稼和打野猪为生。高山树林茂密,盆地里种满了红薯、玉米、大豆,野猪生命力强,繁殖力旺盛,一头母猪一年生两窝,一窝至少八头。山里人在庄稼地里设下铁套子,野猪踩到套子,夹住了,越用力挣脱,夹得越紧。或者,在山边挖一个地窖,扔一些红薯,野猪跳下去吃,再也上不来,活活饿死。山里人把野猪杀了,把肉卖给杀猪佬,野猪肚则另外卖。野猪肚有麻点斑纹,斑纹越多越值钱。山里人说,野猪爱吃五步蛇,吃一条,猪肚就留一点麻斑。村里的中医把野猪肚晒干,磨成粉末,配上田七粉,价格比银子贵。中医说,治胃病没有比野猪肚更好的药了,能根治。山里人有一个女儿,名薄荷,二十岁了,身子高挑,体态匀称,红扑扑的脸像个水蜜桃。她提一个竹篮子,到村里来卖野猪肚。野猪肚谁都想吃,可没几个人买得起,年轻男子围着她转悠半天,舍不得她离开。村子走了一圈,她的野猪肚还是没卖出去,杀猪佬大江把野猪肚收了去,说:"我明天拿到镇里去卖,我挣一包桂花烟,卖了再给你钱。"她在村里卖了两年的野猪肚,杀猪佬大江收了两年。大江好赌,杀猪的钱在手里没捂热就没了,东家的钱还欠着,到了后来,没人敢找他杀猪,猪钱还不知道哪年哪月能到手呢。但大江从不欠她的。后来村里人都说,姑娘和大江有私情。事实上也是这样的。有一次，村里在晒谷场放电影，晒谷场前面是一片稻田，稻田里有高高的稻草垛。一个尿急的人跑到稻草垛想方便一下，刚拉开裤子，看见大江和她在稻草垛下面光着屁股，野猪拱地似的。这个卖野猪肚的姑娘就是薄荷。

媒婆说了好几个人家，薄荷都没有应承的。也怪媒婆，说合的对象不是残疾就是鳏夫，这不是轻慢薄荷吗？后来媒婆上门，被薄荷打了出来。柚蒂的堂兄见柚蒂二十好几了，还没有暖脚的人，征询了意思，上门说了薄荷的亲事。他们都早已认识，柚蒂挑了四十斤猪肉、六十斤糯米、两套衣服、两双鞋子给薄荷家，算是定了亲。年底，也把婚酒摆了。山里人木头多，陪嫁了一担樟木箱、两只木脚盆、四只木脸盆、一副小矮桌、两个枕头柜、四条木沙发，另有二十四双布鞋、四床棉被、八床被单。村里人说，山里人殷实，陪嫁体面。柚蒂穿一件蓝色棉袄，站在门口，见人就发烟，脸上荡漾着水波一样的笑纹。

我们都知道，柚蒂是一个不善言辞的人，看见人，圆起嘴巴笑一下，算是打招呼。他瘦，个头不高，好像一百斤的担子就能把他的身子压断。事实上，他像一根紫荆木棍，结实。他食量很大，端一个钵头碗蹲在门槛上吃饭，拌些菜汤，哗啦哗啦，三下两下，一碗饭就没了。村里人并没有嫌弃他饭量大而不请他做帮工。别人做帮工，要在家里挑两担尿桶挖一块菜地才去，还嫌东家菜里没油。而柚蒂早早地就去了，中午也不休息。他说做事又累不死人，东家请人不容易。

饶北河两岸都是肥沃的田地，在先秦时期，这里便有先民耕种。明朝中期，余氏、周氏、叶氏迁居到枫林，繁衍生息。叶氏灭了，周氏、余氏枝繁叶茂，盘根错节，有了庞大的家族。柚蒂属于周氏，是位爆米花师傅的儿子。他父亲只要在院子里摆起爆米花机，火炉里的木炭红红地旺烧起来，风箱呼呼呼地拉响，我们就围着舍不得离开。玉米爆开，嘣嘣嘣，麻布袋套在机器口，爆米花进了袋子，也有散出来的，我们哄抢。柚蒂则学了制糖的手艺。他说，有嘴巴就有糖，谁不爱一天到晚甜着嘴巴呢。制糖是晚上的活儿，白天，他把浑身山泉水一样源源不断的力气用在田地里，各季菜蔬怎么也吃不完。南瓜，红薯，芋头，辣椒，萝卜，姜，蒜，做成各色各样的腌制菜和酱菜。菜头菜脚喂猪，猪肥肥的，一年出栏两头，给集市卖，年终了，还有一头年猪，做腊肉熏肉咸肉，留着来年用。村里几个小媳妇很是羡慕薄荷，生活有藏有掖的，都怪自己当年没眼光，没选柚蒂。

　　小学在余氏老祠堂。我用一块白塑料皮包着两本书上学。全班仅有几个人有书包。祠堂空落落的，风呼呼呼地叫，到了冬天，我们蜷曲着身子上课。柚蒂穿一件他外婆故去后留下的棉袄，腰上扎一条棕绳，双手套进袖筒里。他只上上午的课，下午他挑着爆米花机跟随着他父亲。他父亲有骨髓炎，用不了力。他父亲脸色蜡黄，吐浓浓的黄痰，说话的时候，眉毛会往中间收缩。大家都说这个爆米花师傅有黄脸病（我长大后才知道，这是血吸虫病）。除了逢年过节，平常时日爆米花的营生不好，我小学毕业后，村里很少有人要爆米花了。柚蒂的父亲买来补鞋机，摆在小镇的菜市口，补鞋。中午饭是柚蒂送去的，走八里路，用一个铝盒盛着。补鞋师傅不吃菜，只吃生大蒜蘸酱，长年如此。

　　蘸酱大蒜吃了十多年，补鞋师傅撒手去了，留下十六岁的柚蒂和柚蒂两个拖着鼻涕的妹妹。柚蒂的母亲守着这个窝。周氏是个大家族,族里人有生老病死、婚丧嫁娶,大家都要相互走动,送喜。柚蒂的母亲没钱送喜,用畚斗装两升豆子或五斤米,贴一张红纸送上门。豆子里有一个红包,红包里有一张欠条:今欠××喜酒钱五元。每喝一次喜酒,她就要在自己的灶神下哭一个晚上。族里人说,这个嫂子情义太深,怎么让人受下?

糖是食品中的贵族。在我孩童时代,能够吃到的食品是薯片、炒黄豆、南瓜子、爆米花、冻米糖、羊蹄饼、炸面片、南瓜干。桃酥和月饼只有过节才能吃到,兜里揣一块月饼要放好几天才舍得吃。到了腊月寒冬,母亲用米换来米糖,做冻米糖。灶里烧着炭火,把米糖倒进热锅里,米糖慢慢溶化,母亲用锅铲不断地搅动米糖,直至米糖成糊状,再把爆米花倾入,搅动拌匀,起锅,平铺在豆腐箱里压榨,压实后,用裁刀按箱盖的纹路切开,成片状,包进白纸里,一包包放进石灰缸,留到正月待客。客人来,桌上摆一碟花生一碟炸薯片一碟冻米糖。做冻米糖余下的米糖,母亲分成一小块一小块,给我们吃。米糖黄白色,有小小的气孔,咬下去很脆,吃起来粘牙齿,满口生香,有炭火的暖意。这样美好的记忆也相随我一生。冬夜湿寒,厅堂里烧着旺旺的火盆,火苗伸出长长的舌头,相互舔吸,相亲相爱,几缕炭灰落在母亲的额上。我们围着火盆,脸上映照着暖暖的光,嘴巴哈出的气体与跳动的热气交融。我们吃着刚出炉的冻米糖,觉得人生已经没有比这更美的时刻。

杂货店里的水果糖则是我们不敢奢想的。春节,我的几个姑姑回来给我祖母拜年。众多的礼包里有一个糖果包。有奶糖和饴糖。我兄弟姐妹众多，过了正月，客人散了，祖母把糖果包打开，一人分三五个，余下的压在箱底，留给我一个人吃。祖母偏爱我。我三岁开始，祖母陪我睡觉，直到我十三岁。祖母有喝夜茶的习惯。半夜起床，她把箱子打开，舀一勺白糖撒在浓浓的热茶里，喝完茶，小坐一会儿，再睡。如果我醒了，我也能享用一勺白糖。祖母说，喝夜茶吃点糖，人长寿。祖母八十多岁时，还能到山地里剥麻，缝自己的衣扣。

甜食对小孩的诱惑是很大的。没有糖吃，我们就去找野果子。山楂、毛冬瓜、野茄子、山茶桃、野柿子、山草莓、猕猴桃，山上有各季的果子。秋天，山风把满山遍野的油茶花吹开，白白的，抱成一团，在山冈上打滚。我和柚蒂，兜里存了麦秸，去吸茶花蜜。秋天，百花凋谢，油茶花却迎霜绽放，在枝头上，对着天空怒吼。这是蜜蜂的最后蜜源。把油茶花掰开，花蕊里有一滴黏稠的东西，我把麦秸伸进去，吸进嘴里，甜甜的。有时也会吸进蚂蚁和昆虫。柚蒂说，我以后要做一个制糖师傅，天天有糖吃。

在将近中年的时候，我反复梦见这条河流：它在灵山的峻岭中蜿蜒，彩虹出岫般披着夕阳降落时的薄雾，穿过槐树林和西瓜地的间隙，绵绵而来，白白的亮光忽隐忽现，白鹭在水里觅食，放鸭的老人在岸上打盹，叮咚水声被风送远。这就是饶北河，它的质朴和妖娆在我的梦中呈现。在荒滩上，一栋石房子满身裹着麦芽香。十八岁那年，柚蒂用一担谷作为拜师费，学会了制米糖。他师傅说，制糖是一门艰难的营生，要没日没夜地劳作，才能刨得一口好饭吃。柚蒂执意要学，说，人活在世上就是要劳作，不劳作就不算人了。

在后山的凹地上，柚蒂垦出一片小麦地，种上小麦，又腾出两亩田种上糯谷。他上山砍了八根毛竹，编了六个簸箩。

廪仓里堆满了上好的小麦和糯谷，每隔三天两天柚蒂都要开仓看看，编织袋结结实实地装满粮食，他用手拍拍，解开袋口掏出一把，捏一捏，放在鼻子前嗅一嗅，又把袋口扎紧，脸上露出不易察觉的微笑。

一年四季，柚蒂家都出糖。他的米糖松脆，有芝麻香，大家都爱吃。柚蒂把小麦洗净，放入木桶内，用水浸泡。浸泡的水，在夏天，用冷却的开水，在冬天，则用半温的开水。小麦浸泡一天后，捞起来，倒入箩筐里，一天淋三次温水，淋三天，麦粒长出细细麦芽。麦芽有两片细叶，把细叶切碎。这是育芽。又将糯米洗净，在水中浸泡小半天，糯米吸水膨胀后，放在簸箩上沥干，置于蒸笼里，用旺火蒸，蒸至糯米没了硬米心，倒回簸箩，晾至半热。碎麦芽和熟糯米按1∶10的比例拌匀，发酵小半天，装入布袋内，扎牢袋口，再把布袋放在压榨机里压榨，流出淡黄色的浆液。灶膛已经燃起熊熊的劈柴，焰火交织，绸缎一般。把浆液倾入热锅，两道劈柴燃过后，浆液慢慢变成黏糊，用长木勺不断地搅动，黏糊渐渐成了乳白色的糖稀。把糖稀起锅，撒上熟芝麻，擀成糖张，用刀切成块状，放在竹席上。冷却后，糖皮硬化，成了米糖。

柚蒂的妈妈挑着米糖，一个村一个村地叫卖。村里人都说，柚蒂是村里最舍得力气的人，是做得最苦累的人。他早上要上山砍一担木柴再吃早饭，干了一天的农活，晚上还要煎米糖。他似乎从来不知道疲倦。我母亲说，柚蒂是铁骨人，身板是铁打的，可铁打的也会磨损啊,你看看,一把锄头用不到三年,一把菜刀也只用四年,他可是一把铁锤,越锤越结实。

　　春季的雨水绵长,丝网一样。枫林人蜷在家里。麦苗、山蕨、沟边的水芹、田埂上的巴茅、瓦楞上的苔藓,一天比一天油绿。梨树的枝头钻出白花苞。香椿的叶子可以剪下来做菜了。艾叶揉进糯米浆里做粿子了,包咸肉和笋丝,是百吃不厌的。地角的马兰头抬起了粗布身子。邻家婶婶前几天生了一个胖胖的闺女。犁头断了,要重新打一副。茅厕满了,挑粪桶随便倒进哪块田里。柚蒂闲不住,看看前厅的瓦垄有裂缝,雨水滴答滴答,把一袋石灰打湿了,白白的石灰水在厅堂里流出一条沟。柚蒂把楼梯靠在屋檐,爬上去翻屋漏。他十六岁的儿子在下面递瓦。薄荷在后院里用米汤浆洗衣服。屋漏翻了一半,柚蒂从屋檐一头栽下来,脑壳重重地撞在磨刀石上。柚蒂叫了一声:"哎哟。"他的身子扭动了一下,右腿弯曲着,左手扶在磨刀石上又滑了下来。"爸爸、爸爸、爸爸……"他儿子惊恐地叫了起来,泪水还来不及流下。薄荷慌张跑来,看见磨刀石上有猪脑花一样的浆液,红色浆液顺着柚蒂的后脑勺沿着脖子淌满了衣服。柚蒂的眼睛睁着,鼻孔里的红色浆液像蚯蚓一样爬出。堆在瓦垄上的瓦,滑下来,打在天井的石头上,粉碎,噼噼啪啪。柚蒂的母亲看见柚蒂,当场瘫软在地,只有某种东西堵塞在喉咙里。这一年,柚蒂四十三岁,二十岁的女儿准备在下个月的谷雨订婚,秧苗刚刚播下去十三天。

　　"翻屋漏是石匠的事,他怎么做得了,要翻也选在晴天,柚蒂太没有经验了。"邻居石佗说,"雨天的瓦垄会打滑,脚吃不住力,即使要翻,也要在瓦垄铺上蓑衣或棕垫。"而有些村里人有另一种说法，说柚蒂连续两天煎米糖，煎到半夜才歇手，睡眠不足，站在高高的屋顶上，头昏，两眼发黑，一头栽了下来。看风水的老先生大碑说，人的命里有定数，你一辈子吃多少粮食，干多少活，生多少子女，从一出生就决定了，你看看，一把柴刀砍多少担柴火，一把两齿钳挖多少地，都是铁匠师傅定好的。老先生大碑抽水烟，瘪着嘴巴，说话慢条斯理。他说，人也一样啊，一生用多少力气也是早早定了的，匀着用，可以用六十年、七十年、八十年，柚蒂一天要用完我们两天用的力气，他已经提前用完了自己的力气，力气可不是饶北河的水源源而来，力气是有尽数的。

很多人都患有低血糖症，我也有。低血糖症发作时，吃几粒糖就可以解决。当然，糖吃多了会使人肥胖，易患心血管疾病，是谁都知道的。但我差不多有二十年不吃糖了（偶尔食用一点蜂蜜），吃了糖没有食欲。我甚至对糖过于敏感，烧菜时，比如煮鱼或小炒肉，放些糖能增加鲜味，而我只要尝到菜里添加了糖便不再吃。我烧菜，除了盐和酱油，不放其他任何调味品，客人来我家是吃不习惯的。枫林的邻居石佗，是个胶水师傅，专门制粉刷墙面的胶水，烟瘾特别重，一天三包，半夜起床还要抽五六支烟，整个房间烟雾缭绕，他老婆也不跟他同房，烟熏得人受不了，早上打开石佗的门，一阵烟冲出来。他抽两块一包的"月兔"烟。他老婆每天给庙里进六块钱的香。石佗骂她，说，寺庙又不是你娘家，尽孝也有个逢年过节。他老婆说，你抽一天烟我就进一天香，你不心疼钱我也不心疼钱。石佗把烟戒了，嘴巴空着，难受，兜里揣着水果糖，难受了，吃一颗。烟是戒了，可糖再也戒不了。

石佗说，糖是慢性毒，是鸦片呀。

荒滩上的石房子再也没有了麦芽香。柚蒂的儿子把簸箩、大木桶堆在阁楼上，说，这些物什要留着，是传家宝。柚蒂的儿子白白壮壮的，像一块米糖，一点也不像柚蒂，倒是和杀猪佬大江似一个模子刻出来的，去年上大学去了。薄荷和婆婆守着这个空空的院落。杀猪佬大江在薄荷结婚的第八年就走了，骑摩托车出车祸死的。大家都说柚蒂死了比活着好，在这世上走了一趟，一天要干两天的活。柚蒂下葬后的第三个月，木匠蒋家老四夜夜都去薄荷家。薄荷的女儿要出嫁了，要打一些家具，请老四帮工。家具有沙发床、枕头柜、小八仙桌、楼梯、矮柜、板凳、高脚凳，一个木匠师傅得忙活半个多月呢。蒋家老四挑着刨、锤、锯、钻，上门忙活。前几天，薄荷的下午点心要么是面条要么是蛋炒饭，后来是芝麻汤圆、饺子，最后是冰糖炖鸡蛋。蒋家老四吃着碗里四个甜甜的鸡蛋，看着薄荷，有一搭没一搭地扯话。薄荷看着老四，也不回话。蒋家老四第三次吃鸡蛋，就把薄荷叫到后院煎米糖的偏屋，压在一张破草席上，做了露水夫妻。

棉花，棉花

"饼肥30公斤、磷肥25公斤、钾肥15公斤、碳铵10公斤、硼砂0.25公斤。"父亲用木炭把每亩田用肥的参考数写在厕所土墙上，供母亲拌肥用。母亲记性不怎么好，她一边拌肥一边看墙上的数字。父亲说，这些混合肥在六月底以前要埋完，不然棉树坐不了桃。在盛蕾（第四层果枝开始现蕾）前后，棉树要肥催——从盛蕾到初花期，时间很短了。父亲每天傍晚，扛一把锄头，到棉田上走走。棉田有两亩多，父亲一垄一垄地看，翻翻棉叶，摸摸秆杈，还不时地蹲下身子，扒开泥土，捏捏泥团，辨识泥的成色、湿度、酸碱度。他的脸上降临着黄昏时分的从容，慈祥，安谧。大朵的棉花仿佛在他眼前映照了出来。

映照出来的，还有祖母，不知道父亲看到了没有。祖母的面容已经熔化在时间的火炉里，与一粒糖溶化在水里没有区别。"脚踏一州两县，身坐金龙宝殿。手拿苏州干鱼，口抽夏县白面。"祖母坐在后院的偏房里，一边织布，一边教我唱民谣。织布机是木质的，由一个梭架、挂布架和踏脚组成。木最好是古旧樟木，拙朴，芳香，牢固。后来我才知道，这首民谣是织布的谜语。祖母坐在梭架上，踩着脚踏，手中的两只梭在纱帘上穿来穿去，像两条不知疲倦的鱼。梭是毛竹片制的，外面包着铁皮，铁皮被祖母的手摸得深黑发亮。祖母的腰上绑着牛皮做的皮幅，用两个硬木的瓜扣把皮幅扣紧。祖母脚一用力，身子会前倾，皮幅绷得饱满。祖母织布，我站在边上，为祖母打扇子，把棕榈扇打得呼呼响，打不了几下，手就酸了。我不喜欢看祖母织布，虽然织布机咿呀咿呀，唱歌一样好听，但还是过于单调。祖母的夏天都是在后院度过的。祖母是祖父的续弦，他们一生恩爱。前几天我回老家，翻祖母在十年前留下的遗物。遗物在木楼里。我打开柜子，看到了一面铜镜和四脚支架。铜镜蒙着灰，我一抹，看见一个中年人。我们从出生到老，不知道要用掉多少布，得到多少温暖，而纺纱的人去哪儿了，我们都不知道。

棉花，皮肤上的故乡，在饶北河边漫溢。那是一个乡间少女的成长——萌芽出苗，抽苗，绽蕾，花铃摇曳，吐絮。从春分到立冬，十六个节气是她一路走来路过的十六个驿站。我们在这条路上繁衍、奔波、相互热爱。而这条路是那样崎岖、孤绝。

几次回家，我都觉得屋宇空荡，走到祖母房间，只看见一张床，永远空着，被子还是折成长条，悬着蚊帐。仿佛温度还在，仿佛走出去的人还会回来。我坐在床沿上发呆。以前我回家，祖母一听到开门的声音就唤我的小名。祖母见了我，就把火钵给我，说："你读书，还没钱。外面冷，暖暖身。"祖母几乎没什么记忆，一年到头抱着火钵，她怕冷。那时，我已经工作几年了，她却还以为我在外求学。一个人的时候，祖母会摸索着到后院，坐在织布机上，一边抚摸木架一边对我说："你小时候，都是我抱着去奶奶家吃奶的，一出家门口，就两眼望着奶妈的房子。"祖母喜欢和我说她年轻时的事。每次闲聊，祖母总这样结束梦游似的回忆："现在人老了，我要去了，免得大家嫌。"她说"去"的意思是死亡。祖母年过八十，开始怀疑自己为这个家吃了那么多苦是否值得，怀疑身边每个人嫌她。姑姑说，祖母临终的那几天，一直在喊我的名字，可我不在。我赶到家里，见祖母躺在床上，脸色蜡黄眼圈墨黑，身子没有反应，像干涸的河床。我喊祖母，祖母空洞地睁着眼，眼角是两道深深的泪痕。祖母颤动着，想坐起来，但已经不可能。一条白布盖在了祖母身上。

秋天，阳光一层一层地脱落，灰烬和焦土的气息悬浮在空气中。一个弹花匠背一张弓，一手拿棒槌一手拿碾盘，沿饶北河的水路，到村里来。他的肩膀上坐着一个拖着鼻涕的儿子。他走到哪家，我们就跟到哪家，帮他捡地上的棉花，帮他拉经纬线。他是临近镇里的人，他要做到过年才回家，假如谁愿意留他过年的话，他也会留下来——他的老婆生小孩时，难产而死，他的鼻涕儿子靠米糊养大。他的弹弓和棒槌，是我们欢乐的秘密所在。他歪着头，下颚抵住弓把，左手把弓拉得饱满，右手用棒槌，"哪，哪，哪"，用力敲打弓弦，"嗡，嗡，嗡"，棉花被抽得蓬松，抽成丝絮，在厅堂里飞来飞去。我们被嗡嗡嗡的响声所迷惑。我们一直以为那是歌谣，以为秋天也是歌谣。弹花匠说话有浓重的鼻音，像涵洞里的水声。他的脸窄而长，手圆腰粗，他穿一件蓝色的对襟短褂。

弹花匠会唱许许多多的民谣。我记得有一首《光棍歌》是这

样的:

> 东方不亮西方亮,不讨老婆好清闲。
> 日上省得半升米,夜间省得半张床。
> 省起谷米吊烧酒,省得铜钱买竹山。
> 上半年头有笋挖,下半年头有纸担。

弹花匠一边唱,一边摇头晃脑。他的鼻尖上有一滴浑浊的鼻水,长长的,悬着,不落。他还会吹口哨,口哨是鸟叫声,有旋律:

> 各公,各婆,家家栽禾。(布谷鸟催种)
> 清明——打醮,
> 坟头——挂纸。(黄眉鸟唱的清明歌)
> 爬起了,爬起了,耕田了,耕田了……哥哥,哥哥。(鹁鸪鸟催耕)
> 水哗哗,水哗哗……(竹鸡在林中叫,要下雨了)
> 酒——嚼嚼,
> 酒——嚼嚼,嚼嚼嚼嚼,嚼嚼嚼嚼。(河边翠鸟叫,欢迎有客来)
> 个大,个大,个大,
> 个个大,个个大,个个大……(野鸡下蛋)

他唱完了,会低下身子,对我们说:"我唱了歌,你们可不能打我的屁屁啊。"屁屁是他儿子。我们都讨厌这个鼻涕虫。屁屁身上有泥斑，光着上身，肚子滚圆，像个青蛙，但人很瘦。弹花匠说，屁屁的肚子里有蛔虫。我们冷不丁地用石头打他，还用竹梢抽。抽了，我们就躲到后院去。屁屁挨了抽，眉头往中间挤，嘴巴收拢，声音憋在喉咙里。屁屁什么东西都吃，红薯、地瓜、黄瓜，他的嘴巴像个搅拌机，哗哗哗，一下子把东西搅得粉碎。

我家差不多每年都要弹棉絮。我家人多。母亲把旧棉絮抱出来，晒两个日头，给弹花匠，说，加点棉花，加工一床新的吧。弹花匠姓周，四十多岁，爱喝点小酒，喝一盅酒满脸通红，眼角有豆腐花一样的眼屎。喝了酒，话特别多的老周，反而话少了。他说话，两道眉毛往上一拉一拉。他的屁屁早在饭桌上睡熟了。他一说话就是诉苦。老周说，你看看，这么多年也没添过一寸纱，还是一身破片背在身上。他说话的时候，还不断用手扯自己的衣服。我母亲讨厌老周，私下对父亲说，老周的棉絮弹得不结实，小孩子蹭一个冬，就破出洞。

不知道是哪一年，弹花匠成了村里花菇的上门女婿。花菇是个寡妇，比弹花匠大好几岁，南瓜脸，屁股大得像磨盘，特别能生育，有四个孩子。弹花匠上门，好心人劝他，花菇小孩多，屁屁会受苦。弹花匠说，一个男人没有棉花被盖盖，真是难熬。没过两年，弹花匠死于胃癌。屁屁成了一个无家可归的人。他在村里要饭，在别人家的柴垛里过夜。到了冬天，他裹着弹花匠的长棉袄，腰上绑一根草绳，穿一条单裤晃来晃去。后来，一个来村里卖唱的老头，见屁屁可怜，把他领走了，说卖唱也是一门手艺，比弹棉花好，不需要看别人的脸色做事。

从我家门口往东边望过去，是高高低低的菜地，再远些是涟涟的棉花地。黑色的屋顶在棉叶间若隐若现。在我十五岁那年初秋,我穿过十里棉花地,离开了枫林。我躺在厢房里,一夜没睡,看着窗外的星光。母亲也一夜没睡。她在捡拾我上学用的衣物和生活用品,捡完了,一个人坐在灶房的木凳上。她一直在咳嗽,咳,咳,咳。哎,哎,哎,她不断地叹气。长年的肺热病消耗着母亲的肌体。她的身子像晒干的刀豆荚。母亲把我叫起来,说,煮了两个蛋和一碗面条,你去吃吧,吃了去镇里坐车。我从来没有离开过家,更没有过与母亲的分别。我窸窸窣窣,三下两下就把一碗面吃完了,把蛋留在碗里,用水勺盖住。我吃面的时候,喉结在蠕动,脸颊上有湿湿的东西在爬。我背对着母亲。煤油灯在灶台上,扩散淡淡的光晕。我第一次不敢看母亲。我感觉到母亲的双手,捂住她自己瘦削的脸,咳嗽声在她胸腔里变得沉闷,结实,像没有炸开的雷。母亲帮我打开厚实的木质大门,月光涌了进来。我挑着木箱和棉絮,沿着土公路,往小镇走。

棉树还没有吐絮,红艳艳的花缀在枝丫上。月光一片银白。空气湿润,棉叶的青涩气息淹没了整个大地。我走到小镇车站,天还没有发亮。我坐在木箱上抱着棉絮,眼泪一下子奔突出来。我想起和我同龄的邻居,也是这样,背着棉絮,从镇车站,坐车到浙江去打工。棉絮是唯一的行囊。假如把一个人的生活删减到最低程度,只会剩下棉絮和碗。世上也没有比棉絮和碗更重要的东西。

事实上,我对棉花的理解是极其肤浅的,甚至带有些怨恨。到了秋天,我们全家人都去棉田里,捡拾棉花。我们挑着箩筐,腰上扎一条布裙,太阳晃眼,大地如烤炉一般。走进田垄,把棉絮一朵一朵地摘下来，塞进布裙。棉壳和棉枝会把脸和手的皮肤，划出一条条血痕，汗水流过血痕，盐撒伤口一样生痛。晚上睡在床上，烧灼感在皮肤蔓延，大火烧山一样迅速吞没整个身躯。这是可怕的记忆。而那样的日子仿佛永无尽头。母亲的肺热病会在这个时候发作。我听见棉田里有剧烈的干咳，针一样刺人。母亲坐在田头，手按住胸口，弓着腰。我会跑到一里路外的山塘，舀一勺山泉水，给母亲喝——母亲的身子像烧旺的炭火。我听得见母亲喝水时，炭火哧哧哧熄灭的声音。母亲不是一个善言辞的人，也很少会打骂我们，她见我不愿读书，就说："读书是你唯一的出路，你不愿读书，就回家种棉花。"棉花在我心里引起的恐惧，使我觉得，棉花不是白色的，而是无边的黑。

一个男人和一个女人，一到了晚上，就躲进棉花垛里，偷情，做爱，乐此不疲，棉花给了他们生活的激情和生理的乐趣。这是莫言在《白棉花》中所描写的。赤裸裸的不是人，而是棉花，这样有些让人难堪。事实上，我们大部分的做爱是在棉花上进行的——床垫和棉被只是我们的道具。

碗是父性的，意味着耕种和口粮；棉花是母性的，是抚摸和慰藉。尤其是我当了父亲之后，我这样去理解生活，它们是生活的本源。我们所寻求的，也不需要更多。2001年，我和蔡虹结婚，母亲说，父母年老了，帮不了忙，也没钱，送你们两床棉被吧，棉花是自己种的上好的棉花，很结实。

白蓝衫

第一次,看见我父亲哭,泪水涟涟。他拉起衣袖,抹眼角,说:"我老头子过世,我也没哭。可你老大,束手无策面对生活的样子,我禁不住不哭。"是的。父亲是一个隐忍的人,也是一个乐观的人。他常说的一句话是"没什么咚咚羊皮鼓,天塌不下来,塌下来,也不要我们去顶"。我用纸巾,替父亲抹泪水,竟然说不出安慰的话。我拉父亲坐在河边的麻石凳子上,一起沉默地肩挨肩地坐着。父亲的蓝衫,已经洗得发白,衣襟的线边,开始脱线,翻卷出白白的棉丝。蓝衫是一件中山装,不知道是哪一年缝制的。

这个大哥,怎么说呢?虽然我还没成婚,但每次回家,我都会私下接济我大嫂,五十、一百地,有时还几百地给。过年了,茶油木耳香菇瓜子,也同样备一份,鞋子衣服,也备一份。我能做的,也只有这么多。一次,大哥的舅子结婚,他打电话给我:"四皮想借点钱结婚,你方便吧。"我笑起来,说:"你傻不傻,你舅子结婚没钱,你到你没结婚的弟弟这里借,你说适不适合?"老大讪讪地说:"我也只是随口问问。"老大惧内,或者说,对老婆过于疼爱，对老婆言听计从。刚分灶吃饭时，老大每天早上烧五更锅，烧好了早餐，喂了猪，叫："姜华英，吃饭呢！"老大再骑一辆自行车去小镇农机站上班。

其实，我并没干过什么农活，虽然出生在贫困的山村和物资匮乏的年代。即使在暑假，我也只是砍柴，割茅草，至于锄地、插秧、耕田、种菜，我没动手做过。我喜欢上山砍柴，在水库坝顶的山尖，砍小灌木。一边砍柴，一边烤红薯。上山，找不到合适的衣服穿，父亲便扔给我一件旧蓝衫，说，劳动布衣服，最好，棘怎么硬怎么尖，都划不破，天热吸汗，天冷暖身，再也没有比劳动布更好的布料了。父亲的衣服，几乎都是中山装样式劳动布蓝衫，也大多纽扣不齐整，要么全没，要么只有三两个，怎么扣，都有空扣眼。我母亲缭扣子，缝衣边，要花上半天时间。摆一个笸箩，坐在屋檐下，缭针线。笸箩里有针线、顶针、各色布片。一担箩筐摆在身边，一只空的，一只全叠满了衣服。衣服是全家人的，破了边、裂了缝的，掉了扣子的，整理出来。母亲一件一件查看，缭边钉扣子，缝补了的衣服放在空箩筐里。我穿着父亲松松垮垮的衣服，怎么扣，都不吸身，便把衣角在腰边扎一个结。

新谷出来，粜了米，或过年杀了年猪，母亲去镇里买布。小镇的布店有三家，但母亲固定去一个叫油瞎子的店里买。油瞎子并不瞎，是个矮个子的老头，他深度近视，戴一副酒瓶底似的眼镜。人熟，价格可以便宜些，在钱不足时，还可以赊欠一下。布匹店有一张老柜台，一卷卷的布，码在柜台上。通常，母亲买三类布：花布、劳动布、灯芯绒。来我家做裁缝的师傅，叫四眼。四眼也是个近视眼，身子有些佝偻，他有一个布袋，里面放着卷尺、皮尺、剪刀、顶针、线卷、布鞋。他女儿十八九岁，挑裁缝机，身子一摇一摇，扁担咯吱吱咯吱吱颤动。四眼上门做裁缝，做了二十多年，他对村里每一户人家都了如指掌，人口、家境、几男几女、身高、一年中村里故去了几个人，葬在哪儿，平时吃菜的口味，没有他不知道的。孩子一年一年地长，每次做衣服，四眼师傅把小孩叫到跟前，拿出皮尺，量肩宽、量腰围、量身高、量臂长、量腿长、量小腿长，边量边记在一本红色"雷锋肖像"木刻版画的黄皮封的黄簿上，东家、年月、姓名、男女、各尺寸，一一详尽。父亲的衣服尺寸，四眼不用量，烂熟于胸。几次，父亲对我母亲说，你四个女儿，你选选，哪个长大了，适合做裁缝，家里要出一个裁缝师傅，做这么多衣服的工钱，让别人赚了，不合算。母亲说，那你要不要办一个窑厂呀，这么多人吃饭，要买碗买缸，给别人赚了也不合算。父亲说，是可以办。每次请四眼师傅来上工做衣服，母亲心里便难过。她成家没几年，我外公抱病而去，小舅舅才八岁。母亲说，外公生了她这个女儿，抚养成人，可她从来没给外公置办过什么，哪怕是一件衣服。"你外公生活在山里，吃饭都成问题，穿蓑衣耕田，里面都没一件衣服裹一裹。到了冬天，下大雪，几个孩子没棉裤，出不了门，都缩在床上。"母亲说，"山里的雪，大，下起来，看不见天。"

在没人学裁缝之前，父亲心血来潮地学起了理发。他买来理发工具，把几个小孩一个个叫住，等他理发。他拿起推剪，刨芋头一样，刨得像个大癞痢。弟弟长油疮，头发粘到一起，刨起来痛，抱头痛哭。父亲说，理个发，还喊痛，那么挨竹梢，会不会痛呢？我母亲便说，哪有你这样的呢？油疮头要洗干净了，理顺了头发再剃,你做事就知道讲蛮。父亲又呵呵地笑起来。我们的头发理完,又叫邻居的孩子来,可没一个人来。头发理得太难看,我们戴一顶红军帽去上学。

地里的事繁杂,天天做,也做不完。父亲扛一把锄头,去地里。他是每天都要去的。父亲走路慢,佝着上身。我远远地就能辨认出他的身影,一件蓝衫、一条黑灯芯绒裤,低着头。日落之前,我放了学,还要给他送一碗点心,有时是一碗面,有时是一碗油炒饭,有时是一碗冷粥。他坐在田埂上,屁股下垫一把草,手在衣服上来来回回地搓几下,也不洗,端起碗便吃。他后背衣服,湿成了一个椭圆形,点心吃完了,衣袖撩起来,抹嘴巴,再吸一支烟,烟吸完,衣服也干了,椭圆形慢慢显出白白的盐渍。盐渍有泅开的水纹线,像一朵枯菊花。我帮着父亲,清理杂草,或者把菜秧苗散在地里,给父亲种。种了秧苗,我把竹箕里的草木灰,撒在秧苗根部,再用一个木勺浇水。这时,太阳已经完全落山了,山边酝酿起无边的白浪,清凉的夜气从水沟里,沿梓树上升,与晚露相会,在草尖垂降。沿山边小路,我跟在父亲身后,说着话。这时,从门前大樟树下传来母亲的呼唤声:"饭烧好了,路走快些。"暮归的山雀,在油茶上,啾啾唧唧,一个弧形飞身,没了踪影。阡陌交错的田畴,稀稀落落的人,慢慢消散,汇集在灯下。浮在眉宇间的夜色,覆盖了大地。

村里很多男人,都喜欢穿劳动布蓝衫,吸汗贴身,穿不烂。我一个邻居,叫财佬,小我父亲几岁,以砍柴为生。我就没看过他穿其他衣服,劳动布蓝衫既是衬衫又是秋装,冬天,棉袄外面还是罩着劳动布蓝衫。他拉一辆平板车,车把上挂一个铝饭盒,铝饭盒里是一盒饭团。去砍柴了,铝饭盒带上山,挂在树上,饭里爬满了蚂蚁。他连蚂蚁一起吃。他的劳动布衣服穿得发白,只有腋窝一处还留有蓝色。他砍柴砍了多少年,我也不知道,我只知道他一直砍到上不了山了。他的腿,走路走得太多,脚腿骨变形,成了呼啦圈的形状,他再也走不动了,坐在院子里,扎花圈卖。花圈也扎不动了,他便从村里消失了。有一年,一个捕蛇的人在一个煤石洞里抓蛇,看见一堆白骨,白骨上,有件打了很多补丁的劳动布蓝衫,还有一双"解放"鞋,这才辨别出,那堆白骨就是财佬。他死的时候,还不到六十岁。他老婆常坐在我家门口的樟树下,哭。她边哭边捶打自己大腿,说,苦了一辈子,没穿过一件像样子的衣服,要死了,也不说一声,撇下我活受苦。

邻居有一个拐子,力大无穷,是做重活的好手。他特别能吃苦。他羡慕财佬,说,走了一辈子山路,砍了一辈子柴火,算是把子女养大,我一个儿子,都想赶到山上当羊养。他力大,却没重活干。邻居建房子,或者抬木料,也不请他。他饭量太大,请不起。他一餐能吃一脸盆稀饭,还不用菜,托一个碗,沿碗边塞塞窣窣吸,吸一圈,碗里稀饭就没了。也有没办法的时候,邻居不得不请他。拐子胆子大,什么也不怕。村里死了人,洗身,换洗衣服,守夜,抱人入棺,他都干——这种时候,拐子便狠狠吃一餐,吃到瘫在椅子上。邻居穿得没办法再补的衣服,都给了他。他的一件衣服,虽是劳动布,但有十几种颜色,深蓝的,浅蓝的,灰蓝的,甘蓝的,灰白的,深白的,麻白的。他后来到石灰窑砸碎石,一把铁锤,哐当哐当,从早砸到晚,打着赤膊,光着脚。村里人不喜欢他。不喜欢他,不是因为他食量大,而是他偷东西。

偷地里的黄瓜红薯，偷猪圈里的米糠。他吃米糠，吃河里的死猪。死猪有毒，有人看见他捞死猪，便说，死猪有毒，吃了伤身体。他说，可以下肚子的，都是好的。村里人便埋死猪，他竟连夜挖出来，煮着吃。后来，拐子全身发胀，像个烂冬瓜一样，死了。下葬的时候，他穿了一件崭新的劳动布蓝衫。那是民政所探访贫困户时发的一卷布，他请四眼师傅做的。他一直舍不得穿，压在箱底里。

妇人似乎有用不完的力气，在洗衣服的时候。蹲在埠头上，用棒槌嘣嘣嘣地捶男人衣服。对男人有怨气的，嘣嘣嘣，气泄完了，又对男人服服帖帖。男人就是棒槌下的衣服。衣服吸饱了水，鼓涨起来，棒槌嘣嘣嘣，水被捶得四溅，捶得衣服软了，搓洗，洗去了盐渍，用肥皂抹一遍，棒槌嘣嘣嘣，捶打，搓洗，换水沥水，挂在竹竿上晾晒。男人皮糙，在晾晒之前，用米汤再浆洗。晒出来的衣服，有米香味，有秋日田野浓烈燃烧的气息。

衣服晾在屋檐下，一件件，风徐徐吹来，衣服轻轻飘动，阳光和煦。晚饭开烧前，把衣服一件件收下来，在大腿上，袖口对袖口，衣角对衣角，领口对领口，折叠起来，放进衣柜。我家只有两个衣柜，衣服多，没地方放，便放在木箱里，放在母亲出嫁时陪嫁的衣箩里。祖母祖父单独一个衣柜，除了放衣服，还放姑姑孝敬的零食糖点。

一件旧衣服所隐藏的东西，是我们酸楚甜蜜的秘密。在我步入不惑之年后，这样的秘密，游丝般缠绕在心里。从新到旧，经过了多少日晒雨淋，经过了多少浆洗棒捶，难以说清。人在一件件衣服里，长大，衰老。我每次坐在阳台上，看着晾衣竿上的旧蓝衫，就觉得那是父亲的全部。他的呼吸，他的烟味，他的盐渍。母亲在年轻时，也穿过蓝衫，是印花蓝布做的，只是很少穿。

前几日，我去贵州千户苗寨，看见很多布店，卖蓝印花布。我来来回回在苗街走，一家一家地看，很想买。很想给母亲买一件蓝印花布衣服，但最终没买。母亲将至耄耋之年，不适合穿了。母亲穿的蓝印花布衣，毛楂扣，斜襟，圆竖领，深蓝，白杜若花。母亲穿在身上，看起来，像一朵水莲花。在西江边的客栈，我在微雨下，独坐了前半夜。星火如烛。心中有说不出的伤感。我责备自己没有好好爱自己的母亲。光阴是一只鸟，飞去了，不再回来。

暖身的是衣服。衣服是母性的。土地是父性的。厚土沉重。生活是迎阶而上的挑担，越挑越吃力。在很多年之后，我成了父亲了，才渐渐明白，当年父亲为什么因为我大哥的生活而浑身颤抖啜泣。作为一个父亲，他为无力帮助儿子而愧疚，也为儿子的艰难前行而坐卧不安。大哥开货车，给四乡八邻拉货，拉砂石拉木头，拉砖拉瓦。他穿一件蓝布夹克工作服，戴一顶浅灰蓝帽，早出晚归。有一年，可能因为长期开车，胸部受压迫时间长，患了严重的胸膜炎。他还是没停下车，四处奔波。大哥从湖村共大毕业，十八九岁就开车了，为买车，也借了很多钱。我父亲总焦虑这个儿子怎么还清借款，大哥借款非但没还上，还越压越多。一次过年，我父亲坐在我房间，说："你老大已经好几年都没怎么给钱我用了。"我说，你别计较那几块钱了。父亲说，不是计较，而是他确实需要想想怎么把生活过下去。当然，我对老大还是有看法的，他不应该因为生活困难，把两个儿子的学业也耽搁了。作为父亲，大哥有很大责任。但当我看到他四季穿着工作服，起早贪黑，我埋怨的话语，到了嘴边又忍了回去。

前年冬，母亲搬家的时候，扔了好多衣服。有些衣服都放了十五六年了。我对母亲说，隔了三年没穿的，都可以扔掉。母亲看看这件，看看那件，怎么也舍不得扔。棉袄、棉裤、大衣，都是半新的，用纸壳箱装了整整一平板车，给需要的人。有两件发白的蓝衫，我父亲怎么也不肯扔，反而穿在身上。父亲拍拍衣服，说，这个衣服好，不怕脏，有灰尘，拍拍，没了，还不用洗。父亲又说，怎么舍得扔呢？穿了那么多年，跟长在身上一样。他弯下身子，车绳勒进肩膀，拉起平板车去了。灰白的蓝衫，厚厚的蓝衫，多像他生命的底色。以前，母亲去买布，我也跟着，帮母亲抱东西。沿水渠边的土公路，走八华里，到小镇。垂柳和洋槐，在水渠边，撒下浓荫。秋熟之后，素净朗朗的田畴，显得格外开阔。田埂上开满了雏菊。霜后的雏菊，像一盏盏油灯。母亲量好了布，从内口袋里，掏出一个手绢包起来的布饰钱包，一遍遍地点钱。买了布，再去买盐——很快入冬了，腌制的咸菜等着盐入菜缸，这是一家人在开春后，最重要的菜蔬来源。回来的路上，差不多摸黑了。我紧紧地拽着母亲的衣角。沙子在脚底下，细碎的沙沙声，在一个孩童心中回响，那么漫长，如河水般淹没、浸透了他的心田。

鞋

"这双鞋子扔了去吧,你都好几年没穿了。"我爱人手上拎着一双布鞋,对我说。我说,要搬家,什么都可以扔,这双鞋子不能扔。搬家了,电视机、冰箱、空调,都没带走,只拣拾了几件衣物带走。我爱人一边整理衣物,一边嘟囔囔地说:"一年没穿的衣物,都可以扔,留着也不穿,你还把这双布鞋当宝贝了。"我把布鞋穿在脚上,说:"你看看,多好的鞋子,舒爽,整个市区也找不出几双。""一双旧布鞋,也把你美成这个样子。"我爱人说,"你就把它当作古董,留给安安以后穿。"我说:"这是一个好想法。"

这是一双黑鞋帮麻线纳底的布鞋,鞋边的麻线有些脱落,鞋帮褪色变成了黑灰色,鞋头软塌了,鞋跟也拉不起来,只能拖着穿。我在家里当拖鞋穿,还可以,出不了门。这是我结婚时,我母亲给我纳的布鞋,也是她纳的最后一双布鞋。我母亲对我说:"你结婚了,我都没钱帮你,你给了我那么多钱,我一分也没积起来,年纪大了,猪也养不了一头,这样吧,你结婚,我送一双布鞋和一床棉被,也给你老婆买一条金项链。"我说,给一床棉被就可以了,纳鞋底伤眼睛,金项链也别打了,我自己去买。母亲请乡下打金师傅打了一条金项链,花了两千元。过了两个月,我把这笔钱给了母亲。我知道她没钱,是到我姐姐那儿借的。在家里,我便穿着母亲纳的布鞋。我喜欢穿布鞋,松软,透气,不伤脚。穿了两年,我便把布鞋放在衣柜里——不能再穿了,再穿便会烂帮了。

我结婚的时候,母亲六十四岁了,饭也只吃小半碗,走路都困难,佝偻着身子,眼睛也有些昏花。母亲一生的清苦和忍气吞声,使得她人未老身先衰。纳这双布鞋,我知道母亲所用的心力,一针一线,耗费了全身的力气。

十三岁之前,我只有三种鞋,布鞋,低筒套鞋,布棉鞋。大部分时间,我是打赤脚。谷雨之后,我便脱下鞋子,赤脚走路。村里的孩子,几乎天生就不怕石子烫脚硌脚。村里的路,都是石子路,或石板路。石是碎石,从河滩拉上来的。碎石硌脚板心,没习惯打赤脚的人,走不了路,崴着脚,扭着身,一步一移,身体会失重,走了半天,脚板会钻心痛。晚上睡床上,脚板抽筋一般,一双脚抬不起来。夏天,空气会啪啪炸开,热浪在地面浮了一层,蒸汽一般,石子像出炉的火炭,能把鸡蛋蒸熟,很容易烫伤脚板,脚板烫出一个个豌豆大的水泡。但我们不会,照样放风筝似的到处跑,去偷沙田里的西瓜,去田边钓青蛙,去河滩捉蝉,去山上弄松毛,去砖瓦厂捏泥团。脚板有一层老茧,厚厚的,黄黄的,和腊肉皮相似。过了重阳节,我们从木箱里翻出鞋子,拍拍灰尘,穿在脚上。我一个女同桌,夏天的时候,穿一双塑料的淡蓝色凉鞋。我爱慕上了她，觉得她穿上印有豌豆花的连衣裙，穿上透明的淡蓝色凉鞋，简直是白雪公主的化身。

鞋子一般是我祖母纳的。母亲事多，腾不出手。母亲要浆洗一家人衣服，要下田，要烧饭，顾不上孩子的脚。祖母有两只笸箩，一只笸箩放鞋样、鞋楦、钻锥、针线、顶针，另一只笸箩放糨糊、老花眼镜、鞋布、鞋底、小铁锤。每个人的鞋样，祖母都有，用红纸剪的，夹在一本毛边书里。线是麻线，祖母自己搓的。祖母从地里把麻剥来，在水里泡三五天，用麻刀把麻皮刮干净，成了麻丝，泡在石灰水里，石灰水起泡泡了，把麻丝捞上来，洗净，晾晒。祖母绑一条蓝布围裙，坐在竹椅子上，瓦压在膝盖上，把浸在水桶里的麻丝，压在瓦上搓，成了麻线。糨糊是自己熬的，糯米磨成浆水，在锅里熬，熬成稠糊，装在一个玻璃罐里，密封起来，随时可以用。鞋楦是箍桶师傅做的，有鞋楦头、楦板、鞋拔，木料是油茶树，或香椿树，这是硬木，铁锤敲楦板，怎么用力，楦板都不会裂开。鞋板底布和板面布是白布，中间布料是旧衣服，用糨糊一层层地粘起来，用铁锤在四边敲，当当当，敲实，再暴晒，再敲实，鞋样蒙上去，剪刀沿鞋样剪鞋板，把鞋板纳起来，成了鞋底。

后院有两棵枣树。树下阴凉。祖母坐在树下纳鞋底。她的椅子是一把旧竹椅，竹的原色因为手的摸抚和衣服的磨蹭，已经成了深褐黄，竹筒里，也有蛀虫，榫头松动。我便用一根长布条，把榫头卷一圈，扎牢。我喜欢蹲在祖母膝前，看她纳鞋底。她左手食指戴一个顶针，握住鞋板，右手的钻锥在鞋板穿一个针孔，再穿针线。她每钻一次针孔，掌心挤压锥柄，咬着牙齿。祖母老花眼，线穿不了针眼，便把针线给我。我把线头抿细抿尖，对着太阳的斜光，穿针眼。枣树婆娑。五月，有密密的枣花，蜜蜂嗡嗡嗡。阳光透过树叶，剪落稀稀疏疏的树影，落在身上。筐箩有桐油的清香，很是迷人。纳一双鞋底，差不多花费三天时间。鞋帮是早就做好的，黑灯芯绒布面，在矮墙上晒着。矮墙晒了很多鞋帮，家中各人的。把鞋帮纳在鞋底上，我祖母已经没那个劲力了。住在我家不远的大姑，便来帮衬。大姑不是祖母亲生。大姑的生母是我祖父前妻，在大姑四岁那年，得瘟疫病故。但大姑和我祖母，并没有因为血缘关系而有丝毫的疏离。她们有说不完的话，说起1949年前，一家人挑着箩筐逃难，逃饥荒，逃战乱，脚上的鞋子走脱了，自己都不知道。祖母是小脚，用裹脚布包着。她的鞋子从来都是棉布做的，鞋洼很深，像一艘小船。祖母每次洗脚，要两条椅子，一条坐，一条挂裹脚布。裹脚布又长又臭。她洗干净的裹脚布，挂在竹竿上晾晒，看起来，和海带差不多。祖母四岁开始裹脚，十三岁便自己纳鞋。她的鞋只有她自己做。她说，鞋便是命的形状，命不好的人，走路像劈柴，再好的鞋，要不了一个月，便变形。祖母的鞋有一个小圆头，鞋面深，鞋后跟也深。也许是小脚走路难以吃上力，鞋深，方便走路。祖母的鞋子很多，清一色的黑绒棉布帮，每个月，她把鞋子从箱子里翻出来，摆在墙墩上晾晒。

纳好的布鞋，还得套进鞋楦，挤压紧了，晒几日，把糨糊的水气全晒出来，鞋子才经穿。我祖父除了冬春，也是不穿鞋的，也不穿上衣。他个头不高，脚也不大。他说，穿鞋子多麻烦，下田了，带一双鞋子，不是没事找事吗？他也不用裤带，用一条白色的长巾绑在腰上。长巾可以擦汗、可以洗澡、可以当裤带，物尽其用。他一生离不开三样东西，烟、酒、辣椒。祖父走路，特别有力，脚板打在地上，溅起一层灰土。我远远地便能听出他的脚步声，啪嗒啪嗒。即使是穿鞋，他也是穿草鞋居多。去耕田、去耖地、去挑担，祖父也是穿草鞋的。村里大多数的成年男人，也基本上穿草鞋居多。家家户户都能自己打草鞋。我祖父也会打草鞋。秋后的糯谷稻草，剁了稻衣，泡水两日，翻晒干了，用棒槌拍软，便可以打草鞋了。一条长板凳，在凳头，设置了一个两排牙齿一样的木架，祖父坐在长板凳上，腰上扎一个牛皮带腰架，麻绳绑在木架牙齿上，腰架的皮带扣在木架上，把麻绳反拉过来，三根稻草和一条布片为一束，用齿耙箅进去，箅结实了，再编一束。祖父骑在长板凳上，像一头牛。他用力拉实麻绳间的稻草时，他的肩胛骨有力地张开收拢，像苍鹰飞翔时的翅膀。他的整个背部绷紧，和一块大河石差不多。长板凳上摆一碗水，祖父不时地喝一大口，潜在稻草上。用濡湿的稻草编草鞋更结实。

草鞋不穿的时候，挂在风弄的木门板上。

门板上，挂了十几双草鞋。

草鞋通常和蓑衣、笠帽挂在一起。

上山砍柴，穿草鞋多好，草鞋紧紧地吃住路面，哪怕是泥浆路，也不会打滑。第一次穿草鞋，脚板会发痒，脚背被麻绳勒出红伤口。但草鞋易烂，进了水，发胀，没有及时晾晒，过几天，草鞋发黑发霉，断茎烂布，再也没法穿。在路边，在山涧水旁，在田埂上，我们常常可以看见一只草鞋，或一双草鞋扔在那儿。草鞋霉烂，和一个人得了重病差不多，瘫痪在床上，再好走的路也走不了，再短的路也走不到尽头。草鞋最终烂在野外，几场梅雨下来，稻草变成了泥，只留下一根长麻绳，被路人捡走，捆东西。我祖父是个很有意思的人。他穿布袜子，是裁缝师傅缝的，袜底两层，厚厚的。布袜长，一直到了膝盖边，用一条布带扎袜口。我父亲和我祖父完全相反。我父亲再冷的天，也不穿袜子。我父亲说，袜子就是一层纱，有什么用，不如二两白酒来得快。我父亲也不穿草鞋。我父亲说，草是有根的，死了的草，根还在，穿了草鞋，一辈子翻不了身。

二姑丈也不穿草鞋。他穿解放鞋。他只有这一种鞋。三块钱一双的解放鞋，他赞不绝口。橡胶底耐磨，鞋帮不烂，鞋口还有绑带，干活，挑担，走起路来十分轻松。用我父亲的话说，我二姑丈一辈子干了三辈子的活。二姑丈挑肥，是用箩筐挑的。他一个晚上来回八十里路，扛木头。他来我家吃饭，坐下了第一件事便是把解放鞋脱下来，抖一抖，倒出鞋子里的草屑、泥尘，然后把鞋子在门槛上扑打两下灰尘，挂在竹竿上晒。村里的匠人，如石匠、木匠、篾匠、油漆匠、箍桶匠、雕匠，都爱穿解放鞋，卫生，方便，不粗俗。走进村里，看见穿解放鞋的，这个人八九不离十是个匠人。二姑丈是个石匠。

草鞋易烂，打一双草鞋也费工夫。村里开始有人把破旧的平板车轮胎割下来，仿照草鞋的式样，做塑胶草鞋。家家户户又有了塑胶草鞋。这种鞋，是怎么穿也不会破的，也不会烂。但打滑，脚容易受伤，特别容易崴脚。穿了两三年，这种鞋便扔进灶膛烧了，原来的草鞋回到脚上。我受过伤。穿塑胶草鞋，去山上砍柴，山上泉水多，脚打滑，苦竹的根尖刺进脚板，一个多月下不了地。

我父亲穿过一次草鞋。我祖父故去的时候,父亲依照习俗,穿上草鞋送他父亲最后一程。他草鞋的鞋头上,扎了一缕麻丝,像一缕白发。他抱着他父亲的遗像,流着稀稀的鼻涕,低着头,走在村街上,沿田野,去夏家墓的山冈。他的身后是一副紫黑棺木,里面躺着他父亲。傍晚,圆了坟头,父亲把草鞋脱下来,盖在坟头上——这是我祖父的终点。一个人的一生,最终以一双草鞋,作为结束语。我们都说,路是没有尽头的,路连着路,山依着山,河通着河,路是无穷尽的,其实,路是有尽头的,脚的尽头就是路的尽头,草鞋的尽头就是脚的尽头,身体的尽头就是草鞋的尽头。

把草鞋挂在脖子上的女人,必是被人唾骂的女人。烂草鞋,是对女人恶毒的诅咒。村里有一个女人,和一个赤脚医生相好,人尽皆知。女人叫荷香。赤脚医生叫黄毛。他们是同学,也是邻居,读初中开始,便相好了。阴差阳错,散了鸳鸯。黄毛娶了邻村的仙姑做老婆,荷香嫁在本村。后来,仙姑患了血吸虫病,人病得死不死活不活,走路生怕被风刮走。黄毛和荷香又相好起来。黄毛家常半夜三更被一个叫田七的人敲门:"黄毛,我家里有病号了,马上要急诊,你出诊一下。"黄毛穿起衣服,拿起出诊箱,骑一辆自行车走了。起先几次,仙姑还不怀疑,医生出夜诊,很正常。医生出夜诊,一般半小时,或一个小时,再长也不会超过两个小时。可能是田七敲门的次数太多了,且都在半夜敲门,也可能是黄毛出诊的时间,一次比一次长。仙姑起疑心,暗想,偏偏田七家里每次出夜诊,偏偏田七的夜诊一次比一次长,黄毛有时到天亮了才回家。仙姑摸出了路数，黄毛每次出夜诊，荷香的老公都去山里收木头了，不在家。一次，田七又来敲门，叫黄毛出夜诊。仙姑叫上娘家人，七八个，直接去荷香家。两人正在媾欢，被仙姑拖下床暴打。黄毛用身子挡住荷香，屁股被打得红肿，仙姑还是不松手，又把荷香拉出，用鞋底抽脸。天亮了，邻居看见荷香赤身裸体，绑在院子树下，脖子上挂了一双破草鞋。荷香的口腔还在淌血。荷香离了婚，借住在一间老房子里，她把破草鞋挂在门框上。黄毛不用别人敲门，每天晚上来她屋子里。仙姑每捉奸一次，病情加重一次，捉了几次，不捉了。有几次，黄毛对荷香说，草鞋挂在门框上，多难看，伤风俗。荷香说，我怕什么，本来就是破草鞋，我等病鬼死，她的命肯定没有这双破草鞋长。

十三岁之后，我去镇里读书，有了球鞋。国庆期间，供销社降价处理，三块钱两双，白球鞋。我从学校回家，或从家里回学校，都舍不得穿，怕把鞋子走破了，脱下来，装进书包里。上体育课，我也不穿，打赤脚。跑步、打球，我知道，伤鞋子。有一次，天很冷了，我从学校去我三姑家，路不远，大概三华里。半路上，下雨了，我没雨伞，折了一张芋头叶盖在头上，脱下鞋子跑。三姑见我打着赤脚哆嗦地站在她屋檐下，问："你怎么没鞋子呢？"我说："鞋子在书包里，怕雨淋湿了。"三姑一把抱住我，说："你这孩子，快洗脚，把鞋子穿起来。"

在县城读书的时候，班上有一个叫湛忠的同学，和老家的一个邻居谈恋爱。每年，他都会收到女朋友做的几双布鞋。他皮肤黝黑，不爱说话。我们同寝室。每次收到布鞋，他便靠在我床沿，给我看，说："她又做了一双鞋。"布鞋被一条红布绸绑着。他一遍遍地摸白白的鞋底，看密密的麻线针脚。我说："你真幸福，看见你的笑容，我就知道你多甜蜜了。"参加工作半年，他便结婚了。他每年种很多地，种南瓜，种黄豆，种各样菜蔬，还养蜂。二十年后，我见到他，认不出来了。他有着乡村中老年人的样子，穿笨拙的棉衣，穿大头布鞋。我想，他是一个爱穿布鞋的人，是一个离不开布鞋的人。一个离不开布鞋的人，是幸福的人。

　　我穿的第一双皮鞋，是在我参加工作的那年暑假。我的一个同学从温州批发了一百多双皮鞋，十八块钱一双。同学叫曾小荣，胖胖的，肥头大耳。说是皮鞋，其实是人造革鞋，半高跟。他说："大家都买了，你也买一双。"我说："我哪有钱买皮鞋呀，上班的自行车还是在车店里赊账的。"曾小荣说："你先拿去穿，年底还我钱，可以吧。"这双皮鞋的鞋板是牛筋底，耐磨。皮鞋没穿破，曾小荣却病故了。他患了肝癌。我去看他，他穿着病号服，在县人民医院院子里散步。他说："这个病不会好，人这一生，没多大意思，好好善待自己。"我一直安慰他。出了医院大门，他还不断向我挥别。我扭头便走，忍不住失声恸哭。人最痛苦的事，是看着一个生命转眼消失，却无能为力。

　　早年读孟郊《游子吟》："慈母手中线，游子身上衣。临行密密缝，意恐迟迟归。谁言寸草心，报得三春晖。"我便觉得，慈母手中的线，不是缝衣服，是纳鞋底钉鞋帮，每一针每一线，都拼尽全力。我母亲很少做鞋。十岁的时候，我母亲给我做过一双布鞋。母亲说，十岁是一个大生日，是人一生的第二个起点，应该穿一双新布鞋。我母亲也织不来毛衣，尽管她否认了。有一次，我问母亲："你会织毛衣吗？"母亲惊讶地说："是女人，都会织毛衣,哪有不会织毛衣的女人呢?"我又问:"你织过毛衣吗?"母亲说:"没织过,哪有钱买毛线呀?"她又说,"织毛衣不是很简单吗,两根钢针穿来穿去,和打草鞋差不多。"

我挑选不来衣服,我自己的衣服也选不来。但我会选鞋子,溜一眼,便看出鞋子好坏。人体的重量是脚去承载的。鞋子陪伴脚,走所走的路。脚的痛苦,也是鞋的痛苦。也只有鞋子,能完全体会脚的痛苦。脚出血了,血会渗在鞋里。

爱我们的人,是有限的。我们爱的人,也是有限的。我们,不要忘记给我们泉水的人,不要忘记给我们鞋子的人。给我们鞋子的人,就是给我们道路的人,让我们走遍千山万水,让我们翻山越岭,让我们看日出也看日落。

我们的一生是有限的。我们一生穿的鞋子也是有限的。

对我们爱的人,我们尽可能地送上好鞋子。这是最好的祝福。

米语

对于枫林而言,所有的村道并不是通往外面的世界,而是通往大米。米是另一种庇佑人的庙宇,它聚合了光,也聚合了哀乐。它是我们肉身的全部。下种、翻耕、插秧、耘田、杀虫、收割、翻晒、碾米,这是一条崎岖的路;吐芽、抽穗、灌浆,又是一条向上生长的路。我看到的人们,都是在这条路上往返,穿着盐渍漫散的衣裳,挑担粪桶,悬着沉默冷峭的脸。他们出发的时候还是个郎当少年,回来时已是迟暮老人。

"我像爱自己的女人一样爱大米。"一次,下村的米馃叔叔在我家喝酒时,谈到了大米。他隔三岔五就和我祖父喝酒。他们是忘年交。我祖父说:"我是像爱自己的血液一样爱酒。没有酒,哪吃得上大米?"米馃叔叔以前是个老单身,不是他人愚钝,而是他游手好闲。他是个蹩脚的油漆匠,穿件白衬衫,锃亮的皮鞋,头发抹点茶油,在村里晃来晃去,晃到吃饭时间就来我家。我祖父对我说,快把荷叶勺拿来。荷叶勺是个长柄的竹勺,伸进酒缸,提一勺,刚好一碗。一人一勺,两人都醉醺醺。米馃叔叔一醉,话特别多，说他的相好，哪个哪个村的，唾沫四溅。他一走，我母亲就把菜倒了。母亲说，老单身谈女人就像讨饭的人吃红烧肉下饭。我外出读书那年夏天，米馃叔叔的弟弟耕田时癫痫病发作，死了。他弟媳妇连丈夫下葬的钱也没有，扔下三个小孩，走了。米馃叔叔找了六天，才在一个远房亲戚家找到她。

弟媳妇成了他的女人。米馃叔叔像一头耕牛一样干活。他的头发和胡须，从油黑变成了苞谷须的颜色。每年年夜饭过后，他会来我家躲债。他是个乐观的人，说，等华华有出息了，问题就不大了。华华是他的侄子，还在读初二。华华三兄妹成绩出奇的好。米馃叔叔说，就是做死了，也要培养他们读大学。在我到市里工作的第二年，快过年的时候，米馃叔叔找到我，说："你给想想办法，我年都过不下去了。明年开春，华华的学费还没着落。"他穿一件破片一样的棉袄，黑黑的棉絮油油地翻露出来。我说，我给乡政府说说，叫民政支持吧。我领着他到饭馆吃饭。他脚上的"解放"鞋湿湿的，因为冷而佝偻着身子。他的脸像悬崖，孤绝、贫瘠、刚硬。他把四个菜全吃完了，菜汤倒进碗里，脖子一仰，一口喝了。他说，他已经好多年没吃过这么有油的菜了，只是饭软了些。他要吃那种硬硬的饭。他是个爱说笑的人，他说："我问你，是钱好，还是米好？"我傻傻地笑了起来。他又自言自语地说，米好，米好，有米，人就不会死。米馃叔叔养了一头牛，他靠耕田养家。到了农忙时节，他晚上还耕田。他老婆在前面打着火把，他在后面扶犁赶牛。耕一亩田，二十块钱。前几天，我母亲对我说，米馃叔叔在今年四月死了。我很惊诧。我母亲说，米馃和易冬一起去坪坞耕田，易冬在上丘，米馃在下丘，边耕边聊,聊着聊着,下丘没了声音,易冬回头一看,米馃伏倒在田里,易冬慌忙去扶他,他的身子都硬了,满脸泥浆,手里紧紧拽着牛绳。我母亲说,米馃是累死的,他吃一碗饭,真不容易,一个女人的两个丈夫,死法一样,是命。米养人,更伤人。

米,是那样的美好而惨烈。它向上生长的路蜿蜒绵长。我目睹过它一个一个脚印地行走。米是父性的,血性澎湃。枫林的每一个秋天,在向上生长的路上,米的行走恍若苦役。

黑夜盛大,从大地上升起,又降落。秋天,月亮长满苔藓。在野草馥郁的村郊,一枝枯死的蓖麻把黑夜举过头顶。盈盈的月光打在脸上又痛又寒。颀长的稻叶弯曲,悬一滴露水。饶北河在起伏,秋风向两岸铺展。父亲、二哥和我,匆匆用过晚饭,一闪一闪地弯过村郊,来到自家田里。初秋干旱,饶北河的水并不能解决两岸的旱情。尤其是我家在高处的水田,都要靠水车灌溉。

蛰伏在渠里的是一架疲惫的水车,仿佛劳累过度的耕牛瘫在水里休息。旷野冷寂,四周的远处有忽明忽暗的荒火。水车是杉木制的,龙头横一杆膀粗的圆木作扶手,底座是转轴,中间楔一个筛大的轴轮,两边安上棕蒐挖的踏脚,龙骨呈半封闭状,长约二十米,宽、高约半米,叶片因为轴轮的拉力,把低处的水经龙骨带往高处的田野。

父亲和二哥,一左一右,双手把着圆木扶手,肩上耸立圆月。他们细声地谈论水旱与收成,脚在踏脚上飞快地跳动,水哗哗地往田里吐,木链咿咿呀呀。我则守着一条二华里长的水路,把塘里的水引进渠里。他们就像两只鸟,贴着大地飞翔,翅膀振动的声音在黑夜这只巨大的琴箱里逡巡，久久不息。月亮是一副行囊，挂在我们的肩上。黑夜是大地隐晦的部分，被劳作的人见识。

有时，我也会顶替他们中的一个。常常是父亲主动离岗，他摸索着，爬下龙头，双脚不停地抖擞，慢慢地挨低身子，在路边生一堆火。火堆边的父亲，清瘦的脸映衬着黑夜的倒影，村庄不远，阡陌纵横像一张大地的网。

那是一架老旧的水车，扶手光洁油亮，不知浇灌了多少水田，也不知消耗了生命中的多少长夜。我尚年幼，很快就气喘吁吁，大汗淋漓。而二哥已经靠在扶手上鼾睡，脚仍然有节奏地一高一低地踩踏。父亲头发稀疏，披一件秋衫，搓着干瘪瘦硬的手。仿佛他只有沉默，才能呼应旷野无边无际的冷寂和冗长的黑夜。火堆边的脸却被放大，成为生命惠存的轮廓。我突然热泪盈眶。我想起父亲焦灼地在粮站门口排队，把刚收仓的稻谷卖掉，送我到县城上学。

脚下转动的水车恍如一条绵绵羊肠村路，祖祖辈辈，厚实的脚在一根轴轮上周而复始，无穷无尽。他们隐身在大地，被黑夜暂时收藏。旷野，饶北河，我看见稻子在生长。

一架水车把苍老的身子佝偻在渠里，深深地佝偻在命运之中。田里的水满了，天也亮了。旷野只有灰烬的余温在萦绕，一块黏结的牛粪在冒烟。昨夜的一切仿佛未曾发生，仿佛只是稻子扬花时轻轻的喘息。

我们所谓的源头，其实就是米。米仿佛是一条亘古的河流，呼啸而来，寂灭而去。2004年9月下旬，万年县举行国际稻作文化节，我去了万年仙人洞和吊桶环遗址。仙人洞是个石灰岩溶洞，呈半月形,可容纳一千多人。吊桶环位于溶洞南侧山头上,形似吊桶,是原始人的屠宰场。1995年,中美联合考古队发现了打制和磨制的石器、骨器,以及人类最早的陶器、记事符号的骨标,更令人惊奇的是,出土了大量的栽培稻化石,距今已有一万四千年,是迄今为止地球上发现的最古老的稻作遗址。稻化石把万年前的人类原生态呈现在我们面前,让我们手足无措。在这条时间的铁链上,米紧紧地把我们链结在一起。

很难用一个词去形容米,它在人类的演变史上扮演了怎样的角色。它一粒一粒地繁衍,一季一季地生长,一餐一餐地喂养。是米书写了人,是米还原了历史。历史上,所有的农民起义,不仅仅是为了政权,更是为了米。谁掌控了米,谁就掌控了命脉。米等同于话语权。米就是生命中至高无上的帝王。我们血管里流淌的是什么?说是血液,倒不如说是米浆。或者说,血液就是米浆。

而我们对米的描述,是那样的唯美。"稻花香里说丰年,听取蛙声一片。"八百年前,南宋爱国词人辛弃疾骑着高头大马,夜行在上饶县的黄沙道上,当他跨过溪桥,看见茅店村像鹧鸪鸟一样安卧在稻花环抱的田野中央,他脱口而出。一个纵情于酒肆的人,他看不到埋在泥浆中的脸,看不到磨圆开裂的手指。辛弃疾也不例外。米包裹着亘古的黑,无穷无际。它就是稻田深处的背影,瞬间被雨水淹没。而在我们的眼中,它是洁白的替代词。是的,米,一个闺房(谷壳的一个象征)里的女人,圆润、丰满,在蒸汽的沐浴中脱胎换骨,成为至上的美人;米,一个子宫(谷壳的另一个象征)里的胚胎,它的发育使人疼痛,也使人幸福。

从小到大，我的胃口特别好，按我母亲的说法，是我童年时期红薯吃得多。母亲说，胃肠像下水道，不断地通，才不会阻塞。那时经常断粮，红薯成了主粮，红薯切成粒状，晒干，蒸饭时拌一些，通常是一半米一半红薯粒。我大姐端一碗饭，坐到门槛上吃，把红薯粒拣出来，喂鸡。我祖母看见了，就用筷子打她，边打边骂，说，红薯又不是老鼠药。大姐打开饭甑，看见红薯就哭，蹲在地上，抱着头。我吃饭，觉得特别香，慢慢嚼，有甜味。人生在世，没有比吃饭更幸福的事，也没有比吃不下饭更痛苦的事。一个人，对米饭的态度，可以说是对生活的态度。一个厌食的人，唾弃米饭的人，我会说他是一个了无生趣的人。

我对米最完整的记忆，源于一间水碓房。水碓房位于村后的涧溪边，低矮，窗户阔亮。涧水引到蓄水槽，闸门一放，水哗哗哗地泻到辘轳上。辘轳有三米高，是厚实的松木制的，转动起来，会有咿咿呀呀的响声，像一支古老的歌谣。辘轳的轮叶，呼哒呼哒地打在舂米的吊头上。舂槽是花岗岩挖出的凹穴，而吊头则是圆而粗的杉木柱，稻谷倒在凹穴里，吊头很有节奏地舂下来，一下一下。枫林人说，舂米就像媾和。吊头有四个，不用的时候，各用麻绳吊在梁上，像一群马，整装待发。水碓房到处是糠灰，还悬着透明的蜘蛛网，麻雀扑棱棱地飞来飞去，嘻嘻地叫，犹如一群偷吃的孩子。晒透了的谷，倒进凹穴，慢慢地舂碎，再倒到风车里，吹，一箩是米，一箩是糠。守房的，是个老头，有六十多岁，个子高高大大，长年吃斋，脸色是米瓜的那种蜡黄。他像个禅房的老僧，头秃光了毛，手里拿着芦苇扫把，一遍一遍地扫地上的糠灰。春一担米，给他一升。他是个鳏夫，我也不知道他老婆死于哪一年。他有一个儿子，叫春发，还没结婚就死了。春发和一个叫幼林的人打赌，他说他能吃三升米的糯米粿，幼林不信，幼林说，你吃得下，我出三升糯米，再出三升，给你带回家。打赌的那天晚上，幼林家围满了人。打粿的人趁人不在，吃了两个，有人碰见，说，烂是烂了，好糯米，就是糖少了些。春发吃完了糯米粿，被人抬着回家，当天晚上就死了。村里人说，春发好福气，是撑死的，来世不会做饿汉。后来村里通了电，机器取代了水碓，春发的父亲到山庙里做了烧锅僧。水碓房推了，垦出两分田。我年少时，常去水碓房玩，把牛放到山上，就帮老头种菜。不是因为我多么乐于敬老，而是老头会炒一碗饭，给我当点心。坐在菜地的矮墙上，稀里哗啦，一碗饭吃完了，我把他的菜汤也喝完了。他有时会摸摸我的头，不说话。我觉得他像饭一样慈爱。

　　村里有一个杀猪佬，一年到头杀不了几头猪，不是他技术差或品德有问题，而是能吃得上肉的人没几户。要吃，就从盐缸里切一块咸肉炖炖菜。杀猪佬矮矮瘦瘦，爱喝酒，一喝酒就流鼻涕，一副想哭的样子。他老婆也矮，挑粪箕也拖着地。她有一群儿女，两年一个。杀猪佬又做不了农事，更干不了重活，吃米饭也成了问题。有一天晚上，在杀猪佬的柴垛里，一个赌博回家的人，捉到一对男女光着身子野合。男的是一个癞痢头，老单身，女的是杀猪佬的老婆。第二天，村里就传开了这件事。这个干辣椒一样的女人，只要有男人找她，她都要，在菜地，在岩石洞，在油茶树下，在河埠。杀猪佬打了她几次，用刀柄抽。抽也没用。她裸露着脊背上的伤口，坐在门槛上，给路过的人看。同情的人，用猪油给她搽搽，她会抱住别人，说："我又不是天生淫荡的女人，我又没犯法，为什么要这样打我。我和男人相好一次，就收一斗米。我没办法，孩子饿不住啊。"杀猪佬就不再打了，当作什么也没发生。他喝醉了，逢人就说："我的矮老婆是个粮仓。"

很多时候，我是这样理解的，一个热爱大米的人，必然是一个感恩生活的人。我回枫林老家，一年难得几次，母亲忙这忙那地为我烧一桌子的好菜。我过意不去，我对母亲说，我回家就是想吃饭甑蒸的饭。我说的也是实话。我想象不出还有比这个更好吃的东西。饭甑是杉木板箍的，上大下小，圆圆地往下收缩，打开盖子，蒸汽腾腾地往上翻涌。饭香袅袅，滚滚而来。米完全蒸开，雪一样白，像相亲相爱的兄弟一样紧紧地环抱在一起。仿佛它们曾经受了无穷的苦难，如今要好好地享受血肉恩情。这样的记忆也相随我一生——母亲把一天吃的米，倒在一个竹箕里，放进清水中，使劲地晃动，米灰慢慢地在水中漾开，米白白的，圆润，晶晶亮亮。锅里的水已经冒泡，蒸汽一圈一圈地缠绕在房梁上。母亲把洗好的米倾进锅里，盖上盖子，旺旺的木柴火熊熊地煮。锅里的清水变白，变稀，变浓，胶一样，母亲把米捞上来，晾在竹箕上，到了中午，用饭甑蒸，成了生香的米饭。剩下的羹水切两个大红薯下去，煮烂，我们吃得稀里哗啦。

米饭不软不硬，酥酥绵绵，细细嚼，有淡淡的甜味，不用菜也可以吃上三大碗。小时候，我最大的梦想就是建一个大谷仓，里面堆满了稻谷，怎么吃也吃不完。然而，美好的生活似乎并不需要谷仓。我现在的家里,一个二十斤的铁皮米桶,可以应付一个月。没有米,打一个电话给楼下的超市,五分钟就送到。

不知道是否可以这样说,一个没有看过米生长的人,是没有家园意识的。一个有家园意识的人,当他再也看不见米的生长时,他的内心是恐慌的。

现在,无论城市还是乡村,生活都变好了,米成了贱品,一百斤米换不到半只鞋,讨饭的人也不要米,嫌背在身上重。人种田是受苦,米出来了又遭罪。有些减肥的女人,不吃饭,只吃水果或药丸。我爱人的一个同学,差不多有一年没有吃米饭啦。她有些胖,怕有钱的老公嫌弃她,她只吃水果,她觉得米是她不可原谅的敌人。她嫌弃米,米成了原罪。

米假如有人一样的心脏,必然是一颗痛苦的心脏。它有两种颜色的肌肤,一种是红色,一种是黑色。红的是热血,黑的是伤病。然而,米呈现给我们的,是珍珠一样的皎洁,让我们忍不住伸出双手,捧着它,久久不放。

第四辑 故园厚土

屋舍｜火炉｜炊烟｜灰炉｜院子｜土墙｜瓦屋顶

屋舍

屋舍特别经得起破旧。像一个人，特别经得起衰老。墙，是黄土墙。瓦，是红土瓦。四面黄土墙，前后各开一扇门，两个斜屋顶，便是饶北河边的一间屋舍了。一间屋舍可以住三百年。

红土瓦要经五十年以上的日晒雨淋，黏土烧制出来的红色才尽褪，成了黑瓦。瓦楞上有了狗尾巴草，一根两根，竖起来，随风招摇。瓦垄里，乌青的苔藓长了毛茸茸一层。夏季，青苔卷曲，晒干了的玉米须一般。我们都以为它死了，死得不能再死了，死得成了干尸，可阵雨绕着村子跑了一圈，它又肿胀起来，黑须吸饱了水分，过了一夜，青黝黝的，我们才知道，死不是一件容易的事，苟延残喘是生存最高之道。我们所看到的死，是生的假象。屋檐下的墙洞里，麻雀四季安窝。麻雀从墙洞里飞出来，叽叽叽，"呼啦"一下，站在瓦檐上，脑袋机警地探来探去，拍打着灰麻色翅膀，叽叽叽，飞进稻田里，站在稻穗上，啄食。在中午，在傍晚，麻雀呼啦啦成百上千地飞过，压境稻田。田埂上，三五个稻草人，穿破旧花色衣服，手中的竹竿成了麻雀的歇脚之地。

谷雨时节，燕子衔来唾泥、草屑、脱落的鸟羽，在房梁下筑巢。燕是家燕，体毛蓝黑色，还闪着金属光泽，腹面白色。燕子飞起来，忽上忽下，忽东忽西，尾羽像一把剪刀。燕子归来，柳树垂下了绿绦。燕子是爱干净的鸟，从不在无人居住的屋舍里筑巢。稻子受孕灌浆了，雏燕长出了黄喙，唧唧，唧唧，在窝里不知疲倦地叫。燕子飞进门口，巢里一下子探出四五只脑袋，张开喙争食。有了燕子，屋舍像多了一群小孩，有了生机和气象。燕巢之下，一般是摆八仙桌吃饭的地方。我们端上菜，围桌吃饭，燕子啪哒落下灰白色鸟屎，正好落在头上。我们去洗个头，继续吃饭——我们从不捕捉燕子，也不用竹竿捅烂燕巢。村里有童谣："燕子鸟，穿红鞋，姆妈骂我逗客来。我不逗他他不来，要你门槛底下起青苔。燕子鸟，捆绿裙。上屋伯伯做媒人。我喊姆妈不嫁我，烧火煮饭也要人。"一个古旧的屋舍，有燕巢多好，有燕子多好。燕子是家里长居的亲戚。假如家里突然有一年燕子不来，全家人都会落寞，猜想着，燕子怎么不来了呢？是不是迷路了呢？是不是来的路上被老鹰叼走了呢？我母亲对我讲，燕子来的时候，要过汪洋大海，它嘴巴里叼一片树叶，飞累了，把树叶落在海面上歇脚。每一只燕子，就是一个人子，再远再累，不畏路途千辛万苦，都会回到旧年的屋舍。

天蒙蒙亮，有人开门了，挑一担水桶，到河埠头挑水，做饭洗衣。扁担两头有铁链的挂钩，水桶晃悠悠。咿呀咿呀，是扁担受力时发出的声音，如古朴的谣曲。水缸里的水灌满了，一家人也起床了，下地的下地，洗衣的洗衣，晨读的晨读。稻叶上，柚子叶上，蛤蟆草叶上，露水散射初升的阳光。门是屋舍的脸。门大多是木门，两个门轴，对开，合拢起来，便是一扇完整大门。门木一般是老苦楮，老土樨，老杉木，厚重结实，不开裂。老树砍下来，在阁楼上阴干十几年，锯开，再阴干半年，木板才可以作门板。一栋房子，柱子、房梁、大门，用料都不能马虎。竖大门和下地基、上梁、归屋，都要地仙挑选吉日。

　　做房子，是大事，需要准备几年，甚至几十年。木料，石头，粮食，菜蔬，工具，劳力，钱银，都不可或缺。木料在山上，一根根砍，扛回家，还得阴干几年。石头在河里，一个个捞上来，平板车拉，拉个三两年。粮食储存在谷仓里，一年积两担，积个六七年。菜蔬主要是豆类，芋头，笋干，起早贪黑地种。工具是锄头、铲、斧头、板车、扁担、畚箕。劳力主要是雇的，需要好人缘。钱银慢慢积，积个十年二十年。准备得差不多了，请来地仙，看了风水，打了木桩，再请来石匠、木匠，下地基。下地基，动土了，放鞭炮，上香，算是请土地神，请来亲友乡邻，吃一餐。石匠必是老师傅，德技受人尊崇。挖第一铲土，石匠腰扎红布条，泼洒一碗烧酒，唱：

　　　福耶——
　　　天地吉祥，
　　　日吉西阳。
　　　先请阴阳，
　　　再请鲁班。
　　　请到鲁班先师，
　　　缔造万年华堂。

左边造起金银铺,
右边造起囤谷仓。

这一天,石匠师傅最大,坐上座,必醉。醉了,走路歪歪倒。东倒西歪,千年万载,这是好房子的福头彩。

墙是夯墙。泥是黄泥,黏土,参石灰,用铲搅拌,一畚箕一畚箕地倒在一个夹板里,用两头狼牙棒一样的木杵,夯。一木杵,一木杵,双手抱着木杵夯。一般的劳力,夯一夹板的泥,便瘫软在地。石匠一天夯八个夹板泥,上午四夹板,下午四夹板,长年累月夯。村有俚语:"上过夹板,万事不难。"这是最苦的活,没有谁不怕的。夯了夹板,才知道什么是苦累。夯夹板时,黄泥里,会夹杂泡过水晒干的芦苇秆。这样的墙,三百年也不会倒塌。墙体夯了一人高,石匠用泥拍给墙面拍实。泥拍是用老油茶木根部做的一个拍打器具,鞋子的形状,有一个长圆握柄,平板鞋底面,用力拍打墙面,把沙砾、小石块拍进墙体,黏合墙缝,给墙面抛光。石匠右手握泥拍,左手捏一团胶泥,一边拍一边补墙凹凸的部分。胶泥是黄泥和石灰浆和起来的,揉成软团,左手在墙面挤压着往下拉,胶泥便吸附在墙上,然后用泥拍拍实。

木匠在屋子里,打墨线,量尺寸,拉锯削榫。墙体高过了大门横框,选吉日,竖大门了。大门门框扎着红布,打成一个红花结,炮仗两千响,木匠泼酒敬神:

福耶——
豪门大屋,

祖宗赐福。
天地诸神，
任我请求。
求福则福如东海，
求寿则寿比南山。
求禄则禄享千秋，
求丁则丁开万族。

竖了大门，石匠师傅便催促木匠师傅，加把劲，等着上梁。上梁是个大日子，择了吉日，请来亲友，把屋架用棕绳绑起来。哪有那么多的棕绳呢，哪有那么粗的棕绳呢？把家里的箩筐绳解下来，两条编一条。蒸熟的猪头敬神，放了万响的炮仗，把屋架子拉起来，点对点，角对角，线对线，面对面，尺对尺，丈对丈，竖起来。柱子，横板，扎起红布。木匠师傅爬上穿梁，骑马一样，坐着，抛撒馒头，边抛撒边喝彩：

福耶——
馒头落在东，
代代子孙做相公。
馒头落在西，
代代子孙穿朝衣。
馒头落在北，
代代子孙做官客。
馒头落在南，

代代子孙福寿长。

师傅喝彩一句,下面抢馒头的人"噢"地应和一句。馒头抢光得越快,彩头越好。有时上梁日逢着下雨,馒头落在泥地上,全是泥浆,捡拾起来,在衣袖上抹一下,或者手搓搓,照样塞进嘴巴吃。竖好了柱子,木匠开始钉房梁。房梁从主梁钉起,当当当的铁锤声,清脆,响亮,带着无比的欢悦。钉好了梁,天也黑了。被宴请的亲友乡邻,个个给木匠师傅敬酒,划拳声一直到深夜。

深夜了,秋蝉声吱吱吱吱。秋天很快结束,冬雨很快到来。河水羸弱。山油茶花凋敝多时。霜露一天比一天白,冷涩的田畴一片发白发黄的景象。漆树叶红遍山崖。老人穿起了笨拙的棉袄。深山里,开始烧木炭,噼噼啪啪的柴火在寂寞的山谷炸裂。木匠忙着定瓦椽。石匠开始盖瓦,徒弟夯地坪,用木杵夯,地面撒一层石灰,夯,夯,夯。

一栋泥土房出现在了一条小溪边,红瓦黄墙。归屋的日子也到了。归屋即乔迁。归屋之前,请来打醮的人,给屋子打煞气。打醮的人,穿蓝布长褂,敬神上香画符,在屋子里四处打锣,哐哐哐。边打锣,边喝彩:

  福耶——
  请到鲁班先师,
  赐我一把金刚斧。
  上不打天,
  下不打地,

专打一百零八煞。

福耶——
煞神煞神,听我号令。
不听我令,先斩后奏。
不可损害凉亭房屋,
不可损害扁毛六畜,
不可损害男女老少,
不可损害来往顾客。

福耶——
煞神煞神,赶快逃走。
五尺墨斗,打煞无情。
见石石穿,见水水干。
作马一颠,百煞朝天。

大雪来临。屋檐挂起了长长的冰凌。新建的房子,在晨昏,升起了炊烟。人在泥腥扑鼻的厢房里,静静酣睡。猪在栏圈里,嗷嗷叫。狗趴在狗洞里,拉出舌头。厅堂摆着八仙桌、竹椅子、板凳。厨房有了柴火、木柜。木柜里有碗筷勺盘,有腌辣椒霉豆腐,有油瓶锡酒壶,有半卷面条六个出窝鸡蛋。油盐酱醋,在早中晚三餐,有了诱人的味道。圆的水缸,扁的篓子。畚斗、畚箕、笸箩、晒席,都挂在墙上。割草刀、镰刀、斧头、柴刀,插在木匣里。圆肚的米缸是个大肚罗汉。酒缸藏在地窖里。蓑衣、斗笠,悬挂在门背后。房子成了屋舍。

人呼出来的气息、雨水的潮气、太阳的燥气、斑斑油渍、隐隐的蜡烛光、汗味、咳嗽、淡淡柴火烟、灶膛的蒸汽、犬吠声、猫的叫春声、猪的号叫声、蜘蛛的爬痕、孩子的嬉闹声、病人的哀哀痛喊声、如雷的鼾声,它们随时间一起,渗透进墙里,渗透进木床里,渗透进夯实的地坪里,渗透进木板里,渗透进米缸里。影迹渗透进了时间。时间渗透进了另一个时间。屋舍有了长久不灭的声息。

有人在屋舍里生病,卧在床上,垂垂呻吟。

有人在屋舍里死去,洗身,穿衣,入殓。

有人在屋舍里娶亲,高烛照耀。红灯光,红衣裳。

有人在屋舍里出嫁,母亲拉着女儿的手,嘴边的话不知道怎么说,只好抱头痛哭。

有人在屋舍里出生,哇,哇,哇,婴孩的啼哭声,伴随着母亲啊啊啊的哄床。摇篮曲,从一个暗暗的房间里传出来。

有人在屋舍里蹒跚学步,跌跌撞撞。

院子里的桂花树,高过了屋檐。水井里的月亮,从来没有改变。外出谋生的人,到了年关,终于推开了厚重的大门。死去的人,终于被人忘却。雨水开始从瓦缝漏下来,来年要翻修一遍。院子里,在夏秋时节,晒着新出的稻谷,颗粒饱满,金灿灿的。廊檐下,南瓜冬瓜切成一圈圈,套进竹竿里晾晒。辣椒、玉米、田豆,用稻草扎起来,挂在屋檐下。冬天,有了腊肉,烟熏肉。窗台上,晒着豆酱。这是始终不曾改变的。

做房子的人,已经下不了床。他的衰老是屋舍老旧的一部分。

他会想起什么呢？想起他年轻时，上山伐木，下河捞石头。想起他娶妻的那个夜晚，蜡烛一直烧到天亮，烛油淌满了桌面，火苗一直扑通扑通地跳着。想起这间屋子里，每一粒土，都尝过他滴下的滚烫的汗水。想起自己挑着稻谷，翻晒，入谷仓，一箩筐一箩筐地倒进去，堆得满满一仓。想起他床畔的女人，他笑了，含而不露，泪水模糊了眼睛，最后一滴泪水包含了全部。

一栋栋屋舍，在河边，低低地缩在蓬勃而起的一棵棵树下。树是樟树、香椿树、栾树、泡桐、油桐、桑树、梓树。一年四季，一圈树轮。无数个树轮，屋舍有的颓圮，有的无人居住，有的只住了一个老人。人如葱，分蘖，一株分两株，两株分四株，四株分八株，直至无数。无人居住的屋舍，便是曾在屋里的人如今在世间下落不明。黄土墙早已发白，墙缝有了雨水霜雪的痕迹，像一张破败不堪的脸。柱子房梁有了蛛丝、虫洞，虫噬的蓠粉，扑簌簌落下来，落在我们肩上，成了时间的灰烬。

有母亲居住的屋舍，便是我们隐藏在灵魂深处的家。有烧开的水，有晾在绳子上的洗脸巾，有软软的枕头，有滴水的碗，有空了的酒瓶，有未燃完的蚊香，有箱子里的儿童汗衫，有抽屉里发黄的连环画，有窗台上的烛台……屋舍大门口，是一条石板路，石板路通小巷，小巷尽头是稻田，过了稻田便是饶北河，饶北河通往另一条江河，没有尽头。世界被一条河打开了闸门。

风雪夜归人，再一次推开屋舍厚重的大门。

火炉

木柴需要热情。烧火炉的人，也需要热情。要把熄灭的火炉烧热，需要干燥的木柴。木柴来自深山，霜降前便砍来了，一根根比手腕还粗，锯断，码在屋檐下。好木柴是硬木，一般是苦槠、青冈栎、紫荆、土槠、木荷。它们长在朝阳的山坳，拥挤着往上抽枝发叶，一眼望去，雾霭一样的绿色笼罩了山野。秋天是个好东西，是一架抽风机，呼呼呼，把木柴的水分抽干。霜露打在木柴上，阳光软塌塌地搭在木柴上。风揉着草籽揉着树叶，揉着溪流，直至万物凋敝，溪流羸弱，茫茫一片哀黄。木柴干了，木皮开裂，变形，皮色由青斑色变为麻白色，糙糙的，皮瘤萎缩，凸出来。斧头挂在门背后，荒废了好几个月，斧口锈迹微黄，像一层老年斑。蹲在磨刀石边，弓起身子，父亲拉开架势，磨斧头，来来回回磨，一边磨一边往磨刀石上滴水。锈水深黄，沿磨刀石两边滑下来。斧口斜圆，在太阳底下照照，寒光四射。看人吃肉，不看人劈木。木柴一根根从屋檐下抽出来，一劈为二，劈二为四。斧口吃进木头，当，木柴哗地开裂。木心露了出来，灰白的，深黄的，深褐的，微红的。木筋一丝一丝，弯弯扭扭地粘连在木柴上。圆柱形的木柴，竖在地上，父亲架起马步，在斧头落下去之前，吼，吼，叫两声。通常劈柴的人，打赤膊，手臂挥起来更有力，更痛快。我们远远地看，也把劈开的木柴，重新码在屋檐下。木柴有了细腻的香味，把阳光积蓄起来的暖烘烘的气息，一下子散发了出来。和爆米花差不多，轰，一股蒸汽散出来，白白一阵，膛口爆出了热烈的喷香。也有长了木瘤的木柴，斧头落下去，噗，陷在里面，劈不下去，也拔不出来。木柴错乱的纹理，使斧头陷入迷宫。斧口寒冷闪亮的锋芒，一下子消失了，消失在木柴深深的黑暗里。木柴有很多种纹理，有直纹理、有斜纹理、有圆纹理，也有乱纹理。乱纹理也是一种纹理，一种扭曲的纹理，是树受伤的累积。纹理，便是成长的轨迹，便是岁月的烙印。

　　木柴总算劈完了。劈完了，大雪到了。大雪是二十四节气中最神奇的节气。瞬息之间，天地琼玉，万物皎洁。这是世界上最洁净的一天。大雪之日，鹖鴠不鸣；又五日，虎始交；又五日，荔挺生。新麦扑在田垄里，病恹恹的，雪扑撒下来，光身油绿，郁郁葱葱。火炉里，堆满了旧年的炉灰。遗忘了将近一年的火钳，从杂货间里，找了出来，捅入炉膛，把炉灰扒出来。炉灰，是一座死亡的深山，灰白灰白的，细粉末状，用手指摩搓一下，细腻、匀散，如药末，指纹显现出了真面目。干燥的炉灰堆在地上，突然让人伤感，让人觉得那不是炉灰，而是一堆陈年旧事，是一堆旧年炉前留下的影子，让人的眼睛里，映照出红红炉火、扑跳的蓝色焰苗、烧火炉人低声的咳嗽、水壶嗞嗞的叫声、砂钵里翻滚的慢慢变烂的肉块……又一年过去了，寒冬已经来临，草木又一次枯黄,身上的隐疾再一次发作,卧病的人开始绝望,雪堆满了屋顶还要继续堆,相爱的人已失散,水已冰冻。

在南方,火炉是大火灶的辅助灶,一般用以熬粥、炆肉、焖肉、烧水。火炉是泥砌的,在厨房侧边,炉口刚好可以摆一个大砂钵,有一个膛口,添柴,扒灰。膛中间,固定了一块平放的铁丝栅栏,和膛下通风口相接。通风口放一把柴刀一把火钳一块厚石片。柴刀把木柴再劈成木片,送进炉膛。石片是河石,受力,垫着木柴,以减缓劈柴力道,减轻地面受力。木片呼呼呼,火团抱紧砂钵,焰苗贪婪地舔着钵身,肉块在钵里绵软,添木炭,文火慢慢煨。肉香从钵盖孔,随水蒸气白白地冒出,弥漫了整个屋子。过年,鸡鸭鹅、猪脚、猪骨头,都用砂钵煨。煨好了一个砂钵,用热木炭灰焐住钵身,再煨另一个。煨出来的肉食,鲜香浓郁、绵长,口感细腻,汤汁醇厚,骨散肉松。一年之中,也只有过年,才有这样的佳肴。砂钵也用来熬粥。家里有病号或女人坐月子,忌口,熬砂钵粥,吃霉干菜烧熏豆腐,成了日常。我七八岁时,便能熬一钵好粥,稠而不烂,热而不灼。砂糖粥、肉丝粥、鱼粥、青菜粥、莲子粥,我都熬得好。熬粥的时候,我在通风口,用铁栅栏落下来的热炉灰,煨红薯煨芋头,也煨得恰到好处,不黑皮不结黑块,肉烂香甜。坐在火炉前的矮板凳上,我一只手往通风口打蒲扇,一只手翻连环画看。连环画压在膝盖上,借着炉火跳动的光,闻着米香,听着木片啪啪响,整个身子被一股暖气包裹着,脸上隐隐灼热。这是冬天最美好的时光。米脂熬出了一层浮面的米汤皮,粥便好了。

大多时候,火炉备受冷落,甚至觉得它碍手碍脚,平白无故占一个角落,用起来,却慢,炆肉累死人。有一年,我父亲大发神经,在一间废弃的偏房里,拉来两平板车土砖,垒了一个大火炉,敞开式的,可以睡下一个人。这是我见过最大的火炉了。平时,用来堆草木灰,过年了,火炉清扫出来,木炭拌油茶壳,平填在炉膛,铲细碎红炭火,一起燃起来,十几个砂钵摆在火炉上,炆肉。我们坐在偏房里,满身暖和。我们眼巴巴地看着砂钵冒白汽,手里早已拿着筷子,等着母亲把砂钵盖打开。

在山区,还有一种火炉,吊起来的,也叫吊炉。铁丝编成绳子,把大铁锅吊在厅堂的木梁上,硬木炭堆在铁锅里,长日不息。三餐也简便,蒸熟了饭,菜便放在一个干锅里,挂在火炉上煮。菜是现成的,豆腐、咸肉、大白菜、红萝卜、白萝卜、笋丝,煮一锅。一家人坐在火炉边吃,说说笑笑。菜越煮越美味,油汁肉汁全进了菜里,咸味也全进去。米酒在一个锡壶里,也挂在火炉上。这样的吊炉,家家户户都有的。炭火微弱了,我们也上床睡了。第二天清早,我们冷得瑟瑟发抖,身子缩在空落落的棉花袄里。我们问父亲,火炉怎么还不烧起来呢?炉灰病恹恹的。烧了一天的木炭,炭灰还没有两大碗。木炭去哪儿了呢?我们看着木炭化成灰。木炭红起来,会有一层白灰,薄薄的,焰火腾腾,吹动白灰。但白灰粘连着木炭,不飘起来,便一直抖动着,和虫蛾的翅膀差不多。看着炭灰,心里生出许多悲戚。炭灰便是树的骨灰。一棵树,在深山被一把大砍刀砍下来,晒得半干半湿,叉进炭窑,一层层码起来,焚烧,烧一天一夜,从窑顶天窗,泼水下去,一桶桶泼下去。火熄了,高温瞬间把水变成了白汽。封了天窗,封了窑口,闭三天,树身变成了一节节的硬木炭。那都是一些硬灌木，艰难地长了几年，有手腕粗了，却被砍了，裸着身，成了一根根木棍。好炭出深山。卖炭人挑箩筐，下山卖木炭。我从小就熟悉白居易所描写的那个人："卖炭翁，伐薪烧炭南山中。满面尘灰烟火色，两鬓苍苍十指黑。"炭灰冷冷地积在炉底，灰白，一阵轻风也能把它撩起。炭灰那么轻，那么冷。我们忘记了炭灰的前身和前生。它曾葱茏地站立在大地之上，枝丫上筑了各种鸟巢，雨季之后，丫节上还开满花；它曾热烈地燃烧，猩红的舌苔那么贪婪地舔着酒壶，耀眼的红光映着我们冰凉的脸。壶里的水咕咕地叫，那么快乐，扑腾的蒸汽把壶盖冲开，翻着激烈的细浪。有时，我们贪玩，忘记了火炉里烧着水，等发现的时候，水壶已经烧干了，铁在火上嗞嗞嗞地叫。然而，清冷的早晨，炭灰给了我们一个冷若冰霜的面孔。木炭还在炭篓里，木炭的热情还没有人去激发。烧火炉的人，暂时忘记了，他有一个火炉需要他耐心地燃起火星，把木炭烧红，使一个火炉复活。没有烧起来的火炉，是一个没有生命气息的火炉。水壶搁在火炉上，壶里依然是冷水，寒牙痛胃。酒壶挂在火炉上，壶里依然是冷酒，刺舌刮喉。一个冷的火炉，让人冷彻心扉。

在屋舍里，火炉一直还在。烧火炉的人也一直还在。

火炉还在，我便觉得冬天不会冷。烧火炉的人还在，我便觉得人生没我们想象的那样悲观。

火炉在，一切都在。水会开，酒会热，人不散。

炊烟

水即将烧开,那个口渴的人,又走了。我继续孤零零地坐在门口,承受夜晚来临。我早早预备好了的茶叶,会受潮发霉。我洗净了的茶杯,又会蒙尘结垢。炉里的火,无辜地发胀,无声无息地成为灰烬。沸腾的水,已无人关心。口渴的人抱着枕头失眠。夜晚终于来了,无人知道夜晚有多漫长。我不打算关心别人,不写信,也不遥望天际,更不打算关心自己。我要看着被囚禁在自己心里的幽灵,脱下黑色大氅,游荡,跳舞,她裸出了玉脂般的后背,马蜂腰,羊皮鼓一样的翘臀,张开的双臂是一种飞翔的姿势,修长的腿成了尾羽——我所说的是炊烟,在适时升起,又适时飘散,最后不见影迹。

我迷恋遥远的气息,不着边际的气息。

我迷恋旷野空荡荡的膨胀感。

我迷恋和一个漂浮的人相隔千里说话。我热爱与星宿说话。

我迷恋死亡珍藏的秘密。

一片屋顶上,一缕炊烟和另一缕炊烟,纠缠在一起,就是一场风和另一场风，纠缠在一起，就是一团火的幽灵和另一团火的幽灵，纠缠在一起。

生起炊烟的人，和我们的生命有关。第一缕炊烟，是白昼升起的帆。河埠有了挑水的人。田畴有了下肥的人。浆洗衣裳的棒槌，啪啪啪。电线上的麻雀，唧唧唧。向阳的青山被阳光涂抹了一层油脂。大米在锅里，突突突，冒起了密密麻麻的白泡，米羹水慢慢浓稠，米脂油吸附在铁锅边沿，变成一圈膜。母亲把茅草叉进灶膛，呼呼呼地烧，烟翻卷地涌进了烟囱，从囱口冒出，绵绵的白。

建房子的时候，我母亲特别对我父亲交代，说："盖房子，我不插嘴打岔，但做柴火灶，要我说了算。"做柴火灶的师傅是母亲选的，垒灶的时候，母亲也站在师傅身边，看着。柴火灶是里外两个大锅，灶台三级，两个抽烟口连通大锅下的两个灶膛，连接灶台的是一根烟囱，用砖砌，四边形中空立柱，一直高出瓦屋顶，四面有囱口，盖着荷叶一样的瓦帽。最好的灶膛是可以快速通风，快速抽柴烟，一把火能烧热铁锅，过热面积大，灶膛的温度集中，柴烟不跑出膛口，不呛人。对于一个做柴火灶的师傅来说，最难做的不是夯墙，而是垒烟囱。垒烟囱的工钱，是夯墙的两倍。垒柴火灶，用料也讲究，砖必须是干燥发黑的，石灰不能受潮，黄泥的黏性要强，灶头的石面板是磨光了的青石板。灶台上，有一口长方形小锅，是储热水的。用一个竹舀舀了水，适度地沿锅边一圈浇下去，水在锅边磨蹭，蒸汽扑腾。菜烧完了，用一小锅热水洗锅，竹刷唰唰唰，油脂和菜渍便浮了一层。洗三次，锅洗出乌黑的亮，露出铸铁的原色。灶台边，贴了一张灶神像，红色渐褪发白,面目不清。灶神像前,有一个小香炉,插着燃尽的香头。灶头,是烧菜站人的地方,左边有一面白墙,或一面木板墙,墙上挂着锅铲,菜刀,镂洞的竹筒。竹筒有两个,一个倒插着筷子,一个倒插着长短不一的勺子。洗了的筷子勺子,有滤不干的水,从镂洞滴下来,吧——嗒——吧——嗒——像一个计时器,比秒针慢比分针快。墙下的青石板,摆着几个罐子,分别装着辣椒粉末、粗盐、白糖、豆酱、板结的猪油。灶头下的灶墙,中间部位,砌成内凹形,摆放鞋子,以待烘干。烘干了的棉鞋,穿在脚上,软绵绵,吸着脚板脚背,很是舒爽。

烧饭的时候,膛口前通常坐一个人,负责添加柴火,添柴火的人,边烧边看着锅里,烧什么菜需要什么火候,菜烧到什么程度需要什么火候,什么火候需要添多少柴火,烧灶的人,心里很清楚。菜不焦,是烧灶的功夫。刀快水滚,一餐好饭菜上了桌。烧灶的人,手边不离四样东西:柴叉,灰铲,柴刀,火钳。柴叉又称火叉,由一个铁叉子和一根圆长木棍构成,木棍的尖头插进铁叉子,用来叉柴火,叉茅草叉稻草叉树叶叉松毛,叉进灶膛。灰铲也由一块铁铲和一根圆木棍构成,用来铲灶膛下的柴灰。柴刀负责劈柴,或把柴枝砍短,方便柴叉叉柴。饭菜烧好了,灶膛里还有红红的木炭,火钳把木炭夹进土陶瓮里,瓮口用蒲团盖实,把木炭储备起来。厨房多八脚虫、蜈蚣、壁虎,吃苍蝇蜘蛛,火钳成了杀器,夹住壁虎,扔到几米外的另一户人家屋顶。

饶北河流域多山。山上多茅草多芭茅多灌木多松杉,也多石煤。但无人烧石煤。石煤烟气烂锅,烂木料,烂衣裳,烂铁钉。我们七八岁,挑一担竹箕,便上山割茅草,弄松毛,弄油茶树叶。

弄具是一根竹棍，两米长，竹棍的一头，有一节，用刀破开，等宽，煻出竹油，熏黄，弯出耙的模样，像一只张开五爪的手。弄具还可以当棍子用，挑竹箕。干茅草干树叶，特别好烧，轰，轰，轰，在灶膛里，嗞嗞嗞地叫，锅里的细碎青椒在热油里也嗞嗞嗞地叫，冒出呛鼻的油烟。烟囱口里吐出的烟，很淡，白白的，细细的，一圈一圈，即使没有风，也很快散了。我是一个不愿爬山砍柴的人，在山路边，砍枯死的藤萝，砍野棘，砍油茶树枯枝，用一根绳子绑起来，挑棍一头扎一捆，挑回家，烈日翻晒三五日，烧起来，啪啪啪响，很经烧。也有柴火短缺的时候，临时上山砍柴，柴湿，水分足，在灶膛焐半天，再烧，烧起来浓烟滚滚，眼泪水呛出来，烟囱口冒出来的也是滚滚黑烟，像烧窑。我十三岁那年，正月初一便断了柴火，烧木板，烧了三天，父亲心疼了，说木板烧了，以后打家具还要买木板，还是上山砍柴。山上有厚积雪，谁也不愿去，父亲一个人绑一把柴刀上山。我母亲对我说，山上积雪，一个人危险，你去做个伴吧。我和父亲走了五里多山路，到水库库尾的山腰砍柴。山路是油滑的黄泥路，冰冻之后更是溜滑。冰在脚底下，啪啦啦地碎裂。那天，我们一边走路进山，父亲一边对我讲事。讲了很多，我都不记得了，一直没有忘记的，是父亲说，你要好好读书，要走出深山，读书是唯一的一条路。也许吧，山在父亲的眼里，是一座牢笼。牢笼里的人，是世间最苦的人。

柴火是炊烟的前生。炊烟是对山林的回望。

我从来没有哪一天，看见母亲离开过厨房。做一个多口之家的厨娘，在物资匮乏年代，那种艰辛，外人很难体会。每次烧菜，我便站在灶沿边上，我喜欢看母亲烧菜，喜欢母亲衣上的油烟味。油烟味是一种混合的味道，有油味、辣椒味、生姜味、爆热的粗盐味，有柴火味、有沸腾的水蒸气气息、有熏肉的烟熏味、有暖烘烘的气息，这样的油烟味，是一个家园的缩影。

屋顶上有炊烟升起，便有灯亮起。炊烟不再升起，屋舍便是废墟。

炊烟，一直作为一种幻象存在。也是我们回首时，反复出现的假象。我曾一度厌恶炊烟，厌恶它毫不节制的抒情气息，假意的、不明真相的抒情色彩。它屏蔽了屋檐下和日头下的盐渍，屏蔽了褴褛和饥饿。它是铺在屋顶上的白雪。我憎恨炊烟。它让我们看不到指甲缝里的泥垢，看不到浑浊的眼睛，看不到一条田埂路要弯几个拐角。它只让我们看到茂密的洋槐林、交错的河汊和山边黄昏时慢慢垂降的薄雾。

当我每次看到母亲的身子，越来越佝偻，脊骨几乎变形，她还要日日烧饭，在厅堂里，她和她相守了六十多年的人，坐在一张大桌的两个角落，吃自己种的菜，我便无比自责。炊烟，不是从烟囱里冒出来的，而是从母亲喉咙里冒出来的。母亲，事实上是炊烟的雕像。母亲把火柴唤醒，火柴把柴火唤醒，柴火把一家人唤醒，挑粪种菜，垦荒开地，播种收粮，摘棉剥麻。

炊烟是柴火喷发出来的花朵，一天开三次，每次开到云端之上，让流徙异乡的人，可以在千里之外遥望。花朵有了皱纹的模样，有了河流的形状，有了南风的温暖，有了草木的俊俏。这是唯一可以永恒的花朵，和《诗经》一样古老，和《诗经》一样年轻。我们依稀有了可以描绘的梦境，把咳嗽、脚步声、酣睡时的呼噜声,把竹竿上晾晒的旧衣裳、窗台上的药罐、饭桌上的半碗菜汤,细细地描绘出来。炊烟成为梦境中移动的路标,指引着异乡人,溯游而上,在一个向下的埠头,走下乌篷船,经过一条红蓼花铺满的弯曲小路,拐过一个竖了石柱屋界的巷子,在一棵大樟树下,推开一扇厚重的木门,看见一个年迈的人,穿着紫袄,在灶头前切菜蒸肉,听见灶膛里的木柴呼呼呼地低叫,乌黑黑的木柴烟像水泻入涵道,涌入烟囱,从屋顶翻身而出,洗刷焕然,慢慢升起。这个异乡人,再一次闻到了棉花里怎么也洗不掉的油烟味,竟然像个孩童。

看不见炊烟的人,都是口渴的人。口渴的人,都是孤单的人。

孤单的人,迷恋孤单的气息。一双旧鞋。一盒潮湿的火柴。半袋葡萄干。去年的红枣。晒干的南瓜圈。一本没有封面的连环画。秋阳下的豆酱。陶罐里的陈年葛粉。棕叶绑起来的红薯粉丝。

口渴的人,是患慢性疾病的人。他爱上了慢性病。这种病,几天会发作一次,像米泡在热水里一样,像柴搁在火堆上一样。

月亮来到窗前,我坐在火炉边,烧水煮茶,等待口渴的人。这个人,和我有相同的病。我要对这个人,说很多温软的话,轻轻地说,近乎耳语。说起蓝布围裙,说起饱满的脚踝,说起不舍得给我看的花苞,说起木柴和木灰,以及木柴从火中跑掉的那一部分。跑掉的,又像幽灵,跑回到我心里游荡。

灰炉

灰，或许是最让人悲凉的一种东西。灰尘、灰烬、炭灰、草木灰、骨灰、灰飞烟灭，便是什么也没有了。灰是火的断头台。

有一种土炉，用于盛放炭灰、草木灰，我们叫灰炉。灰炉是一个立方体，用土砖垒的，分上下两层。下层约半米高，隔出两个小矮间，一个关鸡，一个关鸭，成了鸡舍和鸭舍，两扇竹篾门早上开，晚上关，防黄鼠狼叼食。晚上作业写完了，我母亲会交代我一句："去灰炉看看，鸡舍门有没有关。"鸡舍门用一根篾片拴死，鸡在里面打呼噜。鸡打呼噜，会冷不丁地耷拉下脑袋，惊醒，摇几下头，拍拍翅膀又睡死过去。天麻麻亮，鸡醒来，用爪子抓篾门，吱吱吱的爪抓声让人起鸡皮疙瘩。门抓不开，公鸡伸起脖子，咯咯咕——咯咯咕——吵得我缩着身子摸下床给鸡鸭开门。我把后房门也打开，鸭子撇着脚，歪着臃肿的身子，跳着滚过门槛去了院子。天白得像水银，凉风漫上来。上层是炉，灶膛烧出来的灰，铲出来，倒进炉里。种辣椒、种茄子、种黄豆、种西红柿、种番薯，在秧苗期，便用炉灰撒在秧苗根部。炉灰铲在粪箕里，用脚踩实，挑到地里，用手撮，一撮一撮地撮下。撮完了，浇上水，灰渗进了土里，风吹不走。

浇秧田，或浇蚕豆、豌豆，施的是尿灰。灰泡在尿桶里，泡三天，挑到秧田里泼洒，秧苗过个三五天，长成油油的墨绿色，在风中漾起来，让人看得心里喜滋滋的。家里没钱买化肥，我母亲急死了，嘟囔："你看你爸，没钱买化肥，还跷起二郎腿哼小调，稻子胀肚了，他一点不心急。"我父亲从楼上扔下十几块油菜饼，放在水池里泡烂，拌上炉灰，浇到田里，稻花一夜扬起来，黄黄白白。枯色的稻叶返青，蜻蜓飞舞。

灰炉通常和柴火灶建在一个房间里。火灶有烟囱、灶膛、灶口、灶台、水锅和大锅。灶口前，摆一把椅子或凳子，椅子下放一把柴刀。柴刀用来劈柴、削树枝或砍树枝，这样柴进了灶膛更易于烧旺。柴是干裂的，或地衣植物，或木片，或刨花，或竹梢，或树枝，或茅草，或果壳，或野藤，用火叉叉进灶膛。木柴啪啪啪地燃烧，锅里的油烟呛得人睁不开眼睛。灶膛有一个膛口，木灰落下膛口，进了灰膛。木柴像火红的绸缎一样在锅底发亮，灰飘下去，像一粒粒渐渐隐没的星星。饭烧好了，把灰膛里的灰铲进灰炉，把灶膛里的火炭铲进矮小的土缸里封起来。

火叉和火铲，都有一根圆木柄，手握的地方，油亮无垢。我父亲发火的时候就端起火叉，唾沫飞溅地说："你看看，我是不是叉不死你，要不，我把你叉进灶膛烧了。"火叉怎么可能把人叉进灶膛呢？但火叉能把人的肚肠叉出来，这可是真的。村里一个叫老三毛的人，去另一个叫屎皮的人家里取债。屎皮正在煮鸭子预备过年，给灶膛添火。老三毛不断地抖动着右眼角，说："屎皮，过年了，卖给你钢筋的钱，得付清了吧？"屎皮说："手紧，砖的钱也没付，缓一年吧。"老三毛揭开锅盖，看见鸭块在水里噗噗地冒水泡，说："哦，钱不还，还吃鸭子，还不止一只呢。"屎皮说："过年了，鸭子还是要吃的，孩子眼巴巴等过年呢。"两个人，你一言我一语，相互呛了起来。老三毛火冒了出来，往锅里吐口水。屎皮从灶膛抽出火叉，叉，叉，叉，叉进了老三毛的肚皮。医生说："还好，老三毛穿了毛衣，不然，肯定会被叉死。"

一年之中，只会清理灰炉一次。除夕上午，我把灰清理出来，挑到菠菜地去施肥。午饭后，火炉铺一层油茶壳，把澡堂里的炭火铲在上面，烟散得整个房间都是。烟没了，油茶壳慢慢烧起来，烧半个时辰，灰炉里全是红炭。把大砂钵摆在红炭上，焖一钵鸡、一钵鸭，再焖一钵猪蹄、一钵猪肉。在红炭上盖一层糠灰，慢慢焖，焖到巷子里没人了，整个屋子全是肉香。红炭转眼成了炭灰。

膛口前，有树叶和树皮屑，百足虫和斑蝥常常爬进烧灶人的鞋子里。斑蝥从树皮屑里，团团转地跑。烧灶人看见了，一脚踏上去踩死，扔进灰炉。灰炉也是一个藏东西的好地方。鸡生蛋了，母亲伸手掏鸡窝，怎么也掏不出鸡蛋，犯嘀咕了："该死的鸡，生了两天蛋就抱窝了？"她哪知道，我早上开鸡舍门的时候，从窝里摸出一个蛋，藏在灰炉里，等我一个人在家，蒸熟了吃，剥了的蛋壳，又藏在灰下面。谁也发现不了。到了扒灰撮豆秧苗的时候，扒出一堆碎蛋壳。钱也可以藏在灰炉里。邻居金花是二婚，两个儿子都不是亲生的，她藏私房钱，用一个塑料袋包着，藏在灰炉里。钱是她卖鸡蛋、卖麻丝赚的,她舍不得花,藏起来防老。她藏过好几个地方,藏在木箱里,藏在衣边里,藏在墙洞里,藏在破油罐里,藏在棺材里,藏在枕头里,藏在草席下,都被她老头子找出来。藏在灰炉里,她老头子再也找不到了。灰炉真是一个藏钱的好地方。有一次,家里做豆腐,烧出的柴灰特别多,一铲一铲地堆在灰炉。刚出灶膛的灰还是炽热的,有很多炭屑,要半个时辰才会冷下来。老头子不知道灰下面藏了一个塑料袋,塑料发出焦煳味。老头子用火钳扒开,捡起塑料袋,里面有好几十块钱呢。他也不作声。过了几天,金花又卖了鸡蛋,把钱藏起来,可在灰炉里找来找去也找不到塑料袋,而灰也没浅下去。她四处找,在老头子的烟袋里,把钱找了出来,要再把钱藏哪里呢?她想不出来,随手翻出一只棉鞋,把钱塞在棉鞋里。

鸡舍鸭舍潮湿了,从灰炉铲几铲灰,垫进去,又干燥了。小孩泻肚子来不及去茅厕,屙在地上,铲灰上去,盖起来,扫干净倒进菜地里。父亲在建房子的时候,把厨房建得特别大。我母亲反对,说:"你还想修一个火炉?用煤气灶了,哪来的灰呀?"父亲说:"还说不定,煤气又不是山上长出来的,万一哪一天用不起煤气,还是烧柴火,没灰炉,灰放哪里?"

有柴火,就有灰。在灶膛里烧的,都是地上长出来的。地上长出来的,就有灰。灰堆在灰炉里,灰白的,软塌塌的。灰是烧出来的,不会冷也不会热。木柴来自深山,野棘来自路边坟头,白茅来自田埂。树在深山枯荣自守,野棘在每年的谷雨时节开满白花,白茅在起伏。一个柴灶,一年要烧多少柴火?我们上山砍柴,割茅草,弄松毛,剃油茶树的枯枝,叉进灶膛,烧水煮饭。烟囱冒出的白烟像一根摇摆的狗尾巴草。烧了一年的柴火,铲出来的灰,还积不了一炉。烧一餐饭,剩下的木灰还没有两火铲。灰是生命的剩余。前两天,读到诗人小西的诗歌《立冬》:

  灰烬掏出后,往炉内填煤时
  我想起母亲。她是在春天
  离开我们的,被一辆车拉走。
  乍暖还寒的天气
  她耐心地排着最后一次队
  等人过来,把她送到火炉里去

  我有些哀恸。一切的生命终成灰。灰炉是植物的灰匣,在厨房里,时时以暗喻的方式,告诉我,只是我不知道。

院子

这是一个带竹篱笆的院子。有两条呈直角的墙垛,墙垛上竖起竹篱笆,篱笆上爬着南瓜藤、黄瓜藤、丝瓜藤。夏季,篱笆上甚是花香果硕。脸盆一般大的南瓜,挂在竹架上,让我忍不住想去抱抱它。黄瓜长到没皮刺的时候,我干脆摘下来,放在衣服上磨蹭两下,塞进嘴里吃,又香又脆,水汪汪、冰凉凉的瓜瓤滑进喉咙,那个清爽呀,不能告诉别人。

沿着篱笆,竖三根竹杈,竹杈上横两根竹竿,母亲洗好了的衣服,晾晒在竹竿上。家中人多,每日,母亲有洗不完的衣服。衣服晒在竹竿上,风吹起来,哗哗作响。村里不产竹子,每年夏季,山里的舅舅扛一捆桂竹下山,给母亲做晒衣杆。舅舅吃一餐午饭,回山里。母亲烧几个好吃的菜,父亲陪着舅舅说话。在物资匮乏的年代,所谓好菜,毫无例外是辣椒炒鸡蛋、干煸泥鳅、咸肉炖霉干菜。

篱笆的东边是一间矮房子,分牛栏和猪圈。猪圈可以养四头猪,牛栏可以养两头牛。猪可怜,也常吃不饱。我和姐姐放了学,去田埂上，用镰刀挖地丁、野苦苣、马兰头，挖一扁篓，正好天黑。把猪草剁烂，放在锅里煮，掺杂春天的花草，一并煮热，舀到猪槽里，喂猪。花草学名紫云英，在春季开花之际，割下来，剁碎，压在一个大缸里，撒盐，这算是猪的陈粮。大缸是水泥浇筑的立方体。谷雨过后，大缸里的猪食散发一股发酸的味道，花草渗出来的汁液，绿绿的。猪仔一般三十来斤，从邻居那儿赊账买来，到了杀猪的时候，卖了钱，再还上。牛栏里有两头牛，早晨、中午、傍晚，拉出去吃草，到了冬季，吃稻草。院子里必备一个稻草垛。我们顽皮，爬上稻草垛，滑下来，躲来躲去，仿佛那是一个埋藏着无穷乐趣的迷宫。篱笆的北边也是一间矮房子，堆着木柴和农具。矮房子有一扇门板破裂了的柴扉，柴扉前是两棵枣树。

枣树上，四季多鸟。我吃饭的时候，端一个碗，坐在树下吃。鸟在头顶上，叽叽喳喳，喧闹着，嬉戏着，一群一群。枣树的前面是四畦菜地，种辣椒，种大蒜和葱，种白菜萝卜。辣椒和大蒜地，铺上枯黄的山蕨，杂草不长，保持泥土湿度，辣椒红红的，随时摘下来下锅。菜地上，还有一棵柑橘树，四月，开娇羞浓香的白花，但从不结果。一棵不结果的果树，一直没被砍，活到终老。柑橘树粗大，树叶浓密，婆娑。有一年，树根被蚂蚁掏空，作了蚂蚁的巢穴。巢穴一年比一年臃肿，树皮一年比一年发白，树叶凋敝，枯死。夏季，我们把竹床抬到院子里，乘凉。促织在矮房子的墙洞里，唧唧，唧唧，低低地唱起乡间小调。萤火虫一闪一闪，在飞流。漫天光瀑，从绵密的星星里，倾泻下来。我们躺在竹床上，数星星，一颗，两颗，三颗，四颗……酣然入梦。小脚的祖母，在我没入睡前，坐在竹床边，讲山神故事。山顶上，住着一个山神,每天晚上要下山,山高林密,走很长时间,才能到村里,把村里人的愿望,带回山里,帮村里人实现。愿望有祈风调雨顺的,有盼春华秋实的,有求去疾镇恶的。山神来到村里,村人都睡着了,不知道山神来。有一次,一头牛听到了山神的脚步声,便觉得山神走这么远的山路,太累了,便决定每天去山上,驮山神下山、上山。山神坐上牛背,问牛,你都这么老了,老得走不动路,为什么要驮我下山呢?牛不知道怎么回答,伏下身子,让山神坐到背上去。牛已经很老了,有一年冬天,大雪如盖,牛死了。村人用斧头分牛身,切成一块块,煮起来吃。山神看见村人吃牛时乐呵呵的样子,便惩罚村民,耕田用人拉犁,拉货用人拉车,让人去承受牛的苦役。

耳熟能详的山神故事,我百听不厌,便常缠着祖母讲。祖母也讲鬼怪和仙女的故事。有一个仙女,来到村里,住在一间祠堂里织布卖,和布店老板的儿子相爱。后来,仙女得了一种病,心上人求了很多郎中,都没有结果。仙女说,我的病只有一种药可以医治,其他都无效。心上人说,我变卖家产,也要把这个药求来。仙女说,这个药不用钱,但要服用两年,才能痊愈。心上人说,上刀山下火海,我都要取到这个药。仙女说,我每天喝一滴恋人的泪水,喝两年,便康复了。心上人想起仙女被病痛折磨,忍不住落泪。落下的泪,喂给仙女吃。过了半年多,心上人再也落不下泪了,眼睛怎么眨,也挤不出一滴泪,甚至连眼眶也不湿润。仙女病得更厉害了。心上人说,流一滴泪下来,怎么这么难呢?仙女说,流泪不难,难的是,要天天为一个相同的人流泪,你流不下泪,说明你的感情为我而干涸了。仙女说完,不见了。仙女再也不下凡，化作了一颗流星。

在南瓜叶渐枯黄瓜叶渐黄的时候，牵牛花爬满了篱笆。

这是我家的后院。还有一个前院。

前院有一堵鹅卵石砌的矮墙。墙上长满了爬墙虎，圆叶红茎。院子里有两棵香椿树、三棵香樟树，还有三块菜地。香椿树是落叶乔木，春天发羞嫩的红芽，树皮皲裂，流黏糊糊的树脂，树枝上，有三两个喜鹊窝。三棵樟树根连根，如同胞三兄弟，高大，冠盖如席。有一年，我还是十多岁，父亲把菜地挖了，种了几棵雷竹。雷竹黄黄的，竹叶飘零，我们都以为成活不了。过了两年，满地都冒出了雷竹笋，一片菜地成了竹林。很多植物都这样，以为它死了，或即将死了，可根系却在泥土里蜿蜒，扎根扎得更深。竹林迎来更多的鸟，苇莺成群飞来，筑巢，抚育幼雏。有了竹林，夏季的萤火虫更多。我用一个丝网，捕捉萤火虫，放进一个玻璃罐里。萤火虫吸在玻璃壁上，荧荧发亮。我们拿着罐子当手电，在院子里钻来钻去。发光的玻璃罐，在我们手里，成了一个魔术瓶，储存着年少时期的好奇和惊喜。仿佛那是一个神秘而遥远的世界，被紧紧地攥在手里。我们还不知道，虫子为什么会发光，那种独特的荧蓝的光，是一个飘忽摇曳的童话，一直把我们带到蓝星镶嵌的天际。

我的母亲大部分时间都是在前后两个院子里，浆洗衣服，晾晒衣服，给菜浇水，摘菜，洗菜，喂猪。年少时，家中常断粮，母亲就切开肥厚的老南瓜，焖南瓜饭吃。南瓜甜甜的，黏稠，吃起来很腻人。白菜饭也是常吃的，萝卜饭也是常吃的。锅盖打开，菜饭的蒸汽涌上来，青青涩涩，白的米饭青的菜叶，相互粘裹在一起。我爱那样的菜饭。盛一碗,端在手上,温热发烫,舀半勺猪油,调在菜饭里,滴几滴酱油,撮几片细葱,我恨不得一口把整碗饭吃完。等我成年之后,我明白,母亲所做的一切,谓之营生。把每一天的事做好,也就是把一生的事做好。母亲一生所做的事,就是把我们兄弟姊妹抚育成人。她每一天所做的事,谓之操持。生之弥艰,爱亦弥艰。

院子早已不在了。母亲早已年迈。祖父祖母也故去二十多年。院子留存下来的,只有一块当年的直角地。我种了石榴、柚子和梅花。这一切,都已经成为记忆的废墟。每次,我站在石榴树下,情不自禁地想起讲仙女故事的小脚祖母。她圆圆的脸,莲叶一样。她走路蹒跚的身影,在一棵枣树下消失。

很多时候,我在想,何谓故土,何谓故园?埋着最亲的人,种出吃不厌的菜蔬,这样的土,就是故土。在一个院子里,最敬爱的人,慢慢老去,老得只剩下一把摇椅相伴,一盏昏暗的灯照着旧年的木窗,这样的院子,便是故园。

土墙

一堵黄泥墙，看起来像一张脸：被风剥出的沙子留下密密麻麻的细孔，雨水冲刷的细线成了时间的疤痕，土黄的泥色慢慢淤积了黑黝。

在村口，在河边，在平畴，随便往哪儿一站，先入眼的，是墙——石灰墙、黄泥墙、青砖墙、木板墙、竹篾墙、泥巴裹芭茅墙、青灰墙、黄砖墙；马头墙、骑角墙、三角墙、平头墙；高墙、矮墙、断墙；竖立的墙、坍塌的墙。墙上有黑瓦或红瓦，瓦像雨的鳞片，斜斜的瓦坡，是我们头顶上的屋顶。屋顶，是我们最广阔、最高悬的天空，烟囱赶出一群羊。羊群被风驱赶，四处乱跑，跑着跑着，没了踪影。羊群散在雨滴里，散在晚雾里，散在大樟树的叶子里。

我们追着羊群跑，在千里之外，在大海之滨，抬头看天，羊群那么远，像蓬松的棉花一样。我们不停地追逐，不停下脚步，却怎么也追赶不上，落了下来。最终我们孤独了，被遗弃了，像河面上的一只鞋子。这时，墙浮现了出来，接着屋子浮现了出来，巷子浮现了出来，狗吠和吆喝声浮现了出来，两个佝偻的老人浮现了出来。浮现出来的，却被两滴眼泪淹埋。

墙的中间，有两块门板固定在门柱上，门轴咿呀响，门板合起来，门成了墙的一部分。两块门板在五更，咣当，像蚌壳一样打开，一个妇人挟一个筲箕，去埠头淘米。白白的米羹水往河水里沉，边沉边漂走，赤鳞鱼张开圆圆的嘴巴，吞噬着米灰。不一会儿，筲箕下聚集了十几条赤鳞鱼，摆着尾巴，鳞片金光闪闪。妇人把筲箕往水里压一下，鱼跳进了筲箕，蹦跶着。墙在天光里，开始一层层地明亮起来。天光像稀薄的纸，一张张地蒙在墙上，蒙得越厚，纸越白。平畴尽头是一座卧牛一般的山，太阳漾了出来。蒙在墙上的白纸，氤氲出淡淡的橘红，露水散出来的白气，浸透了清凉。山一半霞红，一半青黛。平畴有了淡淡的人声，田埂上，山地边，偶尔会传来时断时续的竹笛声。白纸像泡了西红柿的浆汁一样，完全熟红了，孩子坐在院子的断墙上，朗朗地读："清晨入古寺，初日照高林。曲径通幽处，禅房花木深。山光悦鸟性，潭影空人心。万籁此俱寂，但闻钟磬音。"池塘里的荷花慢慢张开了昨夜收拢的花苞，让人想起妇人羞赧的心事。白纸慢慢褪去了色彩，只留下一缕白，白得苍茫。最后，白也消失了，纸消失了。一面墙露出了土黄色的脸孔。

土黄色的墙被太阳照着，影子在墙上来来回回地移动。挑箩筐的影子，背草料的影子，拎竹篮的影子，打赤膊的影子，并肩走路的影子，站一会儿又走一会儿的影子，奔跑的影子，挥舞锄头的影子，一群纵向的稀稀拉拉的影子，戴斗笠的影子，一大一小的影子，扛木头的影子，低头走路的影子，慢慢变短又慢慢变长的影子，一前一后的影子；鸟的影子，蜘蛛网的影子，狗的影子，牛拉车的影子，自行车的影子；树的影子，另一个屋角的影子，烟的影子，墙顶上屋檐的影子，水面晃动阳光的影子……最后，所有的影子消失，墙蒙上了一层又一层黑纸。墙上的窗户，亮出黄黄的灯光。窗户在大门的两侧，以对称的方式给一栋房子带来了黑夜的神韵，像一双眼睛。

"墙是会老的，不过，比人老得慢。"

"再牢固的墙，也会倒塌。"

"倒塌的墙，还是墙。有墙基在，倒下去的墙又会很快竖起来。"

"竖起来的墙，已经不是原来的那面墙了。"

这是两个人在说话吗？不是，是一个人在自言自语。不是，是两个人在自言自语。不是，是四个人在自言自语。不是，是墙和墙在说话。不是，是木杵、黄泥、石灰、夹板在说话。不是，是肌肉在自言自语。肌肉，持续鼓起来的肌肉用黄泥夯起了墙。

黄泥是从后山拉来的。一辆平板车被一个勒进棕绳的肩膀，拉出了山道，在平滑的石头路上，哐当哐当，黄泥从车板的竹片缝隙间抖下来，拉的人弓腰，脸近乎和腰保持在一条水平线，到了地基，卸车。车斗往后翻，车把往上翘，拉车的人最后用脚踢车挡，不多的黄泥全落在了泥堆里。拉车人撩起腰上的手巾抹一把脸，擦擦裸露的肩膀，白手巾一下子变黄，拧出一把水。泥堆出了一个小山包，这时便开始夯墙。地基在几年前就砌了，用河里的石块，浆石灰，封了一米高。石匠扛来两块厚重的夹板，用铰链固定在石墙上，打短工的人把黄泥畚到夹板里。打短工的，有三个,一个拌泥、一个递泥、一个接泥。夯墙的人,有两个,一个是石匠,一个是石匠的徒弟。泥铺一层,夯一层,夯结实了,铺几根柳条或芦苇或杉木条或竹鞭,又铺泥,继续夯。夯完了一个夹板,再夯。一个夹板和另一个夹板的夯泥,各留了半个缺口和两根木棍,做接口。一个夹板连一个夹板的夯泥,沿一个四边形,往上夯,成了屋子的四堵墙。窗的位子嵌上了窗架,门的位子嵌上了门框,麻雀筑窝的位子在屋檐下那八个毛竹筒里。麻雀衔来稻草衣、白茅衣、麦秸衣,在毛竹筒里扒出一个窝,孵麻壳蛋,育雏。轰隆隆的雷声也打扰不了它们的酣睡。

竖了大木门,架好屋柱和横梁,钉木椽,盖瓦,榨了香火壁,砌了灶头,铺上平头床,水缸里有了水,屋子成了一个家。墙黄黄的,黄得像南瓜肉瓤,多新鲜,透出大地深处泥腥的气息。太阳炙烤着墙,把石灰的浆水从黄泥里拔出来。墙基开始长青苔,网状的,往上蔓延,石墙基绿绿的一层。黄墙里的石灰浆水已经晒干了,墙体不再是黄色,而是黄白色。当年屋里的小姑娘,如今已像青桐一样发育鼓胀,盼着出嫁。屋顶上的红瓦已变成了浅红麻灰色,瓦楞上的狗尾巴草常招来麻雀咯咯咯地争食。

夏至未至之际,年年多雨,雷压着雷。风从阴山卷着大雨而来,整个大地罩在一片灰蒙蒙的大雨之中。雨敲打着瓦,风夹裹着雨,把墙体的下半部打得透湿淌水。地衣长了出来,指甲花长了出来,三白草长了出来。爬墙虎像一个赶不走的游魂,黏附在墙上。瓦垄开始漏水,从最高的三角墙上淌下来。绵绵雨季之后便是漫长的夏日,墙被晒得发烫,水分再一次被抽干,墙体开始脱落小石粒,淌水的地方慢慢发黑,像蜘蛛丝一样的裂缝在不起眼的地方，留下了时间的形状。

一堵墙变老了。屋里的人，有的去了外地谋生，有的出嫁，有的卧病，有的上山。一条巷子变老了。一个村子变老了。时间不再消逝，而是停了下来。苍老的人不再苍老，年少的人依然年少，只是变了脸孔。

坍塌的屋子，空出来的屋子，也越来越多。瓦砾散落在荒草中，柱子腐烂发黑，拦腰而断。木椽和横梁乱七八糟地倒在地上，保持着人世衰败的姿势。土墙再一次完全裸露在风雨里，高低不平。梧桐和香椿树，已盖住了人间的废墟，但显得更加荒凉。风雨剥蚀的墙，板结，像一块花岗岩。用钢钎插进去，咚，咚，钢钎仅仅砸了一个小洞。用大铁锤敲，当，当，铁锤弹了回来。板结的土墙像一个千年不化的死硬分子。即使墙内曾燃起大火，木料的东西全烧了，墙却依然耸立。大火熏烤之后，墙更僵硬。我们面对它，无计可施。把它推倒，日夜喷水，墙瘫软下去，又成了泥。把泥捣烂，种菜、种花、种柚子、种石榴。屋子又变成了菜地。菜地上，红辣椒像灯笼一样挂着。

一间坍塌的屋子存在了多少年？屋里的人去了哪儿？断墙还要多少年才彻底地消失？发问的人，会心慌、会发怵。追问人生意义的人，突然变成了一个痴痴呆呆的傻子。

一个客居他乡的人，有一天，会回到村子里，熟悉的巷子和巷子的墙，把他带入到记忆的地窖里。在地窖里，他看见了溪流里的鱼，落在秧田里婆娑曼舞的白雨，枫叶不经意间变红的炽热，窗户里跳动的灯光，燕子从平畴里斜斜地飞进厅堂，挂在竹架上的黄瓜又长又白，柳絮栖落在头发上——他再也忍不住发酸的鼻子，酸痛的眼睛，不由得颤动着嘴唇，叫那些听不见他呼喊的人。那些人是曾在埠头洗菜的人，清晨挑水的人，连枷打大豆的人，晒谷子的人，喝醉了颤悠悠唱山歌的人。他走进了巷子，眼睛四处溜来溜去，手却扶着墙。每一面墙，他都抚摸，抠抠泥粒。墙是那么粗糙，突兀的石粒磨蹭着手掌。墙冷得如铁。他的心里堆满了灰烬，他的头上落满了白雪。

我们在墙内烧水，做饭。我们在墙内恩爱，抚育。墙让我们安宁下来。我们把床摆在墙下，把写字桌摆在窗户下，把镰刀、柴刀、锄头、斗笠、蓑衣挂在墙上。我们把"天地君亲师位"贴在香火壁正中央，把牌匾挂在墙的正高处，把奖状贴在墙的显眼处，把日历挂在墙的可及之处，把照妖镜挂在大门门墙正中央。墙上，还贴着明星招贴画，还挂着账簿。略高的地方还挂着各种豆类的种子，如豌豆、蚕豆、刀豆、黑豆、赤豆、扁豆、金豆、黄豆、豇豆、四季豆，以及各种菜蔬的种子，如菠菜、荠菜、芥菜、黄瓜、冬瓜、丝瓜、白瓜、蒲子、西红柿、辣椒、茄子、萝卜、白菜——这些种子在来年，从土层里爆出了芽，一片或两片，往上弯弯扭扭地长，葱葱茏茏。我们在墙上看到的，其实不是种子，而是一片冬眠的田野，安静的、朴素的田野。人从这片田野里，暂时退了出来，返回到桌上，返回到床上。在厨房的墙上还挂着木勺、筲箕、捞勺、水壶、布袋。我们背着水壶和布袋出了门，去了田野，去了深山，去了很远很远的地方。出去的人，有的中午回来，有的晚上回来，有的半年后回来，有的一年后回来，有的过完半生回来，有的一生了了回来，有的一生了了还没回来。有的有消息，有的音讯全无。音讯全无的人是下落不明的人。回来的人，也都不是原来的那个人。

　　墙是一面苍老的镜子，像河面。我们站在河边，临河而照，我们的面影在水里晃动，和身边的柳树、头顶上的天空，一起晃动。谁可以阻止河面晃动呢？谁也无能为力。我们在墙内栖身，在墙外劳作。我们没有办法阻止墙不要长黝黑的青苔，不要长爬墙虎，不要渗出石灰水，不要发黑，不要滋生蛛丝一般的裂缝。我们在一堵墙下生活的时间长了，墙慢慢有了我们的呼吸、我们的气息、我们的温度。墙渗出来的石灰浆水，其实不是石灰浆水，而是我们日夜分泌的汗液。墙是我们的另一个肉身。

瓦屋顶

瓦屋顶是蓝花布上的一块块黑格子。在河边，密密麻麻的黑格子，让人感到亲切而伤感。瓦屋顶有两个斜屋面，中间是一条瓦屋脊。石灰拌浆，把灰砖横砌，压住瓦椽，两头砌起飞檐角，一条蟒蛇一样直直地趴着，这就是瓦屋脊。瓦垄一脉脉地顺淌下来，雨水也顺淌下来，阳光也顺淌下来。

瓦压着瓦，像鱼的鳞片——这给我如此印象——每一间屋舍，就是一条深海鱼，一眼望去，是一群乌黑黑的大鱼，沉潜在海洋里。阳光有了飘荡感。瓦屋顶的上面是天空，下面是阁楼。阁楼上，有陈放多年的寿棺，有锁在木箱里的族谱，有土瓮。土瓮里，有豆种。豆种有黄豆、白玉豆、豇豆、刀豆、扁豆、花豆。豆子在三月下地，铺一层细沙和稻草，泼水，育苗。豆苗先是抽一根芽，黄黄的，再抽两片叶，对生。两片叶看起来，是人世间最小的屋顶。我们把自己最爱的东西，留存下来，称之为种子，使之不灭，深藏深种。种子生根发芽，不仅仅是一种延续和再生，也是生命的另一种形式的再现，消失的，逝去的，不被遗忘的，在另一个相同的季节里，在人世间最小的屋檐下，重逢。人的爱，不灭。人的爱在每一粒种子里辗转，在每一片屋檐下流徙。

而很多时候，我看到瓦屋顶，觉得它是父性的脊背。在夏季，大多数男人裸露上身，下田耕种，或上山砍柴。炽热的太阳，把上身烤得黝黑，光滑如瓦。汗水夹裹着肌肤的油脂，从毛孔爆出来。莹亮的汗珠，有晶白的盐渍，反射着阳光。两块凸起的肩胛骨之间，形成了内凹，和两条山脉间的峡谷差不多。汗水汇成了溪流，在峡谷里蜿蜒奔流。裸露的脊背，宽大，结实，完全可以说是一个家的屋顶。

在没有家园之前，人类是穴居动物。在山洞里，浑身长毛的始祖，席地而坐，钻木取火，烤肉烤鱼，卧干草而眠。山洞乌黑潮湿，蛛网遍布，虫豸处处，洞顶滴下缝隙间冒出来的岩水。先祖从山洞里，得到了启示，竖木桩，搭竹棚，把茅草芦苇编成列，用藤条扎在竹棚上。茅屋是对洞穴的模仿，也是对洞穴的膜拜。先祖有了茅屋，有了茅屋有了家。家，从有了屋顶开始。屋顶是家最高的地方，和天接壤。现在的饶北河边，仍有茅屋。在鱼塘边，在西瓜地，在葡萄园，在橘园，都有茅屋，孤零零的。这是看守人夜居之所。茅屋呈"人"字形，圆杉木和竹棍搭茅屋架，盖芦苇。茅屋里，摆一张竹床。看守人睡在床上，一条黄狗蹲在茅屋前。黄狗一阵狂吠，不是有人来了，就是茅屋有蛇了。河滩也有茅屋，是供捕鱼人临时休息和躲雨的。饶北河每当春季，鱼从信江溯游而上，追逐着哗啦啦的水花，捕鱼人坐在一个圆木桶里，夜间下网。借蒙蒙的天光，捕鱼人摇着圆木桶，在河里漂浮一夜，到天麻麻亮了，收网。人累了,便在茅屋里睡一会儿,或喝一会儿茶。假如突然下雨,茅屋便是栖身挡雨的好地方。一个人坐在茅屋里,雨被风催促得一阵比一阵急,啪啪地打着洋槐,打着砂石,河面激荡起白亮亮的水泡,茅屋的雨水沿芦苇秆,滴滴答答地淌了半夜。坐在屋里的人,看着漆黑的野外,不自觉地缩紧了身子,听着雨声,听着鱼跃水面的哗啦声,他空荡荡的心里,会亮起家中的灯盏,灯盏下,一张温和的脸盛开了。

我母亲曾多次谈起她第一次看见傅家的情景。母亲十八岁,父亲二十岁,许下了婚约。母亲有一次路过傅家,看见了傅家的屋舍,心有戚戚。母亲对我说:"傅家的屋檐,我用手都可以摸到,房墙倒塌了半边。"可见当年傅家的困苦贫瘠。屋檐多矮呀,房墙还是倒塌的。在我三十岁之前,破旧的祖屋还在,堆柴火,堆杂货。瓦椽霉变开裂,柱子东倒西歪。我祖父舍不得拆,说是上祖传下来的东西,可作古迹,要一代代传下去。据说这片祖屋,是明朝中叶传下来的。我祖父故去没几年,祖屋便拆除了,瓦砾无存。灰雀四季都离不开旧瓦屋顶。灰雀长长的灰白尾羽,翘得高高,扑着身子,在瓦楞间跳来跳去。它吃落在屋顶上的干枣子,吃毛毛虫,吃八脚虫。屋旧虫多。破屋顶是虫的天堂。山麻雀也多,在瓦缝里,在屋檐下的泥墙裂缝里,筑巢。山麻雀不怕人,飞进厅堂,机警地啄食地上的饭粒,有时候,还站在饭甑边沿,直接啄饭吃。这时候,猫躲在石磨架后面,冷不丁地跳出来,把麻雀逮个正着。麻雀吱吱吱叫,扑撒着翅膀,落了一地的羽毛。冬天,无处觅食的果鸽,也来,从窗户飞进来,觅食饭粒。我们把门窗一关,果鸽扑棱棱往有光的地方飞,扑通,撞上窗玻璃,掉下来。

果鸽不单独来，三五只，先来一只，站在窗台上，东瞧瞧西瞧瞧，见没人了，叫几声，飞到了灶台上，边吃饭粒，边咕咕咕地叫，其他几只跟着飞来。

冬雪倾至，是瓦屋顶至美的时刻。雪粒叮叮当当地敲打着瓦，扑簌簌滚落的雪粒之声伴随着北风。我们静静地坐在屋里，或睡在木床上，雪粒敲打瓦的声音，如磬如钟。雪落了一夜，我们早起，打开门，四周的屋顶，全是厚厚的白雪。雪被封冻起来，毛茸茸的晶体有各种各样的棱角。屋檐，有了一层冰糕般的积雪切面。我们看不见往日黑黑的屋顶，屋顶成了雪的原野。雪把屋顶还原成原野。屋顶上淡淡的炊烟，已无法辨识。鸦雀落在屋顶上，如白纸上的墨点。过了两日，南风送来和暖，雪慢慢融化。先是露出飞檐角，如羚羊角，屋脊也露出来了，屋檐开始滴滴答答，雪水不紧不慢地落下来，秒针一样的频率。上部的屋顶露了出来，夜又封冻了。屋檐无滴水声，长了像锉刀一样的冰凌。鸟已无处觅食，乌压压地聚集在瓦屋顶上，吃冻死的虫和风吹来的草籽。瓦垄露了出来，一片屋顶，半黑半白，似乎每片屋顶下居住的人，都是隐者，藏于南山，听雪消融，煮茶围炉。有雪的屋顶，给乡野澄明格物的境界。

事实上，我一直觉得，瓦屋顶不仅仅是屋舍的遮蔽部分，也是敞开的延伸。在霜降之后的深秋，屋顶上摆满了圆匾，圆匾晒着红辣椒，晒着黄豆，晒着南瓜圈，晒着冬瓜圈，也晒着豆酱、南瓜粿、豆豉，还晒着红薯片、葛粉、山楂。瓦屋顶敞开了家中妇人做干粮菜的全部技艺和家中男人的辛勤劳作。土瓮中深藏的种子，在屋顶上被时间和汗水催化，和我们的血肉完全融合。屋顶在略显冷涩的阳光下，给了我们绚烂的美学：质朴的，原色的，来自土层深处的，从来就相随我们一生。瓦屋顶，是父性和母性合为一体的教堂。他们在这里，永不分离。每年的这一季，都是生活中美好的重逢。

雨落瓦屋顶，许是思春的韵脚。在寒意料峭的初春，雨抱着雨的影子，从远处的山梁飘斜而来。雨像一个醉酒的人，歪着步子，一脚重一脚轻，踩着瓦。沙沙沙。天空把倾泻下来的雨声，搬到了瓦屋顶上。年少贪玩，暴雨已至，便想着河沟的水上涨，鱼和泥鳅要躲到草丛孵卵了。我们光着脚，拿着畚箕，去捉鱼。瓦垄奔泻着雨水，飞溅在石头台阶上，飞溅在尚未发青的狗尾巴草上。屋檐成了瀑布，形成一道雨帘。不几日，麦苗葱葱茏茏，桃花绾起了花髻。秋雨则不一样，绵绵缠缠，细细密密，像母亲缝补衣裳的针脚。瓦屋顶湿漉漉的，檐角结了白白的水珠，滴下来。一滴比一滴更快，相互追随着，啪啦啦，成了一条檐水线珠。秋雨和一场慢性病相类似，来去都如抽丝。瓦垄里的雨水，也是羸弱的，潺潺如咳嗽。在这样的檐雨中，送别，会是肝肠寸断。一个归乡人，望一望秋雨之中的瓦屋顶，也会热泪盈眶。他经年未归，突然从千里之外，辗转多日，来到村口，秋雨中，瓦屋顶静静地肃穆在淡淡雾霭之下，油桐凋落下破烂的黄叶，草又一年枯黄，他痴痴地站在村口，不敢贸然进那条逼仄的巷子，黑色的屋顶像旧年的草帽，变形的炊烟有些许的陌生，他会突然流下泪水。

很多人都有过这样的时刻。有过这样的送别，也有过这样的归乡。人也在无数次地，走出屋檐，回到屋檐。

我父亲年轻时，在上饶市读书，没有车，半个月来回一次，全靠走路。早上从学校出发，走一百多里路，翻山涉水，到了家里，已是晚上。路上没东西吃，空腹，还舍不得穿鞋子，打赤脚，鞋子放在书包里。饿得受不了，他扒别人的红薯地，掏红薯吃。过了马蹄岭，可以看见饶北河对岸的村舍了，河边连片的屋顶映在眼前，他便会不可控制地激动。我表哥老四，当兵四年，参加对越自卫反击战。复员回家，他站在村边木桥上，看见我外婆在屋檐下剥豆子，他号啕大哭。对于一个经历生死的人，一片熟悉的屋檐，便是他思念的全部。

风声也来自瓦缝。风从葱油的田畴，漫溢而来，如细细的水波浪，漫过了屋顶。风从瓦缝，呼呼灌下来，掀动了瓦片，瓦片与瓦片，相互磕碰，发出当当当的声响。风摩擦着瓦，摩擦着瓦椽，呜呜地叫。春天，听到风穿瓦缝的声音，便知道梨花明天会白雪满枝了。如是秋天，也能判断，明早的白霜会厚了几重。风来来回回，在瓦缝穿梭，形成声音的回旋。这样的风声，让一个中年人悲怆。

瓦屋顶与瓦屋顶交错相连，便有了小巷。小巷与小巷相接，便有了村庄。人在瓦屋顶下，吃饭、睡觉、生儿育女。人走出瓦屋顶，走向田畴，走向山梁，种菜插秧砍柴伐木，去河里捕鱼，去深山烧炭。

人都是在街道上走散的，也都是在瓦屋顶下相聚的。

但相别总是多于相聚。人的一生，在瓦屋顶下的时间太短。

每年年关，我要张罗两次饭：一次是请表兄弟，一次是请发小。表兄弟十来人，有的外出打工，有的在外做生意，没有一个在老家。年关不见,又要来年再见。而来年,是谁都说不清楚的事。表兄弟在一起,喝喝茶,聊聊天,谈谈世道,会有很多感怀。到了我这个年龄,不是一年长一年,而是一年老一年。我大表哥生活困苦,独身一人,表嫂十几年前跟别人跑了,儿子三十出头,还没结婚。大表哥懒散,屋子破败了,也不翻修,借住到别人老屋。表侄子正月初一来我家里,我还在睡,他对我说:"我爸要把老屋卖了,想着法子变钱。"表侄子都想哭了。我说:"哪有这么回事,我去找你爸。我和我爸一起去。"我对表哥说:"房子你不能卖,你没有钱给孩子,屋顶还是要留一块,可以遮风挡雨,屋顶都没了,那就什么也没了。"表哥说:"没有卖,没有卖。"我说:"没有卖就好,这是你父亲留下的祖屋,你无权单独处置,你有子有女,子女不签字,谁也不敢买。"我又到他老屋走走,看见墙体漏水了,部分屋顶坍塌了,紧锁的门已经霉烂。我姑姑才走了几年,老屋已成这副模样,心中顿时涌起一阵说不出的悲楚。小时候,父亲惩罚我,不让我吃饭,我就偷偷从屋后的山边小路,到姑姑家里吃。姑姑还煎两个荷包蛋,给我下饭。

现在,瓦屋顶也消失得差不多了。留下来的瓦屋,里面都无人居住。雨声还在,冬雪还会来。檐雨曼妙的韵律,我们却听不到了。瓦缝里的风声,呜呜呜,成为远去的哨声。瓦垄,是岁月的河床带来的洪荒之流,被饶北河带走。我生活过的地方,那么陌生。我几次对我母亲说:"我要找一块地,再建一栋房子,在溪涧边,修一个四合院,盖瓦房,种上柚子树、橘子树、枣树。墙垣边上,种野蔷薇和忍冬花,还要种一片桂竹。屋子里有四角方天井,天井铺鹅卵石。院子里引入山泉水,筑一个鱼池,鱼池里有荷花。"我母亲说:"你做这个房子干什么用呢?"我说:"住呀。"母亲说:"谁住呢?"我说:"我住呀,骢骢安安住呀。"母亲说:"你一年能住几天呢?"我说:"现在不知道,以后会知道。"我母亲笑了。母亲又说:"有人住的房子,才是房子。"瓦屋多好,透风,冬暖夏凉。我多想要一片瓦屋。

我知道我会有的,外加三亩菜地。

跋 /

之所以谓故乡

对乡村故物，我有近似病态的迷恋。一条躺椅，一块埠头洗衣石板，一个石臼，一扇木门，一朵棉花，一块瓦，我都会眷恋以及感怀万分。这不是因为我已中年，格外怀旧，而是因为故物正以消亡的方式，和我们这一代人作别。这不仅仅是时代变迁产生的痛，也是时间带给我们的痛。时间将我们每一个人带向衰老和死亡。

老式的乡村，其实就是手艺人的乡村。我们的器物，如酒瓮、水缸，如椅子、桌子、凳子，如刀具、锄头、铁锤，如床、草席、蚊帐，如棉袄、棉鞋，如平板车、风车、独轮车，这些都是手艺人纯手工完成，质朴、精雅，有热烈的人烟气息和生命气息。似乎每一个乡村人，天生就是手艺人。见了器物，这些气息便笼罩了我们。器物有了我们的温暖，也有了我们无尽的伤悲。

手工器物，已经被机器产品完全取代。传统手艺人已慢慢消失，有的手艺甚至已经没有了传承人。没有传统手艺人的乡村，是死亡的乡村。乡村沦为坚硬的外壳，水泥浇筑，钢筋构造，塑料和铝铁浇模铸造。我一直有一个梦想，建一个大的四合院，以作乡村博物馆，把南方常见的器物和菜蔬，分门别类地收集展览起来。这或许是对乡村最好的纪念。

在我无能为力收集实物之前,我要把它们写出来。我无论写哪一件故物,都忍不住内心的激动。床,是我和祖父祖母一起睡过的。煤油灯,照亮了我,也照亮了我母亲。母亲在烧饭,我在烧灶膛,柴烟从瓦屋顶烟囱冒出来,那么亲切。父亲躺了几年的躺椅,我至今还在躺。父亲摸过的柴刀,我也摸过。它们让我真切地感受到了,故去了的人通过这些故物,又回到了我身边;年迈的人,似乎回到了青葱岁月。他们忍饥挨饿,他们相亲相爱,他们吃苦耐劳;我返回到了童年,返回到了青少年,返回到了低矮的屋檐下。它们让孤单的人不再孤单,让思念的人又一次相聚,让死去的人再活了回来。它们让寒冷的冬雨,虽然无尽绵绵,但有了无比的暖意;让凋谢的花朵,第二年又如昨绽放。

每一件故物,都留存了亲人的体温。

每一件故物,其实,里面都住着一个故人。我们能闻到故人的气息,握到故人的手,抚摸到故人的脸颊。

每一件故物,其实,里面都有一个浓缩的故乡。故乡的身影在水井里,在水井的月光里,在月光的叫声里。

每一件故物,都凝固了逝去的光阴。旧时光,草衰草黄。异乡漂流的人,又相逢在滴落的屋檐水。故去的人,又回到一盏灯下。

每一件故物,都是一个器皿,陈放着我们的过去、现在和未来。它们是摇篮,是碗,是水缸,也是眠床。

之所以谓故乡,因为故物里,有一个个灵魂在驻守。这常常让我们热泪盈眶。